饒平客家調查與語言論輯

徐貴榮

著

U0142621

五南圖書出版公司 印行

自 序

　　臺灣的客家話，大致可分四縣、海陸、饒平、大埔、詔安、永定等幾個腔調。其中以四縣和海陸話較為通行，饒平話則散落各地，沒有形成一個較大的鄉鎮聚落。

　　會著手研究饒平客話，即是想要探討其語言價值，搶救散落此一各地的饒平客話，關懷其弱勢族群語言的傳承與困境，藉以喚起弱勢族群傳承母語的能力，達到保護社會文化資產、關懷鄉土的目標。進入研究所之後，隔壁邱先生介紹開始，即著手從他住在中壢芝芭里的姑丈劉先生開始調查，接著住平鎮的球友王小姐也說她家也是說饒平，同事李老師也說他住新屋的陳先生、住觀音的許先生也都說饒平，再加上過嶺的許家也是說饒平，從此，筆者研究饒平客話，就成了不歸路。

　　筆者完成碩士論文《臺灣桃園饒平客話研究》之後，仍舊繼續訪查新竹、苗栗各饒平點，投入饒平教材、辭典的編寫，又兩度前往饒平原鄉廣東省饒平縣上饒地區調查、訪問、記錄。陸續在學術研討會中發表了饒平客話的論文，提高饒平客話的能見度，以引起世人注意，接著完成博士論文《臺灣饒平客話音韻的源與變》。饒平客話雖受潮汕閩南話的影響甚多，被稱為「半山客」，但其特色甚多，深覺「饒平客話真不愧是一顆語言的活化石，是一顆璀璨的明珠」。

　　本論輯是筆者進入研究所之後，從碩士、博士班，到博士後，對外發表有關饒平客話的論文輯本，共輯十二篇，包含調查三篇，各地腔調論述九篇，部分篇章曾選入會後論文集或專書、期刊中。因為調查是循序漸進的，從桃園、新竹、卓蘭，到廣東饒平縣，所以前三篇前段調查描述會有稍許雷同，請讀者見諒。

　　輯錄本書，是想將個人研究饒平客語多年來的些微成果，初步呈現，期望對客語的研究有些微貢獻。本論輯標音採用國際IPA音標，聲調調號以「陰平1、上聲2、陰去3、陰入4、陽平5、陽去7、陽入8」表示。只有第五篇〈新屋陳姓饒平客家話的超陰入〉因採與古今不同文獻對比，保留原貌為「陰平1、陽平2、上聲3、陰去4、陽去6、陰入7、陽入8」，並於該篇文章音標之前再度標明。

　　本論輯之印行，除了要感謝出版社的刊印，更要感謝指導筆者的教授，關懷筆者的師長、親友、同學，以及介紹筆者訪問者及接受筆者訪問、錄音的受訪人。筆者才疏學淺，本論輯疏漏在所難免，懇切期望敬愛的師長學友、各界賢達惠賜指教，使研究更進一步，殷切盼望是幸，感激不盡。

徐貴榮

2018.5序於中壢

目　錄

桃園饒平客家的來源
與分布調查[1]

1　本文為原刊《客家文化研究通訊》期刊論文第五期，
　　2003年3月，國立中央大學客家研究中心編印。

摘　要

　　饒平客家的來源及分布，呂嵩雁先生曾於民國八十二年完成臺灣桃園縣中壢過嶺、新竹縣竹北六家、芎林紙寮窩、苗栗縣卓蘭老庄、臺中縣東石角勢等五個饒平方言點的語言調查，並做成碩士論文，其後並無繼起之調查研究。所以，本調查爲繼續查訪饒平客家的蹤跡、來源，呈現其全面貌，首先由桃園縣開始。首定調查的區域和原則，以世居桃園的饒平後裔，只要還能說饒平話的聚落、家族爲準，逐一訪查、記錄其語音、詞彙、分布。如果沒有形成聚落的「單家」點和光復後才從他縣遷入桃園縣的外縣市饒平客，採重點式記音，詳問其原縣市地點，以做未來擴大、深入調查之用。本文採用傳統語言學的田野調查方法，以調查字表、分類詞彙表，訪查各方言點耆老，必要時，請其出示族譜，詳問其來源。總共記錄了中壢芝芭里劉姓、中壢興南詹姓、平鎮王姓、八德官路缺袁姓、新屋鄉犁頭洲陳姓、觀音崙坪村羅姓、中壢過嶺許姓、龍潭三坑子邱姓等姓氏，發現饒平客家都來自古潮州府饒平縣原歌都，饒平客家話的語音，各方言點的差異頗大，尤其是聲調調值的不同，豐富的連讀變調，顯示出饒平客家話的特色。可分爲(A)、(B)、(C)等三個方言組。儘管各方言點語音有異，受周圍強勢語言的影響程度不同，但共同的基本語音結構特點，如：水fi^2、睡fe^7、稅fe^2、唇fin^5、牌p^he^5、稗p^he^7、鞋he^5、蟹he^2、弟t^he^1、聽t^hen^1、犁le^5、冷len^1、褲k^hu^2等；以及「講話」說「講事$kong^2 \ si^7$」、「痛」說「疾ts^hit^8」、「看」說「睴$ngiang^2$」等重要詞彙，目前都還保守地使用，顯出其語音特色，亟須加以調查與保存。

關鍵詞：桃園饒平客家　調查　來源　特徵　聚落

一、前言

　　臺灣客家話大致可分爲四縣、海陸、饒、大埔、詔安、永定等六個次方言腔調，其中以四縣話分布最廣，海陸話其次，其他則分散在各地，在客家族群中，不易見其蹤跡。尤其是饒平客家話，在臺灣分布之廣，可能不亞於四縣或海陸，但目前在廣大的饒平移民後裔中，除了苗栗縣卓蘭老庄聚落較密集外，多數已被其他方言取代。殘存的饒平客家話，目前多隱於桃竹苗客家莊中，除了少數幾個小聚落外，沒有整個「村里」以上的饒平方言島，饒平話大都已退入家庭或宗族間溝通時才使用。如果說客家話在臺灣社會語中是「隱形話」，那饒平話是客家話中的「隱形話」。因爲在一般客家聚落中，不易聽到饒平客家話，到底目前還有多少人使用饒平客家話，也無所知悉。在「還我母語」運動中和各類客語廣播媒體中，也極少有饒平客語的出

現。

　　呂嵩雁先生曾於八十二年完成臺灣桃園縣中壢過嶺、新竹縣竹北六家、芎林紙寮窩、苗栗縣卓蘭老庄、臺中縣東石角勢等五個饒平方言點的語言調查，並做成碩士論文，其後並無繼起之調查研究。所以，本調查爲繼續查訪饒平客家的蹤跡，呈現其面貌，首先由桃園縣開始。調查發現，桃園縣的饒平客家除過嶺外，其餘分布還甚廣，目前仍能使用母語的爲數卻不多，且只限於中老年層，年輕人能說得流利的只剩鳳毛麟角，故消失得極爲快速，不過並沒有被社會大眾的注意。爲了延續客家的文化與生命，就必須搶救將快速消失的語言。故調查本縣饒平客家分布及其語言，即是著眼臺灣尚存的客家方言中，亟須搶救或保存者。

　　筆者身爲四縣客家人，原不曉饒平客家話，但爲推行本土化政策，配合母語教學活動，了解本縣客家族群中弱勢族群饒平客家話的分布，進而關懷弱勢族群語言的傳承與困境，藉以喚起此一弱勢族群傳承母語的能力，同時達到保護社會文化資產、關懷鄉土的目標。尤其在讀到楊國鑫談到「饒平腔，筆者實地聽聽，的確感到有四縣腔、海陸腔及福佬話的特色在其中[2]」之後，更令我感到好奇，饒平客家話果眞是否如此，愈想揭開饒平客話眞正的面紗。所以，儘管文獻的缺乏，憑著對饒平的關懷與好奇，開始著手於饒平客家及其語言的分布調查與研究，同時亦可習得第三種的客家話，並撰寫碩士論文。

二、調查的區域和原則

　　今日，臺灣客家人號稱四百萬，但眞正會講客家話的已大爲減少，尤其客家青少年在日常生活上多已不能用客語溝通，客家話在臺灣已成弱勢方言。饒平客家話更成爲弱勢中的弱勢，老成凋零，形成斷層，語言文化的損失嚴重。因此，各方言點的調查及語音記錄，保存本縣各方言點的饒平客家話，更有其緊迫性。

　　目前對饒平客話的研究，呂嵩雁已於1993年6月調查本縣中壢市過嶺許屋，仍再度調查外，並擴及中年層。除此之外，經親友之推薦及相互介紹，發現尚有中壢市芝芭里前縣長劉邦友家族、新屋犁頭洲陳姓家族、平鎮南勢王姓家族、中壢興南詹氏家族、觀音新坡許姓家族、觀音崙坪羅姓家族、八德霄裡袁姓家族、目前仍說饒平客語。

---

[2] 參見楊國鑫，〈客家話在臺灣——客家話的腔調〉，收錄於臺灣客家公共事務協會主編《新介客家人》（臺北：臺原出版社，1995），頁178。

　　調查的區域和原則，以世居桃園縣的饒平後裔，只要還能說饒平話的聚落、家族爲準，逐一訪查、記錄其語音、詞彙、家族分布。如果沒有形成聚落的「單家」點和光復後才從他縣遷入桃園縣的外縣市饒平客，採重點式記音，詳問其原縣市地點，以做未來擴大、深入調查之用。

三、調查的方法

　　目前對饒平來臺及其分布研究，首推鄭國勝（1998）先生的《饒平鄉民移居臺灣紀略》[3]；對饒平客家話的記錄和研究，在大陸有詹伯慧先生〈饒平上饒客家話語音特點說略〉[4]，臺灣有呂嵩雁先生《臺灣饒平方言》，是較有系統地整理研究的文獻可供參考外，很少有記錄饒平的史料。爲求達到預期的目的，必須要有完美而實際的研究方法。由於文獻之不足及研究者的缺乏，欲調查饒平客家的分布及其語言，必須透過田野調查的方法，以達目的。

　　謝國平說：「語言本質上是一種動態的傳訊系統，永遠都在變化中，如果從時間的層面去看，我們自然看到語言歷史上的變化；如果從空間的層面上去看，我們也看到一種語言在不同地理環境上所呈現的差異，這就是方言的差異。」（1998：316）所以，透過實際的田野調查，雖是費時費力，應有事半功倍之效。本文採取的田野調查法則，主要參考陳其光所著《語言調查》（1998）原則。爲使本調查順利進行，訂定計畫進行之方法如下：

1. 訂定調查字表

　　要實際調查語音，必須要有詳實的方言調查單字音表。本調查依李如龍、張雙慶主編之《客贛方言調查報告》中一千三百二十個字，再選取大陸「中國社會科學院語言研究所」所編的《方言調查字表》[5]中常用、次常用五百八十四字加入調查，進行各方言點記音。選字原則爲字表中同音之字，若四縣或海陸今讀不同音即選入。逐字訪查，以了解桃園饒平客話各點的聲韻調現象，看古今的音變。

3　鄭國勝主編《饒平鄉民移居臺灣紀略》（香港文化傳播事務所出版，1998）。

4　《饒饒平縣志・方言篇・上饒客家話》爲此篇的擴充。

5　《方言調查字表》，中國社會科學院語言研究所編輯，1981年12新一版，1999年4月北京商務印書館五刷發行。此一單字音韻調查字表乃根據中古宋本《廣韻》，參考《集韻》，以四十一類聲母爲經，十六攝二百零六韻爲緯，依「開合、等」，再分「平上去入」排列。本書主要供調查方言音系之用，一共選擇常用字三千七百多個，依廣韻的聲母、韻母、聲調排列。本調查爲因應發音人各種因素及調查時間之控制，刪除一些同音字及較罕用字。

2. 訂定「詞彙調查表」

欲了解語言實際使用情形及連讀變調，也必須訂定詞彙調查表，方能記錄實際語音。本調查詞彙表大體依照「李如龍、張雙慶」主編之《客贛方言調查報告》之詞目稍加修改並增加，成爲二十八項，每項並根據實際需要，增加該報告所未列的常用客話詞條。盡量保持原條目名稱，並爲適應現代生活而增添項目，期能將現代饒平客家生活融入社會，看出現代饒平客話的面貌，並有利於比對。

3. 訂定「各方言點發音人紀錄表」

包含發音人之姓名、性別、教育程度、出生年月、年齡、電話、住址、職業、方言點之舊地名、出生地、成長地、記音地點、記音日期、祖籍地、遷徙經過、父母之語言及成長地、配偶之語言及成長地、其他語言能力、本方言分布地及周邊語言、採訪經過、與子女溝通語言、其他等。

4. 確定方言點及發音人

尋找適合的發音人或受訪人，是調查成功與否的關鍵。與發音人或受訪人的關係，要努力經營。

5. 查閱族譜

目前所了解，桃園縣內的饒平客家話大都以「姓氏」爲「聚落點」的呈現，沒有形成「面」的分布，以目前所知還在使用饒平客家話的方言點，都盡可能懇求其能出示族譜，以確定其是否爲饒平祖籍，並記錄其來歷和系統。並根據發音人之表示及族譜記載，再尋找其宗族分布和在臺狀況、遷徙經過等，本文調查的分布情形即以姓氏爲主，在訪查時如有發現新方言點再依序查訪。

四、饒平客家來臺及各姓氏在桃園的分布

《饒平縣志・方言篇》（1994）記載：「饒平原鄉客家話只通行於北部靠近大埔縣（純客家話地區）和福建平和縣（閩方言、客家方言兼有地區）[6]的上善、上饒、饒洋、九村、建饒等鎮及新豐鎮的大部分鄉村、韓

---

[6] 根據地圖顯示，應該還有詔安縣的秀篆、官陂等閩南漳州客家話區，一般人較不注意，以致這一地帶的客家話，也被列入不分區地帶。《平和縣志》、周長楫　林寶卿〈平和縣九峰客話初探〉、《南靖縣志》、李如龍　張雙慶《客贛方言調查報告》等分別有平和、南靖、詔安秀篆、客家話的記載，臺灣目前在雲林崙背、二崙，桃園縣的大溪鎮南興、八德鄉霄裡地區有邱姓家族說詔安話。

江林場食飯溪村、漁村等地，使用人口十七萬多，約占全縣人口的19%。而且僻處北方山區。」以致清朝初期，生活困難，紛紛冒險渡海，移居臺灣。臺灣饒平客家後裔，據各家族譜記載，原鄉都是廣東省潮州府饒平縣「元歌都」。但《饒平縣志・建制沿革篇》的記載，饒平縣於明成化十三（1477）年置縣，縣城設於「弦歌都」下饒堡（今三饒鎮）。於是出現了族譜是「元歌都」，而縣志是「弦歌都」的相異現象[7]。

自大陸原鄉移居臺灣後，分布在臺灣西部各地，現在還有以饒平原鄉命名的地名，如彰化縣田尾鄉的饒平厝（洪敏麟1999：115）。根據吳中杰（1997）的調查：清代時期移民臺灣的饒平客裔，臺北市內湖的饒平陳姓乃最早進入該區的漢人，饒平入墾桃園只有王姓入墾龜山鄉大坑村，擴及隔鄰蘆竹鄉南崁一帶（頁20）及芝芭里劉姓、過嶺許姓。新竹縣的饒平移民比桃、苗二縣更密集。苗栗饒平詹、劉等姓移民集中在卓蘭，詹姓約占該鎮人口40%。臺中、彰化、雲林、嘉義都有很多的饒平客裔，現在這些饒平客家後裔，多已成福佬客，只存一些信仰、稱呼，如「龍神」、「伯公」，如「阿婆」、「孺人」、「舅姆或親屬、數字、打招呼、禁忌語」等（頁42-44）。臺南、高雄、屏東、臺東等縣，極少有饒平移民的墾殖紀錄。由此來看，饒平客家由清代移民臺灣的墾殖，除臺灣東、南部以外，幾乎遍布中、北部，中部更勝於北部，但沒有形成一個大方言點。

另楊國鑫（1993：123）也紀錄「民國十五年時，臺灣漢人祖籍潮州府系的客籍居民有十三萬人，他們以當時的臺中州54,700多人及新竹州51,800多人為最多，高雄州12,800人和臺南州11,300人次之，其他廳州合起來只有4,000多人」。目前，除了新竹州，包含桃竹苗之外的這些饒平後裔，哪裡去了？只有在墓碑刻石上存有饒平字樣及地名、殘存的稱謂詞而已，全部都福佬化。在桃竹苗的饒平後裔，也多半四縣化或海陸化了。如此，臺灣現今會講饒平腔客家話的參考數為三至四萬人（頁139）。

筆者調查，在桃園縣饒平客家後裔極多，在桃園南區今日確實多改說四縣話，變成四縣客，如住中壢市區劉、張、黃、王、詹、陳，龍潭三坑邱、銅鑼圈陳和新屋、富岡詹等姓，只有少數說海陸話。北區多通行閩南話，如桃園、南崁詹、王等姓，變成福佬客。饒平客話只剩下少數聚落中年長者，堅持在宗親與家庭中使用饒平話。

桃園饒平客家的來歷、分布，從其族譜記載及發音人口述，分述於下：

---

[7]　根據清史記載：清為避康熙帝名諱而把「弦歌」改稱「元歌」。

1. 王姓

　　平鎮南勢庄《三槐堂王姓族譜》王克師派下[8]，原籍廣東省饒平縣城子里元歌都蓮塘社墩上鄉。先祖十三世王克師，於雍正三年（1725），偕宗姪王仕福由淡水上陸，初至新莊。雍正六年（1728），入墾南崁，死後葬於蘆竹營盤坑76字號山上，統帥高球場內（道光二十三年立，即西元1843年）。後入墾龜山，姚葬龜山大坑村大坑宗祠左邊（嘉慶二十五年冬立，即西元1820年）。克師生三子，第三子仕甲遷平鎮南勢庄（今金星里）並建宗祠，名爲植槐堂。第二代長子仕泮，次子仕種，第三代之墓仍在大坑村陳厝坑14鄰高速路邊。

　　由龜山到平鎮墾植，南勢係相對北勢而名，現爲南勢里、金星里，距中壢四公里，位置實近於全鄉中心，昔年平鎮庄役場設此。嘉慶初年，客籍徐良興兄弟三人來此開發，今居民以徐姓居多，昔時有「徐屋」的地名。該地當中豐公路要衝和埔心到官路缺公路交會點，近年發展迅速，工廠林立。據筆者調查：居民以說四縣話爲主，東勢有葉姓居民來自陸豐，建有上下公廳，說海陸話。受訪人王年六先生表示：平鎮說饒平王姓家族，除了南勢外，還包含中壢後站整個後寮庄、平鎮平鎮村、北勢等地，如今中壢後站及平鎮王姓年，興字輩大都還能說饒平話，只不過一出外就說四縣，使人不知其爲饒平客。

　　其他同宗有從後龍、鹿港登陸的。其中王廷仁[9]（克師族叔）於康熙五十五年（1716）自饒平到鹿港上陸，墾殖彰化，其後裔分傳至中壢、平鎮，爲北勢王景賢來臺祖。族兄王克照來臺也是先墾南崁、大園，後移中壢、平鎮，其後裔遷至楊梅、竹東、北埔等地，爲中壢、新坡、關西、沙坑、北埔、竹東王屋來臺始祖（《王氏族譜》，頁81）。不過，中壢市區的饒平王姓大都說四縣話，留在龜山者，只有極年長者會說饒平客話。

　　族譜並載：雍正三年，十三世祖王克師拓荒之時，一有閩客之爭，客家人退出平原轉入山丘或縱谷區；二有異姓之爭，常爲爭奪墾地而發生集體械鬥；三有異族之爭，常要防禦原住民的侵襲騷擾。在此艱困的環境之下，開疆拓土，奠立萬年基業，故爲紀念先組織創業維艱，前輩賢哲乃將先祖之田產不予處分或分割，設立祭祀公業，以供年節之祭（頁26，祭祀公業之沿革）。目前饒平王姓已傳至「年、興、派」字輩，楊梅有許多王姓朝字輩是海陸豐移民，非饒平後裔。

8　平鎮南勢《三槐堂‧王克師派下族譜》，王年六先生提供，克師生於康熙四十三年（1704），卒於乾隆三十二年（1767），享年六十四歲，生三子，長仕泮，次仕種，三仕甲。

9　爲王客克師之同宗叔父，同事王興隆老師之來臺祖，家族世居中壢下三座屋，其家族今說四縣客語或閩南語。

2.詹姓

　　中壢興南庄《河間堂詹氏族譜》來臺祖從源公支派下[10]，原籍是廣東省饒平縣新豐鎮新葵鄉牌上村（現地名，原為饒平縣蓮塘社石坑里）。

　　其族譜序記載：六十九世祖肇熙公（三五郎）為宋五經博士，擇饒平上饒為開饒之一世祖，約在南宋恭帝即位開始。傳至十四祖清乾隆年間，從源公、孟澄公（春字輩）約從臺北縣八里份登陸，在觀音山麓和尚洲或三重、新莊落腳。來臺祖約在1740年，至今約二百六十年，為著世居廣東饒平無以為生，從源公約二十五歲，帶著胞弟孟澄公，背負祖父及父親金骸，舉家遷離祖籍地，冒險渡海來謀生。

　　孟澄公無娶，從源公四十九歲第二代時意公才出生，去世時，時意公年方二十。在南崁及中庄依另一族宗榮派下及其他宗親扶持下遷南崁。十五年後，第三代來紳公出世，姓南崁游氏，生四子。此為來臺第四代四兄弟及第五代前面都在南崁出生，共在南崁約住一百年（約1775-1880年）。後來四兄弟於光緒四年遷中壢舊社住二十年（1880-1900），再遷往大崗頂興南庄。後來長房、次房後遷青埔，後裔又遷五塊厝、崁頭厝、桃園、洽溪等地，四房亦他遷。三房到桃園大圳茶寮（興南六番地），留下一子雙萬在原址工作。受訪人詹雨渠先生表示：雙萬即為其祖父，如今全臺詹姓人口約十萬人。從源公派下來臺九代約二百六十年，七百多人，大部分以中壢為中心，如今平常使用饒平話的約存十餘人，大部分都是留在原地三房的後裔，中壢其他詹姓饒平後裔大都說四縣話。

　　興南庄位於中壢鬧市以北至桃園大圳之間，昔稱興南。東以中園路與水尾為界，西以老街溪與三塊厝比鄰，早年為大墾戶鍾興南的居地而得名。今分興南、興國、永興等數里，現已和中壢市街緊密連街。居民原客家居多，而今市區通行國、客、閩三語。

　　桃園詹姓來歷大都是開饒十四至十六是來臺（春、時、來字輩），少數十三和十七世，時間多在清乾隆年間，至今最多達二十六世的「朝」字輩。受訪人詹智原先生表示：其來臺祖為十六世來掇公，居於中壢市，宗族今都已不說饒平話，改說四縣話，其父還能說一些少數日常用語。另居於新屋的詹益銘先生表示：宗族從楊梅富岡遷來，平時在家說四縣話，去新屋街上才說海陸話。至於其他居於南崁、桃園的饒平後裔，詹高瀛先生表示：不知其家族在何時起開始說閩南話。

---

[10] 中壢南興庄《河間堂詹氏族譜》詹雨渠先生提供，來臺祖死後墳墓原葬新莊十八份山麓，後遷中壢大崗頂，開高速公路依法被徵收，民國六十四年遷葬大溪烏塗窟祖公墓。

3.劉姓

　　芝芭里《彭城堂劉氏大族譜》記載：祖籍是饒平縣元歌都浮山深峻鄉下田厝，先祖五十四代開饒始祖第一代，再傳第十三、十四世祖國代、可永公父子於乾隆年間來臺，定居於龜山鄉塔寮坑開墾，後閩客不睦，發生混亂與爭執，放火燒屋，十五世祖傳良、傳喜二公移關西居寮坑店仔崗開墾。傳良公又遷中壢興南庄（今六和工廠附近），後水牛被土匪搶走無法耕作，改做香為生，十六世祖遷中壢三座屋，後裔遷今芝芭里耕種至今。

　　芝芭里在洽溪里之南，昔為平埔聚落，依其發音譯為漢字即為芝芭里，是縣內唯一自古以來從未改變之地名，只有里內國小改稱「芭里」而已，至今境內尚存「大路下」地名，即當年南北交通大道所經下方。據發音人劉興川先生表示：以前本地還有詹、王、鄧屋家族說饒平，所以居民多說四縣客語或通行饒平話，目前只有劉姓宗族和少數人說饒平。其語音特點和平鎮王姓、興南詹姓、八德袁姓相同，唯連讀變調不同。饒平劉姓至今在南桃園只剩住在芝芭里的年長者大部分仍說饒平外，一部分年輕的竟改說閩南語，住在市區者都說四縣話而不曉饒平話。

　　桃園饒平劉姓宗親還有逢春、逢慶後裔來自山前鄉牛皮社松茂樓，以及來自楊康鄉、楊坑鄉、埔尾鄉大徑社的後裔，主要分布於中壢較多。據悉：另外還有自新竹新豐遷入新屋社子居住的劉屋，目前仍能說饒平話，此一部分至今仍未前去查訪。

4.袁姓

　　袁姓今多住於八德霄裡地區，客家人甚早在該區開發，次方言相當多。據受訪人袁明環先生表示：「霄裡地區目前主要說四縣話，其他除了袁姓說饒平話外，還有謝姓說海陸話，邱姓說詔安話，還有一部分閩南人說閩南話，說饒平話的人口大都是中老年人。」另根據袁芳勇先生表示：「祖先原墾有五百多甲田地，可是在日據時期的大正九年，在觀音的兩百多甲被賣了，詳情他不太知道。光復後，所剩公田經過『放領』之後，又再經分家，如今宗祠公田只剩八分多，在七十四年成立『袁汝成祭祀公業管理委員會』重建宗祠，管理宗祠，定每年農曆二月二日為『掛紙』（掃墓）日。今日仍會說饒平話的約有一百多人，大都是中老年人，年輕及小孩不會說，甚至聽不懂客語，周圍原通行四縣話，現因工商發達，外來人口多，又接近忠貞營區，已有人改說閩南話或國語。」[11]查其語音特點與新屋犁頭洲陳姓相似。

---

[11] 見徐貴榮，〈八德市官路缺袁姓守備公派下的饒平客家墾殖與語言特色〉，《客家雜誌》第二三六期（2012年2月）。

5. 陳姓

新屋鄉犁頭洲（今頭州村）饒平陳姓，根據《陳氏族譜》手抄本[12]記載：來自潮州府饒平縣元歌都嶺腳社嶺腳鄉百九陳公傳下十世名顯、名光兄弟於乾隆二年來臺。來臺祖先至諸羅叨囉國幫傭度日，於乾隆十五年往淡地桃澗堡龜崙口廣福社（今桃園高中附近）向平補族租耕土地。

據受訪人陳永海先生表示：初到龜崙口廣福社向平補族租耕土地時，用十手十腳指蓋印，以為徵信，那張契約書保存到約在十多年前分家時，以為無用才被宗親燒毀。來臺第四代，本房先祖到楊梅高山下租林本源土地耕種，住六十多年，其後前往中壢水尾莊開墾耕作，遷中壢水尾居住，目前還有一房宗親住在高山下繁衍。光復後，父親兄弟分家，向邱松林先生買下新屋犁頭洲田地，遷到新屋至今，並建有陳氏家祠。龜山原耕地，日人建桃園神社時被強制徵收。後神社未及擴建即臺灣光復，國民政府接收土地也沒退還，後在該地創建桃園高中，剩下的土地被放領，留在桃園的陳氏後裔有一房，多已不能說饒平客話。其他在水尾、新屋的宗親，中老年者大部分還能使用饒平客語，大約有一百多人。其語言特徵和詔安客語相近，和其他各點有明顯差異。

犁頭洲居新屋鄉最東端，南鄰楊梅鎮高山頂臺地，東、北接中壢過嶺臺地，地勢都高起，中央形成三角形低地，有若犁頭，故名犁頭洲。因有中壢往新屋縣道和楊梅往新坡公路在此交接，形成小市集。今稱頭洲村，因近中壢，交通便利，鄉內工廠最多地區，居民以溪為界，靠中壢以說四縣話為多，靠新屋說海陸話為多，說饒平話只限陳姓宗族間而已。

陳姓另有在龍潭鄉墾殖，據受訪人陳正男先生表示：先祖來自饒平縣元歌都，先祖到龍潭葫蘆墩（今銅鑼圈高平村）墾殖，祖父輩已不說饒平話，今全族說四縣客家話。只有另一同族人居住在關西六福村附近，年長者今仍能說饒平話。

6. 羅姓

觀音崙坪村（今忠愛莊）饒平羅姓，翻開其祖譜《豫章堂羅氏族譜手抄本》，赫然發現來自福建漳州府平和縣大埔鄉庵邊上屋（老厝下）。內文記載：「永達公開基平和縣，到十四世又居、又名兄弟渡臺」，至受訪人已歷七代。據受訪人羅清強先生自稱：開饒至今已二十世，來臺已經七代，世居觀音崙坪。現因有忠愛莊營區，地名改稱忠愛莊，我們說的話為饒平話，附近還有陳姓、邱姓說饒平。」其叔也認為是饒平話[13]。查其語音特點，雖

---

[12] 開饒十七世，來臺第七世，陳永海先生提供。

[13] 受訪人羅清強先生提供，經筆者質疑，特請來其叔加以說明。

和新屋頭洲陳姓雷同，經詳細對比語音系統，爲詔安客家話系統之平和客家話[14]。

7.許姓

　　《高陽堂許氏大族譜》[15]記載及發音人許文勝先生表示：桃園縣許姓原籍廣東省饒平縣元歌都牛皮社山前，現址在上饒鎮南，明弘治五十三年建有饒平山前永思堂祖祠，來臺後在三芝及過嶺也有祖祠；另外，今鳳山祖德堂後裔則爲原籍元歌都嶺腳社寮背鄉蝙蝠山地方，現址爲上饒鎮北寮背鄉上善鎮。

　　東漢光武帝時（約西元55年），有許商世居高陽，以《周易》授尚書，與子綱徙居汝南之平興，爲河南太始祖。傳到十九世孫許陶於唐高宗總章二年（669）奉敕開漳，世襲宣威將軍，居南詔，爲漳州太始祖，爲今臺澎南洋許氏太始祖。陶公入漳傳至十二世乾德，字宋庸，約當五代末周恭帝年間，生三子：夏臣——仍居南詔，爲詔安世系；烈——遷潮陽韓山勝前鄉，爲潮州世系；猷——子若北遷龍溪（漳州）之徐翊，爲漳州世系。大約再傳至十世，至宋末，元兵入侵，1279年文天祥兵敗被囚。1280年，漳州人陳桂龍、陳吊眼及其姑許夫人率眾抗元，事敗牽連全宗，全族清剿，各系隱姓埋名，或隱居山林，或流散山區，譜稱「韓山爲事」，乃滅族之災也（族譜序，頁8）。後潮州世系雖明，但多隱入山林或遷離；詔安世系譜斷，只存耐京公一人傳世；漳州世系依追遠堂之譜序，自猷後七世許崑傳遷至南靖之田源（馬坪），爲今在臺許氏之源。

　　行位四郎於韓山爲事中，由馬坪避災於福建山區汀州府寧化縣石壁鄉，祖序八句云：「南詔相傳世澤長，宋元大難始分張。馬坪溪邊開枝葉，湖廣惠潮數處鄉。兄弟昭穆難品序，本支聯屬更悠揚。於今欲揭根源自，總把陶公認發祥。」可見當時之亂。後四郎長子念三郎（生於元，元貞元年，1295）由寧化遷廣東饒平縣元歌都牛皮社山前爲饒平山前太始祖。（猷三子所傳，今過嶺始祖）

　　念三郎遷饒平，成了許姓饒平開基一世祖，傳至十二世瑞蕰（生五子）第三子上潘（康熙五十六年生，即西元1717年）等四兄弟，因生活環境所迫，於乾隆年間，乘小船至到臺灣開墾，後因故分散，結果另兩兄弟在臺南登陸，於南部發展；上潘等兩兄弟在淡水上陸，後轉三芝開墾。咸豐六年（1820），臺北地區（舊興直堡）淡水河以南至大漢溪下游一帶（芝蘭三

---

[14]　見徐貴榮後續發表之〈觀音崙坪客家話的語言歸屬〉，刊載於《聲韻論叢》（中華民國聲韻學會出版，2007）第十五輯，頁219-246。

[15]　過嶺《新坡高陽堂許氏大族譜》，許學繁先生提供。

堡），淡水、三芝、石門一帶，因閩粵分類械鬥，客家籍先祖在移往新竹、桃園發展（族譜序，頁9）。上瀋（娶黃氏，生四子）第三子士名派下，長子生淡與次子生連派下除少數仍留三芝外，悉遷於關西山區沙坑。後生連公又至過嶺開墾，繁衍至今。前桃園代理縣長許應琛先生即爲留在關西發展，再遷桃園的許姓後裔。

念三郎派下，還有五十五公派下，也大約於乾隆初年到中葉期間，由淡水上陸，墾於新莊十八份，後遷中壢芝芭里。十五世良檀由虎尾上岸，墾於新竹虎寮坑，後遷竹東上坪。瑛公派下十三世由淡水上岸，墾於三芝。

二房生連生八子，居於過嶺繁衍。許文勝先生（已逝）表示：祖父生連公生八子，父親是八子中的屘子（家○）；父親又生七子，自己排行第五。在他兩歲時，其祖父由關西遷來，大約在民國二年，所以至今約一百年。過去過嶺地區荒野一片，許姓是最大姓氏，先前住於過嶺的黃姓、胡姓也說饒平，饒平話是過嶺地區的通行語，別姓也多以饒平話和許姓家族溝通。如今過嶺許姓家族多說饒平話，甚至三十餘歲之青壯年人也能說，保存較爲完好，其語音特點與新竹六家相同，與桃園其他各點，尤其是聲調調值頗有差異。附近黃姓也還有一部分年長者說饒平話，可是過嶺地區後來大部分人說四縣，許姓反而要用四縣話來跟別姓溝通。今則不然，工商發達之後，交通便利，國、客（四縣）、閩（少數）都有。

觀音鄉還有家榕（生連次子）派下住於大同村中山路、新生路等地。據許寶安（應字輩）先生（住中山路，家榕三子，出嗣四子家桃之玄孫）表示：其曾祖先住過嶺，再遷新埔照門（今照鏡里）開墾，其父週歲時，祖父已死，後因生活所迫，父親九歲時，曾祖攜著父親到此租田（下大窟，今新坡中山路近觀音一帶），光復後土地放領，才有自己的田地，直到現在。附近還有吳姓說饒平客話。

8. 邱姓

邱姓今分布在龍潭三坑仔。據龍潭三坑河南堂邱姓[16]記載：原籍是廣東省潮州府饒平縣石獅下水口社西山墈。饒平一世祖伯通、明永樂庚子年生，傳至十一世章政與子華寶（乾隆甲子年生，即西元1744年）於乾隆年間遷來臺灣大科崁中灣庄開基。受訪人邱垂坤及其父邱立鼎先生表示：今大溪名勝蓮座山觀音亭爲其開基先祖約集他姓客籍先民所建。到來臺第三代十三世，約嘉慶年間，閩粵械鬥，粵籍客家人節節失敗，退到山上，閩南人群聚觀音亭山階下，將攻上山時，在千鈞一髮、危急存亡之際，幸好本來不發的砲彈，突然轟然一聲，擊退了山階下群聚紛攘的閩南人，化解了一場滅族的

16　龍潭三坑《河南堂邱姓族譜》，邱垂坤先生提供。

危機。至今仍有少數大溪閩南人認爲「那是客家人的廟而不拜」的觀念。後不久，天又不顧，大科崁溪洪水改道，沖毀辛苦創建的田園，第三代國勝公才帶著兒子雲生公等家族，搬遷到對岸的龍潭三坑仔定居繁衍，不過每年仍定期回到觀音亭祭拜。觀音亭後因廟產糾紛，經纏訟後，觀音寺捐給大溪鎮公所爲公共造產，香火更爲興盛。今族人已不會說饒平話，而改說四縣話，留在大溪的少數宗族則說閩南話或四縣客家話。

　　大園、八德霄裡、中壢三座屋等邱姓，目今雖是「垂」字輩，與饒平同，但是原籍詔安的客家後裔。其始祖與饒平關係頗爲密切，爲饒平始祖同宗伯順公，生於元順帝末，於明朝永樂年間從饒平遷於詔安，遂開基於此（明朝屬漳浦縣），即今詔安縣秀篆鄉，邱姓從此分饒平與詔安，所傳字輩則相同。

9.其他：過嶺黃姓、中壢水尾張姓

　　過嶺黃姓、中壢水尾張姓，原都是饒平後裔。但根據受訪人黃有富先生表示：「父母從過嶺搬到觀音，自己從小就沒聽祖父母、父母說饒平話而說海陸話，只知道自己是饒平底。」原籍中壢水尾的張錦井先生也表示：「從小住中壢街上，都沒聽過祖父說饒平話，只知道自己的先祖是饒平而已，至於何時丟失了自己的母語，無法考據。尤其在中壢工業區開發後，族人紛紛搬遷，至今還有多少張姓族人能說饒平客家話，也不清楚，只知道宗親再一起都說四縣客家話」。

　　綜觀族譜記載，及受訪人口述，桃園饒平客家各姓氏的分布與墾殖，大都先在臺北八里或新莊先住過一段時間，再遷北桃園南崁、龜山，由北而南再到南桃園。或在臺灣中部幫傭或開墾，由南而北，再移居中壢開墾。也有少數自新豐紅毛港登陸，再北遷桃園，主要姓氏包含劉、詹、許、陳、黃、羅、袁、王、邱、黃、張等姓。

　　若以鄉鎮而言，蘆竹南崁和龜山鄉有詹、王、陳等姓；中壢過嶺許、黃姓，芝芭里劉姓，興南庄詹姓，後寮庄王姓，水尾庄陳姓、張姓；平鎮王姓；新屋犁頭洲陳姓，社子劉姓，街區詹姓；觀音新坡許、吳姓，崙坪羅、陳姓；龍潭三坑仔邱姓，銅鑼圈陳姓；大溪邱姓；楊梅高山下陳姓；目前所知，桃園縣境除了大園、復興等鄉未發現饒平蹤跡外，其他十一鄉鎮市都有饒平後裔。

　　外縣市搬入本縣的饒平後裔，多來自新竹縣，大部分都是「單家」的型態。中壢市信義國小教師周○珍（2001年時四十五歲）家族來自新埔鎮，家族年長者今仍通曉饒平話，其語音與過嶺許姓相似。住平鎮宋屋的林先生，是來自新埔鎮箭竹窩林姓家族，平時在中壢市建興市場門口零賣賣菜，說的饒平口音和平鎮點相似。

五、結語

　　廣大的饒平後裔，從各家族譜記載，除了中壢過嶺許、觀音崙坪羅兩姓沒有入墾過桃園北區外，其他都先入墾大溪、龜山、蘆竹等桃園北區，許多家族譜都記載因發生閩粵械鬥，住北區南崁、龜山的先祖紛紛搬至更山區的新竹縣關西拓墾，如芝芭里劉姓，之後再遷來桃園縣；再者則搬至南桃園中壢、平鎮、楊梅、新屋等純客家區拓墾，這些地區，早期在石門大圳尚未修築之前，也是非常貧瘠之地，如中壢興南詹、平鎮王、新屋陳等姓，可見早期客家先祖拓臺的艱辛與宗族的離散。光復後，工商業的發達、工業區的開發、南崁煉油廠的興建、高速公路的開通等重要經濟因素，造成各家族的遷徙以及國語的推行，造成目前饒平客語的流失非常嚴重，只在家族及家庭之間使用，年輕一輩，除了過嶺極少數尚可外，其他都已不會說，值得加以重視。

　　至今桃園饒平客家話的語音，各方言點的差異頗大，尤其是聲調調值的不同，豐富的連讀變調，顯示出饒平客家話的特色。其中可分為(A)芝芭里、興南、平鎮、八德，(B)新屋、崙坪及(C)過嶺、新坡等三個不同的方言組。儘管各方言點語受四縣話的影響程度互有差異，但共同的基本語音結構特點，如：水fi²、睡fe⁷、稅fe²、唇fin⁵、牌pʰe⁵、稗pʰe⁷、鞋he⁵、蟹he²、弟tʰe¹、聽tʰen¹、犁le⁵、冷len¹、飯pʰon⁷、褲kʰu²、窟kʰut⁴等；以及「講話」說「講事kong² sï⁷」、「痛」說「疾tsʰit⁸」、「看」說「睊ngiang²」等重要詞彙，目前都還保守地使用，顯出其語音特色，亟須加以調查與保存。相信桃園縣內必還有不少的饒平客家方言點，北區還有多少饒平客家話殘存的客話痕跡，都值得詳細去調查。

桃園饒平客家墾殖及其語言類型[1]

1　本文為「96年桃園客家開發與史蹟文化研討會」會後
　　論文，桃園社會教育協進會主辦，平鎮市民大學、新
　　楊平社區大學承辦，2007年11月18日於平鎮社會教育
　　中心舉行。

摘　要

　　桃園縣的饒平客家來自古潮州府饒平縣元歌都，除山地復興鄉外，幾乎都有饒平人的拓墾和分布，每鄉鎮都有饒平後裔的蹤跡，但大部分在桃園南區。他們是劉、詹、王、陳、許、袁、黃、張、林等姓氏聚落，目前只剩一些中老年能說饒平客話，社會上不易聽到饒平客話，饒平人成了隱形人，饒平客話成了隱形話。分析其語言，內部雖有一致性，但非常紛雜，本文依其聲調、聲母、韻母之次序，分爲ABC三組類型，主要以語音爲主，展現其語言的多元面貌。此多元面貌，一方面具有饒平特色，一方面又受語言接觸，如四縣、海陸、閩南的影響而有不同的語言型態。

關鍵詞：饒平客家　隱形人　墾殖　語言類型　聲韻調

一、前言

　　臺灣的客家人，大都來自廣東、福建，約分爲五大系統。分布最廣，使用人口最多的是來自原廣東嘉應州府的「四縣」，其次是惠州府的「海陸」，再其次是來自潮州府的「饒平」、「大埔」和福建漳州府的「詔安」、「平和」以及汀州府的「永定」、「武平」等次方言腔調。

　　有關饒平客家，根據《饒平縣志》[2]的記載：「饒平縣只有北部靠近大埔縣（純客家話地區），平和縣（閩方言、客家方言兼有地區）的上善、上饒、饒洋、九村、建饒等鎮及新豐鎮的大部分鄉村、韓江林場食飯溪村、漁村等地都說客家方言系統的客家話，使用人口十七萬多，約占全縣人口的19%。其他中部、南部約有80%都說閩南系統的潮汕話。」因此，說饒平客話的人口少，也就不受世人注意，甚至因爲饒平客話和梅縣話差異很多，還被稱爲「半山客[3]」（鄭國勝 1998：7；吳金夫 1999：217-218）。

　　饒平人很早即自饒平縣來臺，在臺灣分布之廣，可能不亞於四縣或海陸，鄭國勝著《饒平鄉民移居臺灣記略》有詳盡記載。但目前在廣大的饒平移民後裔中，調查發現，在臺灣北中南部的饒平客家人雖然很多，都改說閩南話，已成爲「福佬客」[4]（吳忠杰，1999），甚至不知道自己是客家人。

2　《饒平縣志》，1993年5月初稿，1994年5月修正稿，1994年12月廣東人民出版社出版。

3　鄭國勝，《饒平鄉民移居臺灣記略》（香港文化傳播事務所出版，1998），頁7。吳金夫，〈半山客埔寨鎮風情錄‧客潮方言文會處的半山客〉，《潮客文化探索》，頁217-218。

4　吳忠杰，《臺灣福佬客分布及其語言研究》（國立師範大學華語文教學研究所碩士論文，1999）。

目前仍能說客話者，只存桃、竹、苗地區和臺中東勢一帶（呂嵩雁1993；徐貴榮2005），這些地方，除了苗栗縣卓蘭老庄聚落較密集外，多數已被其他方言取代，新竹縣竹北六家原也是饒平很大的聚落，如今也因高鐵經過而開發，遭受相當大的衝擊。殘存的饒平客話，目前多隱於桃竹苗客家庄中，除了少數幾個小聚落外，沒有整個「村里」以上的饒平方言島，饒平客話大都已退入家庭或宗族間溝通時才使用。饒平人在臺灣社會中已成為「隱形人」，饒平客話成了「隱形話」。因為在一般客家聚落中，不易聽到饒平客話，目前到底還有多少人使用饒平客話，也無從統計。在各類客話廣播媒體中，也極少有饒平客話的出現。

　　到底還有多少人說饒平客話，根據鄭國勝（1998：34-35）《饒平鄉民移居臺灣記略》「表一　饒平鄉民移臺姓氏、人數，在臺人口、分布」概算約有五十萬人，大部分在桃竹苗中彰地區。楊國鑫《臺灣客家》〈略估臺灣現今使用饒平腔的人口〉以民國十五年統計的潮州客家籍人口十三萬多人乘以四倍計算，得到約五十二萬，但現在真正會說饒平客話的人口，距這個數字差太遠了[5]。該文根據前新竹縣長林光華的推測，及《苗栗縣志》資料[6]，加上桃園和其他縣市約略估計，得到臺灣現今會講饒平腔的客家人參考數為三至四萬人（1993：138）。

　　桃園縣的饒平客家分布，除山地復興鄉外，幾乎都有饒平人的拓墾和分布，每鄉鎮都有饒平後裔的蹤跡，且大部分在桃園南區。他們是劉、詹、王、陳、許、袁、黃、張、林等姓氏聚落，目前只剩一些中老年大致都能說饒平客話。在北區有相當多的饒平後裔不會說饒平客話而改說閩南話，在桃園南區改說四縣客話或海陸客話，也有說閩南話的，例如平鎮雙連坡的劉姓、芝芭里的部分劉姓、內壢的張姓。所以，到底現在桃園還能說饒平客話的人口有多少，詢問各發音人，也都不敢肯定，因為饒平客話只限在家中或宗族之間使用，在社會上幾乎聽不到他們的聲音。在調查分析發現，桃園饒平客話依語音的差異，可分ABC三組，不過同中有異，他們都互相說：某姓講的饒平客話「當烏」[7]。而且他們世代以農耕為生，也極少互動，所以

5　該文沒有將大埔、豐順二縣移民列入屬潮州籍列入計算。若列入計算，饒平移民後裔在臺人數可能比統計數字稍少。

6　《苗栗縣志》（1957）民國四十六年的統計，全縣使用饒平腔戶數四百八十戶（總數六萬五千二百零一人），其中卓蘭移鎮就有三百九十四戶（市中心老庄里有二百八十五戶），若以每戶七人計（三代同堂，祖父母、父母、每戶三子女），當時卓蘭最少約有二千八百人。

7　客話「當」的意思為「很」。「烏」本為「黑」的意思，在此為「話不容易聽懂」或「話比較純」，沒有雜入其他方言之意。譬如：竹東、新埔的海陸話較「烏」，意思為竹東、新捕的海陸話比較「純，像海陸話」，說四縣或其他腔調的客家人比較聽不懂。

要確實統計目前眞正能說饒平客話的人有多少，相當不易。不過從發音人的估略統計，桃園目前還能說饒平客話的人口大概不會超過一萬人，且只限於中老年層，年輕人能說得流利的只剩鳳毛麟角，經常使用的就更少了，故消失得極爲快速。

二、桃園饒平客家的墾殖

筆者曾於2003年於中央大學客家研究中心發表〈桃園饒平客家的來源與分布調查〉[8]，首度對桃園縣饒平客家的調查和分布，提出初步的報告。經過數年，又多了一些資料，有些已在筆者所著《臺灣饒平客話》[9]有所述及。本文即以姓氏爲經，並參考其族譜與發音人敘述爲緯，將饒平客家在桃園的拓墾及其語言類型分述於下。

㈠ 姓氏及拓墾區

1. 龍潭三坑邱姓章政公派下[10]

原籍是廣東省潮州府饒平縣石獅下水口社西山垻，饒平一世祖伯通，於明永樂庚子年生（即永樂十九年，西元1420年），傳至十一世章政公與子華寶公（乾隆甲子年生，即乾隆九年，西元1744年）遷來臺灣大科崁中灣庄開基，墓碑鐫有「饒邑」字樣。今大溪名勝「觀音亭」爲其開基所建，至今仍有少數大溪閩南人認爲「那是客家人的廟而不拜」的觀念。到十三世來臺第三代國勝公，經歷閩粤械鬥後，又遇大科崁溪洪水改道，沖毀田園，才搬遷到對岸的龍潭三坑仔墾殖定居繁衍，爲三坑仔永福宮幾個姓氏輪值之一的大姓，不過每年仍定期回到觀音亭祭拜。觀音亭後因廟產糾紛，經纏訟後，觀音寺捐給大溪鎮公所爲公共造產，香火更爲興盛。

三坑地區邱姓數年前，還有一些高齡的年長者說饒平客話，至今已無，今說帶有舌葉音的四縣話，留在大溪的少數宗族則說閩南話。和詔安的邱姓本是同根，譜序現在已傳至「垂」字輩。

2. 平鎮南勢植槐堂王姓王克師派下[11]

原籍廣東省饒平縣城子里元歌都蓮塘社墩上鄉。十三世王克師，於

8　《客家文化研究通訊》（國立中央大學編印），第五期，頁114-130。

9　徐貴榮，《臺灣饒平客話》，（臺北：五南圖書出版公司出版，2005），頁31-39。

10　《龍潭三坑河南堂邱姓族譜》，邱垂坤先生提供，「觀音亭故事」由其父邱立鼎先生口述。

11　平鎮南勢三槐堂　王克師派下族譜，王年六先生提供。克師生於康熙四十三年（1704），卒於乾隆三十二年（1767），享年六十四歲，生三子，長仕泮，次仕種，三仕甲。

雍正三年（1725），偕宗姪王仕福由淡水上陸，初至新莊。雍正六年（1728），入墾南崁，死後葬於蘆竹營盤坑76字號山上的統帥高球場內（道光二十三年立，即西元1843年），妣葬龜山大坑村大坑宗祠左邊（嘉慶二十五年冬立，即西元1820年）。克師三子仕甲遷安平鎮南勢庄（今平鎮市南勢、金星等里），並建宗祠（中豐路南勢一段31巷進入約二百公尺左轉，今屬平安里二鄰77號），名為「植槐堂」。另建有一分宗祠在建安里東勢147號。第二代長子仕泮、次子仕種、第三代之墓仍在大坑村陳厝坑14鄰高速路邊，所以吳中杰所謂「饒平王姓入墾龜山鄉大坑村，擴及隔鄰蘆竹鄉南崁一帶」應是有誤，墾殖順序應是「先墾殖蘆竹南崁，再移墾龜山大坑一帶，後移殖平鎮」。另有搬至觀音種田，至今仍能說饒平客話的後代。

　　族譜記錄：雍正三年，十三世祖王克師拓荒之時，一有閩客之爭，客家人即退出平原轉入山丘或縱谷區；二有異姓之爭，常為爭奪墾地而發生集體械鬥；三有異族之爭，常要防禦原住民的侵襲騷擾。在此艱困的環境之下，開疆拓土，奠立萬年基業，故為紀念先祖之創業維艱，前輩賢哲乃將先祖之田產不予處分或分割，設立祭祀公業，以供年節之祭（《祭祀公業之沿革》，頁26）。

　　由龜山到平鎮墾植，南勢係相對北勢而名，現為南勢里、金星里，距中壢四公里，位置實近於全鄉中心，昔年平鎮庄役場設此。嘉慶初年，客籍徐良興兄弟三人來此開發，現存有「徐屋」的地名。該地當中豐公路要衝和埔心到官路缺公路交會點，近年發展迅速，工廠林立，人口快速增加。據筆者調查：居民以說四縣話為主，東勢有葉姓居民來自陸豐，建有上、下公廳，說海陸話。受訪人王年六先生表示：平鎮說饒平王姓家族，除了南勢外，還包含中壢後站整個後寮庄、平鎮平鎮村、北勢等地，如今中壢後站及平鎮王姓「年、興」字輩大都還能說饒平客話，只不過一出外就說四縣，使人不知其為饒平客。「派」字輩以下，則愈來愈少會說饒平客話。

　　其他同宗有從後龍、鹿港登陸的。康熙五十五年（1716）王廷仁[12]自饒平到鹿港上陸，墾殖彰化，其後裔分傳至中壢、平鎮，為北勢王景賢來臺祖。從兄弟王克照來臺先墾南崁、大園，後移中壢、平鎮，其後裔遷至楊梅、竹東、北埔等地，為中壢、新坡、關西、沙坑、北埔、竹東等地王屋來臺始祖[13]。

12　同事王興隆老師提供，為其之來臺祖，王克師之同宗叔父，家族世居中壢下三座屋，家族今說四縣客話。

13　見《王氏族譜》，頁81。

3. 中壢興南庄詹姓從源公派下[14]

原籍是廣東省饒平縣蓮塘社石坑里[15]，其族譜序記載：詹氏饒平始祖六十九世祖肇熙公（三五郎）為宋五經博士，擇饒平上饒為開饒之一世祖，約在南宋恭帝即位開始。傳至十四祖從源公、孟澄公約在1740年從臺北縣八里份登陸，在觀音山麓和尚洲或三重、新莊落腳，至今約二百六十年年。為著世居廣東饒平無以為生，從源公約二十五歲，帶著胞弟孟澄公，背負祖父及父親金骸舉家遷離祖籍地，冒險渡海來謀生。死後墳墓原葬新莊十八份山麓，後遷中壢大崗頂，開高速公路依法被徵收，民國六十四年遷葬大溪烏塗窟祖公墓。

從源公四十九歲第二代時意公才出生，孟澄公無娶。公去世，時意公年二十歲。在南崁及中庄依另一宗榮派下及其他宗親扶持下遷南崁。十五年後，第三代來紳公出世，來紳公生四子。此來臺第四代四兄弟及第五代前面都在南崁出生，共在南崁約住百年（約1775-1880年）。後來四兄弟遷中壢舊社住二十年（1880-1900），再遷往大崗頂興南庄。長子、次子後遷大園青埔，後裔又遷五塊厝、崁頭厝、桃園、洽溪。三房到桃園大圳茶寮（興南六番地），留下雙萬在興南原址工作，如今全臺詹姓人口約十萬人。從源公派下來臺九代約二百六十年，七百多人，大部分以中壢為中心，如今平常使用饒平客話的約存十餘人，其後裔大都說四縣話。興南庄位於中壢鬧市以北至桃園大圳之間，昔稱興南。東以中園路與水尾為界，西以老街溪與三塊厝比鄰，早年為大墾戶鍾興南的居地而得名，今分興南、興國、永興等數里，現已和中壢市街緊密連街。居民原客家居多，而今市區通行國、客、閩三語。留在南崁的已說閩南話，但知道自己是饒平客加後裔。

另有十五世祖時方公，在伯公崗拓墾，後裔有移居新開墾者。十六世祖來掇公，在中壢街市繁衍，不過這些後裔今多不會說饒平客話了，很多受訪者只表示「聽阿公、阿爸說過」。

4. 過嶺高陽堂許姓瑞薀公派下與新坡下大堀許姓[16]

來臺的祖籍有兩個地方，中壢過嶺許姓是饒平縣元歌都山前鄉扶陽寨，今上饒鎮南許坑。鳳山許姓祖德堂為來自元歌都嶺腳社寮背鄉蝙蝠山地方，今上饒鎮北上善鎮。

---

[14] 中壢興南庄《河間堂詹氏族譜》，詹雨渠先生提供。

[15] 根據其族譜記載：蓮塘社石坑里，現地名新豐鎮新葵鄉牌上村。2006年7月，筆者曾至饒平縣新豐鎮新葵鄉牌上村實地考查，該地確實以詹姓為主，但石坑里不在該地，確實地點在與之為鄰的饒洋鎮西，屬饒洋鎮。牌上村和石坑里兩地分屬不同鄉鎮，族譜記載可能有誤。

[16] 過嶺、新坡《高陽堂許氏大族譜》，許學繁先生提供。

　　乾隆初年（約1736），開饒十二世祖瑞蘊公因生活環境所迫，乘小船至淡水上陸，後轉三芝開墾，後因閩粵分類械鬥，十三世祖上璠（字魯璧，康熙五十六年，1717年生，為十二世瑞蘊五子之第三子。娶黃氏，生四子，長次都無嗣）之三子世名公（生淡公與生連公）派下除少數仍留三芝外，都遷於關西山區旱坑。後來生連公又遷至過嶺開墾，繁衍至今。發音人許文勝先生（已於2001年1月去世）自述：「先祖有四兄弟，各兩兄弟分別淡水、鹽水登陸。在鹽水者於南部發展，在淡水者，住不知多久，搬到關西旱坑開墾。大約民國二年，在他兩歲時其祖父由關西遷來開墾，今建有高陽堂宗祠。阿太生八子，六個兄弟來過嶺，其餘兩兄弟在關西，前桃園代縣長許應琛即是。新坡許寶安為老二家榕後裔，其父由過嶺遷新埔照門，再遷新坡。」和新坡許寶安所言大致相和。而許寶安家族會搬到新坡，全因其父從在日據時期從新埔到新坡耕租田地，光復後放領而定居。

　　早期，過嶺地區以說饒平客話為主，外姓也多以饒平客話和許姓家族溝通。但因其自關西，語音與中壢四縣話有些差異，於是在義民聯庄中元祭典時與新屋的海陸客家一起劃歸新埔枋寮區輪值，而不是參與較近平鎮義民廟中元慶讚輪值。後來四縣人多了以後，語言漸變，今則不然，國、客（四縣、海陸）、閩都有。如今過嶺許姓說饒平客話，甚至三十餘歲之青壯年人也能說，保存較為完好。另有分支，住於新坡，即是本文的新坡方言點。住於過嶺的黃姓、胡姓也是饒平人，今已一部分說四縣，一部分說海陸。

5. 中壢芝芭里彭城堂劉姓國代公派下[17]

　　祖籍是饒平縣元歌都浮山深峻鄉下田屋（今上饒鎮凹下、下田屋），開饒第十三、十四世祖國代、可永公父子於乾隆年間來臺，於龜山鄉塔寮坑開墾。開墾創業百餘甲土地，後來因客家閩南不睦，時常發生混亂和爭執放火燒屋，十四世祖可永公由於無法維持，變賣土地獲得三百龍銀，與子傳良、傳喜二公遷移新竹縣關西店仔岡煉寮坑開墾定居（頁99）。傳良公又遷中壢興南庄（今六和工廠附近）耕農為業，後來水牛被土匪搶走無法耕作，改「做香」為生，十六世祖遷中壢三座屋，有年被強迫遷屋，無家可歸。十八世祖守龍公生於三座屋，三十歲娶徐媽，生家德公。十九家德公（光緒癸巳年生，即光緒十九年，西元1893年）到二十歲民國二年，遷芝芭里大路下鴨母堀學耕農，幾經奔波，十八歲賺了錢回芝芭里買田立業，終在民國二十六年四十四歲時，回中壢建造大房子，後二年回中壢定居。

　　桃園饒平劉姓宗親非常多，其他還有逢春、逢慶後裔來自山前鄉牛皮社松茂樓，在平鎮與中壢交界的雙連坡（民間稱雙連陂）拓墾，不過目前大都

17　芝芭里《彭城堂劉氏大族譜》，由劉興川、劉興賢先生提供。

不會說饒平客話而改說閩南語或四縣話。還有來自楊康鄉、楊坑鄉、埔尾鄉大徑社、石井地區，分布在桃園縣內各地，目前是桃園的大姓，拓殖非常廣闊，已去世的縣長劉邦友及曾任立法委員的劉興善先生、中壢街有名的醫生劉興橋先生都是饒平人。至今饒平劉姓在南桃園除了芝芭大部分仍說饒平客話，一部分年輕的改說閩南語，一部分及住在市區者都說四縣話。

6. 新屋犁頭洲陳姓始祖百九來臺名顯公派下[18]

　　來自潮州府饒平縣元歌都嶺腳社嶺腳鄉百九公傳下。十世名顯、名光兄弟於乾隆二年來臺。來臺祖先至諸羅叨囉國幫傭度日，於乾隆十五年往淡地桃澗堡龜崙口廣福社（今桃園高中附近）向平補族租耕土地墾殖，用十手十腳指蓋印，以為徵信。據發音人表示，那張契約書保存到約在二十多年前分家時，以為無用才被宗親燒毀。

　　發音人說：來臺第四代，到楊梅高山下租林本源土地耕種。住六十多年後分家，受訪人先祖再遷往中壢水尾莊開墾耕作，光復後，父親兄弟分家，向邱松林先生買下新屋田犁頭洲田地，遷到新屋至今。桃園龜山開臺祖上公廳因建築公路後被廢，下公廳因建神社被徵收，百九公派下陳氏家祠光復後才於民國七十九年十二月四日在新屋頭州重建完成，後來高鐵經過必須拆除，用人力搬移至今址。

　　龜山原耕地，日人建桃園神社而被強制徵收，光復後，土地沒退還改建桃園高中，剩下的土地被放領，留在桃園的陳氏後裔有一房，多已不能說饒平客話。其他在水尾、新屋、楊梅的宗親，中老年者的很少部分，總共大約有一百多人還能在宗親聚會或祭典使用饒平客話。

7. 八德市霄裡里官路缺袁姓守備公派下[19]

　　《袁氏宗祠重修志》載：迄清代聚族粵之潮州，祖考紅眉公，祖妣游氏，傳至角一公，分布於饒平之嶺腳仔，始建祖祠曰「德慶堂」，子孫昌盛。迄四世祖肇基公，分枝於竹園裡，再建宗祠曰「紹德堂」，源遠流長。傳至十四世祖秉正守備公，少懷大志，冒險患難，遠涉重洋，終抵臺灣，初居鶯歌之橋仔頭莊，篳路藍縷，艱難啟闢，於乾隆之歲，置田四甲餘。洎夫十六世祖振綱拔力公與嘉勤正直公，至道光三十年（1850）間，移居霄裡，……，置田五百餘甲，遂重建祠堂曰「德慶堂」。

　　祠堂在今中壢往大溪方向，過了龍岡圓環、忠貞、官路缺十字路口後約一百公尺，左邊小路下即是。今祠堂是民國七十五年十月（1986）完成的。祠左即是袁氏佳城，上鑴有「饒邑」字樣。

---

[18] 開饒十七世，《百九派下公傳下陳氏族譜》手抄本，由來臺第七世陳永海先生提供。

[19] 因未提供族譜，資料取自《袁氏宗祠汝南德慶堂重建錄》，由袁芳湧先生提供。

　　發音人袁芳勇先生表示：祖先原墾有五百多甲田地，可是在日據時期的大正九年，在觀音的兩百多甲被賣了，詳情他不太知道。光復後，所剩公田經過「放領」之後，又再經分家，如今宗祠公田只剩八分多，在民國七十四年成立「袁汝成祭祀公業管理委員會」重建宗祠，管理宗祠，定每年農曆二月二日為「掛紙」（掃墓）日。今日仍會說饒平客話的約有一百多人，大都是中老年人，年輕及小孩不會說，甚至聽不懂客話，周圍原通行四縣話，現因工商發達，外來人口多，又接近忠貞營區，已有人改說閩南話或國語。

　　八德霄裡地區，客家人甚早在該區開發，次方言相當多。據受訪人袁明環先生表示：「霄裡地區目前主要說四縣話，其他除了袁姓說饒平客話外，還有謝姓說海陸話，邱姓說詔安話，還有一部分閩南人說閩南話，說饒平客話的人口大都是中老年人。」

8. 其他

　　觀音崙坪「忠愛莊」羅姓表示：「我們說的是饒平話。」經筆者詳查，由其語音系統分析，觀音崙坪羅姓並不是說饒平客話，應是說詔安系統的「平和客話」[20]。張姓墾殖於內壢水尾地區，因中壢工業區之設置，後裔大都已遷移他處，大都也不會說饒平客話，改說四縣話或閩南話。另於中壢新屋交流道靠中央大學的張姓聚落，目前有座老祠堂，家族仍說饒平客話，因未深入訪查，還未請其出示其族譜，聽其語音特徵同平鎮王姓家族。鄧文治（2006）曾到饒平上饒鎮考察[21]，今中壢張姓應是來自上饒鎮武石。

(二) 小結

　　桃園縣饒平客話只剩下少數聚落中年長者，堅持在宗親與家庭中使用饒平客話。這些廣大的饒平後裔，除了過嶺許家沒有入墾桃園北區外，其他都先入墾大溪、龜山、蘆竹、大園等桃園北區。甚多族譜上寫著：後因閩客械鬥或閩客不睦，南遷到南桃園大中壢地區，甚至遷至新竹關西再搬回南桃園拓墾，如芝芭里劉姓、過嶺許姓，成為二度移民。也有一部分人留在桃園北區，不過這些饒平後裔，像南崁的詹姓，已完全不能說饒平客話而改用閩南話。至於有多少饒平殘存的客話痕跡，有待繼續調查。

　　根據族譜記載，饒平來臺祖大都年輕來臺，至中年結婚，並沒有敘述是娶何地女子，也沒有詳細記載祖妣，是否由大陸一起來臺，只知是○姓○

---

[20]　見徐貴榮，〈桃園觀音崙坪客話的語言歸屬〉，第二十二屆全國聲韻學研討會論文（2004），臺北市立教育大學主辦，收錄於《聲韻論叢》第十五輯，臺北：學生書局將刊出。

[21]　鄧文治，〈築夢計畫成果報告 饒平客加研究〉，刊錄於《新竹縣饒平客家文化協會四周年紀念專刊》（2007），發行人：林章連，總編輯：鄧文治，張家照片刊於該計畫成果報告之第20頁。

媽。受訪人也無法清楚其媽來歷，或另有隱情？就是當年清政府尚未開放廣東移民來臺，粵籍來臺都是偷渡客，也禁止攜眷來臺，所以這些先民來臺拓墾或承租土地有成後，是否「就地取材」，「娶」或「招」平埔族女性爲妻，促使平埔族在一兩百年內迅速消失，許多人身體裡流著平埔族的血液而不自知。

三、桃園饒平客話的語言類型

㈠ 語言類型

　　目前所了解，臺灣的饒平客話大都以「姓氏」爲「聚落點」的呈現，沒有形成「面」的分布，故目前所知還在使用饒平客話的方言點，桃園縣有中壢市芝芭里劉屋（分支平鎮建安里）、興南庄詹屋、三座屋張姓、過嶺許屋，新屋鄉犁頭洲陳屋，平鎮市南勢王屋，觀音鄉新坡許屋、八德官路缺袁屋等八個姓氏聚落。爲研究方便及歸納，根據聲韻調差異，目前已獲得的調查資料，臺灣饒平客話大致也不脫以下幾種狀況。因爲聲調是各方言點的最大差異，所以首依聲調，次依聲母，末依韻母，將之分爲三組。

1. 首依聲調：芝芭、興南、平鎮、新屋、八德、卓蘭等六個方言點聲調調值相同，過嶺、新坡等五個方言點相同。但新屋、八德比芝芭等四個方言點多出一個「超陰入」，有七個聲調，故宜分三組
2. 次依聲母：芝芭、興南、平鎮、八德等四個方言點沒有舌葉音。新屋、過嶺、新坡、竹北六家、芎林上山等五個方言點有舌葉音，可分爲兩組。
3. 末依韻母：芝芭、興南、平鎮等三個方言點相同，過嶺、新坡等兩個方言點相同。新屋、八德兩點除了古止、深、臻、曾開口三等知、章系韻母有別外，古宕、江、通等攝陰入聲沒有收-k尾的韻母，聲調變成「超陰入」現象則一致，故也可分三組。
4. 依據上列三項聲、韻、調的不同和特性，本文將十個方言點分爲三組[22]：
   A組：中壢市芝芭里劉屋（以下本文稱「芝芭」）、中壢市興南詹屋（以下本文稱「興南」）、平鎮市南勢王屋（以下本文稱「平鎮」）等三個方言點，此組方言點陽平53、上聲31、去聲55。
   B組：新屋鄉犁頭州（今稱頭州）陳屋（以下本書稱「新屋」）、八德市霄裡官路缺袁屋（以下本文稱「八德」）等兩個方言點，此組方言點陽平53、上聲31、去聲55與A組相同外，還多了一個「超陰入

---

[22] 臺灣饒平客話大致也不離此三組，詳細見徐貴榮，《臺灣饒平客話》，頁18-19。

24」[23]。

C組：中壢市過嶺許屋（以下本書稱「過嶺」）、觀音鄉新坡許屋（以下本書稱「觀音」）等兩個方言點，此組方言點陽平55、上聲53、去聲24。

㈡ 語音共同特點

1. 聲韻調

饒平客家有別於四縣、海陸系統的客話，和詔安客話相近，和大埔話也有一些共同的音韻特徵。

⑴ 聲母

① 章組少數字讀[f]，如：唇船fin⁵ 水書fi² 稅書fe² 睡禪fe⁷

② 見組溪母今讀[kʰ]，如：褲kʰu² 窟kʰut⁴ 溪kʰie¹ 苦kʰu² 客kʰak⁴

③ 有豐富的[v]聲母，如：云母「雨vu²、圓vien⁵、園vien⁵、遠vien²、縣vien⁷」等字今讀v，這些字四縣讀無聲母，海陸讀濁擦音rh-。

⑵ 韻母

① 止攝開口三等「鼻」字，在中壢市芝芭、興南和卓蘭等地讀鼻化韻pʰiˀ⁷，臺灣客話沒有鼻化音，特別顯眼。

② 古遇攝合口三等魚韻云母「雨」讀vu²。

③ 山攝合口一等桓韻曉、影組、三等仙韻章組少部分字讀an，不讀on。如：歡fan¹ 碗、腕 van² 磚tsan¹ 轉tsan²

④ 山攝合口一等桓韻見組讀uan，不讀on。如：罐kuan² 官kuan¹

⑤ 蟹攝二等皆佳二韻「並匣影」母字讀e，明母和蟹攝四等讀i，如：
排pʰe⁵、牌pʰe⁵、稗pʰe⁷、鞋he⁵、蟹he²、矮e²
埋mi⁵、買mi¹、賣mi⁷、泥ni⁵

⑥ 蟹、梗二攝四等端組部分字及梗攝二等「冷」字，其主要元音為e，不讀ai、ang。

| 低te¹ | 底te² | 啼tʰe⁵ | 弟tʰe⁵ | 犁le⁵ |
| 聽tʰen¹ | 廳tʰen¹ | 頂ten² | 冷len¹ | |

⑦ 果攝開一泥母、合一明母，效開一明母少數字，新屋、平鎮、興南等方言點讀u。
挪nu⁵ 糯 nu⁷ 磨～刀nu⁵ 磨～石nu⁷ 毛mu¹ 帽 mu⁷

---

[23] 徐貴榮，〈桃園新屋陳姓饒平客家話的「超陰入」〉，刊載於《聲韻論叢》（臺北：中華民國聲韻學會出版，2006）第十四輯，頁163-185。

(3) 聲調

　　臺灣饒平聲調歷時的發展，和其他客話聲母的發展，內部有部分一致性，如古次濁上部分今讀陰平，如：馬ma¹、偉vui¹、美mui¹等；古全濁上部分今讀陰平，如：舅kʰiu¹、動tʰung¹、簿pʰu¹等；古清上也部分字讀陰平，如：組tsu¹；古濁上和濁去合併爲今讀去聲，如：杜tʰu⁷、度tʰu⁷；市sï⁷/ʃi⁷、侍sï⁷/ʃi⁷；道tʰo⁷、盜tʰo⁷。但古清上、去二聲演變和四縣、海陸不同。饒平客話雖和四縣話同樣有六個聲調[24]，但從中古到現在歷時的演變，最大的特徵即在於古陰上和陰去合併爲今讀上聲。如：

　　　　死 si²、四 si²　孔 kʰuŋ²、控 kʰuŋ²　斗 teu² 鬥 teu²

(三) 語音差異

1. 聲母

(1) 古精莊知章四組，靠近四縣的A組，全讀同精組；B組新屋、C組過嶺則分精莊、知章組兩套，與海陸相同；B組八德和A組的卓蘭相同，只存舌葉濁擦音ʒ，後接止、深、臻、曾、梗四攝三等字，各有不同的變化。

古聲母 / 攝	例字	A		B		C
		芝芭	平鎮	新屋	八德	過嶺
精 / 止	四	si	si	si	si	si
章 / 止	屎	sï	sï	ʃi	sï	ʃi
章 / 深	針	tsïm	tsïm	tʃim	tsïm	tʃim
知 / 臻	珍	tsïm	tsïm	tʃim	tsïm	tʃim
知 / 梗	貞	tsïn	tsïn	tʃin	tsïn	tʃin
庄 / 梗	責	tsit	tsit	tsit	tsit	tsit

(2) 溪母今讀[kʰ]，有些方言點讀h。

例字	新坡	芝芭	平鎮	新屋	八德	過嶺
客	hak	hak	hak	kʰak	kʰak/hak	kʰak
褲	kʰu	kʰu/fu	kʰu	kʰu	kʰu	kʰu

---

[24] 竹北六家林姓只有五個聲調，去聲和陽平合併為同一聲調55，只有在連讀變調時才會產生前字變調成為33，才有六個聲調的跡象。

例字	新坡	芝芭	平鎮	新屋	八德	過嶺
去	hi	hi	hiu	kʰiu	kʰiu	kʰi
起	hi	hi	hi	kʰi	kʰi	kʰi

(3)近閩南語的新坡及近中壢四縣客話區的過嶺地區，部分濁擦音[rh]聲母掉落，但有詔安話及海陸區的八德，則有[rh]聲母，如「羊」、「一」、「影」、「乙」等字。

(4)「雨、圓、園、遠、縣」各點讀法不同。近四縣讀無聲母，近海陸地區讀[rh]，部分保留讀[v]。

例字	新坡	芝芭	平鎮	新屋	八德	過嶺
雨	vu	vu	vu	vu	vu	vu
圓	ʒien	vien	ien	vien	ven	ʒien
園	ʒien	vien	ien	vien	ven	ʒien
遠	ʒien	ien	ien	vien	ven	ʒien
縣	ʒien	ien	ien	vien	ven	ʒien
勻	ʒiun	iun	iun	vin	vin	ʒiun

2. 韻母

(1)山攝合口一等桓韻曉、影組、三等仙韻章組少部分字讀an，桃園部分點「官、寬」已改讀on。

例字	新坡	芝芭	平鎮	新屋	八德	過嶺
官	kon	kon	kon	kuan	kuan	kuan
闊	fat	kuat	fat	kuat	kuat	fat
罐	kuan	kuan	kuan	kuan	kuan	kuan
寬	kon	kon	kon	kuan	kuan	kuan
碗、婉	van	van	van	van	van	van

(2)古效攝三等讀iau，今多點不規則的如四縣客話讀eu或ieu。如下表，應是受四縣不等程度的影響。

例字	芝芭	興南	平鎮	新屋	八德	過嶺	新坡	四縣
表	piau	piau	piau	piau	piau	piau	piau	peu

例字	芝芭	興南	平鎮	新屋	八德	過嶺	新坡	四縣
苗	meu	miau	meu	miau	meu	meu	miau	meu
消	siau	siau	siau	siau	siau	siau	siau	siau
朝今~	tsau	tsau	tsau	tʃau	tsau	tʃau	tʃeu	tseu
趙	tseu	tseu	tseu	tʃeu	tsau	tʃau	tʃau	tseu
紹	sau	seu	seu	ʃau	sau	ʃau	ʃau	seu

(3)深、臻、曾、梗等四攝開口三等知章系，今讀A組和BC組不同，A組變成舌尖前元音，讀ï，BC組讀齊齒呼i。例字如下：

攝 組別	深		臻		曾		梗	
A	$ts^hï m^5$	$tsï p^4$	$ts^hï n^7$	$sï n^5$	$ts^hï t^4$	$tsï n^1$	$sï n^2$	$sï n^5$
B、C	$tʃ^h im^5$	$tʃ ip^4$	$tʃ^h in^7$	$ʃ in^5$	$tʃ^h it^4$	$tʃ in^1$	$ʃ in^2$	$ʃ in^5$
桃園四縣	$ts^hï m^5$	$tsï p^4$	$ts^hï n^7$	$sï n^5$	$ts^hï t^4$	$tsï n^1$	$sï n^2$	$sï ï n^5$
例字聲紐	沉澄	汁章	陣澄	神船	直澄	蒸章	聖書	成禪

　　其他還有部分點如：過嶺——深攝，池$ts^hï$、遲$ts^hï$、汁$tsï p$；臻攝，珍$tsin$。

　　　　　　　　新屋——臻攝，陳t^hin、神$ʃin$；梗攝，聖$ʃin$。

(4)古宕、梗、江、通四攝韻尾B組陰入沒有-k尾，語音讀同詔安「超陰入」調，但陽入則有-k尾，和詔安話不同[25]。

攝 聲調 組別	宕		梗		江		通	
	陰入	陽入	陰入	陽入	陰入	陽入	陰入	陽入
A	$kiok^4$	iok^8	$ŋiak^4$	pak^8	$tsok^4$	hok^8	vuk^4	suk^8
B	kio^9	$ȝiok^8$	$ŋia^9$	pak^8	tso^9	hok^8	vu^9	$ʃuk^8$
C	$kiok^4$	$ȝiok^8$	$ŋiak^4$	pak^8	$tsok^4$	hok^8	vuk^4	$ʃuk^8$
例字	腳	藥	額	白	桌	學	屋	熟

---

(5) 鼻化音ĩ，只有一個「鼻」及其構成的詞彙，存於中壢市芝芭、興南兩個點。

(6)「他」（佢）的韻母平鎮及八德讀-iu（kiu^5），其他點為-i（ki^5）

3. 聲調

饒平客話分成三種型態，最大的原因在於三個聲調的差異，他們分別是上聲、去聲、陽平，B組還多出了一個「超陰入」。下表為桃園饒平客話三組的聲調差異表。

調類		陰平	上聲	陰入	超陰入	陽平	去聲	陽入
調號		1	2	4	9	5	7	8
調值	A	11	31	2		53	55	5
	B	11	31	2	24	53	55	5
	C	11	53	2		55	24	5
例字		三	底	鐵	腳	羊	豆	藥

四、結語

廣大的饒平後裔，從各家族譜記載，除了中壢過嶺許、觀音崙坪羅兩姓沒有入墾過桃園北區外，其他都先入墾大溪、龜山、蘆竹等桃園北區，許多家族譜都記載因發生閩粵械鬥，住北區南崁、龜山的先祖紛紛搬至更山區的新竹縣關西拓墾，如芝芭里劉姓，之後再遷來桃園縣；再者則搬至南桃園中壢、平鎮、楊梅、新屋等純客家區拓墾，這些地區，早期在石門大圳尚未修築之前，也是非常貧瘠之地，如中壢興南詹、平鎮王、新屋陳等姓，可見早期客家先祖拓臺的艱辛與宗族的離散。光復後，工商業的發達、工業區的開發、南崁煉油廠的興建、高速公路的開通等重要經濟因素，造成各家族的遷徙以及國語的推行，造成目前饒平客話的流失非常嚴重，只在家族及家庭之間使用，年輕一輩，除了過嶺極少數尚可外，其他都已不會說，值得加以重視。

語言內部雖有一致性，但非常紛雜，本文依其聲調、聲母、韻母之次序，將之分為ABC三組類型，雖以語音為主，展現其語言的多元面貌。但此多元面貌，一方面保留原有饒平特色，一方面又受語言接觸，如四縣、海陸、閩南的影響而有不同的型態。

附錄　詞彙

　　饒平詞彙的特色，和在原鄉上饒客話的語音既有客家方言的共同特徵，又有一些別處客話所罕見的特點，突出表現是受縣內縣外潮汕話的影響較大，在語音和詞彙上都有反映（《饒平縣志》，頁1013）。但在移居臺灣數代兩百多年後，散居在臺灣各縣境內，剛來臺之初，大部分也在中部彰化、嘉義開墾，後來經過閩客互動，有些北遷至桃竹苗縣境，留在本地者今已大都福佬化，但語音和詞彙少許殘存，變成當地閩南語的特殊詞彙，如稱母親為「a^{11} mi^{55}」[26]，這才是饒平客話稱母親的說法。北部的開墾，先至臺北新莊、淡水，後移桃園北區拓墾，和閩南語族接觸；及至後來，又移墾南區，在南區和同為客家語族的四縣、海陸次方言接觸。又受日本統治五十年和光復五十餘年來的國語教育，語言自然也產生了變化，除了語音的影響之外，詞彙也會產生影響，因時因地可能也產生了新的詞彙。一種語言全部詞語的總和，可能無法以文字敘述殆盡。本文不述和四縣、海陸相同的詞彙，只提較為特殊者，不分成 abc 三組來比較討論。

一、相同詞彙，三組語音的差異，音標採用調值標示。

詞彙	客話	A	B	C
吃飯	食飯	set^5 p^hon^{55}（芝芭） $sï t^5$ p^hon^{55} （興南、平鎮）	$\int et^5$ p^hon^{55}	$\int it^5$ p^hon^{24}
睡覺	睡（睡目）	fe^{55}（$fe^{55}muk^2$）	fe^{55} mu^{24}	fe^{24}（$fe^{24}muk^2$）
肚子	屎肚	$sï^{31}tu^{31}$	$\int i^{31}tu^{31}$	$\int i^{53}tu^{53}$
鴿子	粉鳥	$fun^{31}tiau^{11}$	$fun^{31}tiau^{11}$	$fun^{53}tiau^{11}$
尿	尿	nau^{55}	neu^{55}	$ngiau^{24}$
再見	正來寮	$tsaŋ^{31}loi^{53}lau^{55}$	$t\int aŋ^{31}loi^{53}leu^{55}$	$t\int aŋ^{53}loi^{55}liau^{24}$
煙	薰	fun^{11}	fun^{11}	fun^{11}

---

[26]　參見陳燕庄（2003），《臺灣永靖腔的調查與研究》，頁274。

詞彙	客話	A	B	C
毛欄	簝蕪	$mo^{11}lan^{53}$（毛蘭）	$liau^{53}vu^{53}$	$mo^{11}lan^{55}$（毛蘭）
斗笠	笠婆	$lip^2p^ho^{53}$	$lip^2p^ho^{53}$	$lip^2p^ho^{55}$
痛	疾	ts^hit^5	ts^hit^5	ts^hit^5
說話	講事	$koŋ^{31}sï^{55}$	$koŋ^{31}sï^{55}$	$koŋ^{31}voi^{11}$（講話）
看	睍	$ŋiaŋ^{31}$	$ŋiaŋ^{31}$	$ŋiaŋ^{53}$
哭	嗷	vo^{53}	vo^{53}	vo^{55}
頂	崠	$tuŋ^{31}$	$tuŋ^{31}$	$tuŋ^{53}$
起床	跮	$hong^{31}$（跣）	tai^{53}	tai^{55}
拿	遞（提）	te^{55}	te^{55}	te^{24}
祖母	阿嬤	$a^{11}p^ho^{55}$（阿婆） $a^{11}ma^{55}$	$a^{11}ma^{53}$	$a^{11}ma^{53}$
母親	阿姆	$\mathbf{a^{11}m^{53}}$ （阿母、芝芭） $a^{11}ma^{55}$（阿媽、興南） $a^{11}ia^{31}$（阿□、平鎮）	$a^{11}mi^{55}$（阿娓）	$a^{11}me^{24}$（阿姆） $a^{11}vo^{55}$（阿妖）

二、詞彙的差異

　　詞彙上的差異，較無法以ABC三組型態來觀察，因為個別點受周圍方言的影響不一，甚至來臺時已不同，或不同的發音人就有不同的說法，下列舉出一些詞彙並以四縣、海陸、閩南話作為比對。

1.和上饒客話的比對舉隅

　　僅列《饒平縣志》所列〈常用方言舉例〉所列詞條，個別點雖有頗多仍在使用，但也頗多差異，對於原鄉的語言詞彙已做某種程度的改變。

方言點 詞彙	臺灣饒平						廣東饒平
	芝芭里	興南	平鎮	新屋	過嶺	新坡	上饒
月亮	月光	月光	月光	月光	月光	月光	月娘
菠菜	角菜	角菜	角菜	角菜	角菜	角菜	菠薐菜

方言點 詞彙	臺灣饒平						廣東饒平
	芝芭里	興南	平鎮	新屋	過嶺	新坡	上饒
吸煙	嗶薰	嗶薰	嗶薰	食薰	嗶薰	嗶薰	食薰
鼻涕	鼻 ($p^h\tilde{i}^7$)	鼻 ($p^h\tilde{i}^7$)	鼻 ($p^h\tilde{i}^7$)	鼻 ($p^h\tilde{i}^7$)	鼻 ($p^h\tilde{i}^7$)	鼻 ($p^h\tilde{i}^7$)	鼻 ($p^h\tilde{i}^7$)
早晨	朝晨	朝晨	朝晨	晨早	朝晨頭	朝晨	清早
追	逐	逐	逐	躐	逐	逐	躐
煤油	番仔油	番仔油	番仔油	番仔油	番仔油	番仔油	洋油
水泥	紅毛泥	紅毛泥	紅毛泥	紅毛泥	紅毛泥	紅毛泥	洋灰
早餐	食朝	食朝	食朝	食晨早	食朝	食朝	清早頓
中餐	食晝	食晝	食晝	食晝	食晝	食晝	日晝頓
晚餐	食夜	食夜	食夜	食夜	食夜	食夜	暗晡頓
肥皂	茶箍	茶箍	茶箍	茶箍	茶箍	茶箍	餅藥
夫妻	公婆	公婆	公姐	公婆	公婆	公婆	公姐
丈夫	老公	老公	老公	老公	老公	老公	阿郎
曬	曬	曬	曬	炙	曬	曬	炙

2.和四縣、海陸的比對舉隅

　　桃園饒平客話於此強勢語言之中，長期接觸之後，除了具有桃園四海共同詞彙外，也有少數點具有海陸特有的詞彙。舉隅如下：

類	方言點 詞彙	臺灣饒平						海陸	四縣
		芝芭里	興南	平鎮	新屋	過嶺	新坡	楊梅	桃園
時令	明年	過忒年	過忒年	明年	明年	明年	過忒年	明年	過忒年
	明天	天光日	天光日	天光日	韶日	韶早	天光日	韶早	天光日
	明早	天光 朝晨	天光 朝晨	天光 朝晨	昨清早	韶早 朝晨	天光 朝晨	韶早 朝晨	天光 朝晨
	明晚	天光 日暗晡	天光 暗晡	天光 暗晡	韶暗晡	韶早 暗晡	韶早 暗晡	韶暗晡	天光 暗晡

方言點 類 詞彙	臺灣饒平						海陸	四縣
	芝芭里	興南	平鎮	新屋	過嶺	新坡	楊梅	桃園
植物 茄子	吊菜仔	茄仔	茄仔	茄	茄仔	茄仔	茄仔	吊菜仔
月桃	苟薑	苟薑	苟薑	月桃	苟薑	苟薑	月桃	苟薑／月桃
百合花	喇叭花		喇叭花	喇叭花		打碗花	打碗花	喇叭花
九層塔	七沿插	七沿察	七沿察	七沿塔	七層察	七層察	七沿察	七層察
器具 水瓢	瓢勺	瓢勺	瓢勺／水桶	瓢勺	勺嫲	瓢勺	瓢勺	勺嫲
筷子	箸	箸	箸	箸	箸	箸	箸	筷仔
服飾 手袋	手袋	手落仔	手落仔	手袋	手袋	手袋仔	手袋仔	手落仔
飲食 湯圓	雪圓	惜圓	雪圓	惜圓	粄圓	粄圓	粄圓	雪圓
人體 鼻子	鼻空	鼻公	鼻窟仔	鼻公	鼻空	鼻空	鼻空	鼻公
鼻孔	鼻空	鼻空	鼻空	鼻空	鼻空	鼻空	鼻空	鼻空
尾椎骨	尾終骨	屎耙骨	尾終骨	尾終骨	尾終骨	尾終骨	屎耙骨	尾終骨
人品 婦女	婦人家	舗娘人	婦人家	舗娘人	舗娘人	婦人家	舗娘人	婦人家
動作 拉胡琴	挨弦／鋸弦	挨弦	鋸弦	鋸弦	挨弦	鋸弦	挨弦	鋸弦

3.和閩南語的比對舉隅

　　受閩南語影響的詞彙,大都借其詞,而以客話發音,只有少數是音詞同借或閩客合璧。因這些地區都在客話區內,極可能自原鄉即已移入,非在臺灣才受到閩語的影響。

方言點　項／詞彙	饒平					閩南話	客話
	芝芭里	興南	平鎮	八德	過嶺	桃園	中壢
自然 墳地	塚埔	墓埔	塚埔	墓埔	塚	墓a埔	墓埔
蠶豆	田豆	蠶豆[27]	田豆	田豆	田豆	蠶豆	田豆
動物 鴿子	粉鳥	粉鳥	粉鳥	粉鳥	粉鳥	粉鳥	月鴿
蛤蠣	海蜆	ham^{24} ma^{53}	ham^{24}	ham^{24}	海蜆	$ham^{24}a^{53}$	海蜆
房舍 鋼筋	鋼筋	鐵枝	鋼筋	鐵枝	鐵筋	鐵枝	鋼筋
用具 醬糊	$ko^{11}e^{31}$	のり	$fu^{53}e^{31}$	粉漿	fu^{55}	$ko^{24}a^{53}$	のり
飲食 麻薯	麻薯[28]	粢粑	粢粑	粢粑	粢粑	麻薯	粢粑
用湯拌飯	攪飯	攪飯	囉湯	vo^{55}湯	攪飯	攪飯	囉飯
拉肚子	屙澇屎	屙痢肚	屙痢肚	屙痢肚	屙痢肚	澇屎	屙痢肚
動作 拿	遞（提 te^{55}）	遞（提 te^{55}）	遞（提 te^{55}）	拿na^{11}	遞（提 te^{24}）	遞（提 te^{11}）	拿
運動 潛水		沕覓趣	沕水	潛覓仔	$mi^{33}sui^{53}$	潛水覓	沕覓趣
玩	爽$song^{31}$	爽	踐ts^hien^{55}	爽	踐ts^hien^{24}	爽sng^{53}	搞
感知 碎石扎腳的感覺	im^{55}	$tiam^{11}$	$tiam^{11}$	$tiam^{11}$	$tiam^{11}$	$tiam^{11}$	im^{55}
愛現	hia^{11} pai^{24}	展風神	沙鼻	沙鼻	沙鼻	$hiau^{11}$ pai^{55}	沙鼻
稱謂 母親	阿母 $a^{11}m^{53}$	阿媽 $a^{11}ma^{55}$	阿姐 $a^{11}tsia^{31}$	阿姆 $a^{11}me^{11}$	阿妖 $a^{11}vo^{55}$ 姆 $a^{11}me^{24}$	阿母 $a^{11}m^{53}$	阿姆 $a^{11}me^{24}$
祖母	阿婆	阿婆	阿嬤 $a^{11}ma^{55}$	阿嬤 a^{11} ma^{55}	阿嬤 a^{11} $ma^{55/24}$	阿嬤 a^{11} ma^{53}	阿婆

---

[27] 蠶豆讀zan33 teu55 是閩客合璧音。

[28] 麻薯讀與閩南語mua^{11} tsi^{11}同音，而非ma^{53} su^{53}或客話的「粢粑」（ts^hi^{11} pa^{24}）。

臺灣饒平客家話調查及其語言接觸現象[1]

1 本文原為「語言文獻與調查研討會」論文，2004年5月
　發表於新竹師院（2004年5月29日下午發表），2005年
　7月刊載於《臺灣語言與研究期刊》第六期，新竹師院
　臺語言語文教育研究所編印（2005）。

摘　要

　　臺灣客家話的調查，到目前爲止，雖有旭日東升之貌，但距離目標甚遠，仍須積極進行。臺灣客家話，饒平人口可能僅次於四縣、海陸，居臺灣第三位，但卻一直隱形於社會群中，不爲眾所重視。一種語言有其語言特徵，弱勢語言一定會受到強勢語言的影響，筆者近年積極從事此方面的調查，本文即呈現近年的調查緣起及經過、成果以及其聲韻調的描述、語言特徵和周邊語言接觸的現象。本文以七個單元呈現：一、前言，二、臺灣饒平客家話的調查及成果，三、調查的方法及遇到的問題，四、臺灣饒平客家話的聲韻調，五、臺灣饒平客家話的語言特徵，六、臺灣饒平客家話的語言接觸現象，七、結論。最後附以參考資料、受訪人。期望能初步將饒平客家話的面貌呈現出來，保存文化，引起更多人去重視、調查、研究。

關鍵詞：臺灣饒平客家話　調查　聲韻調　語言特徵　語言接觸

一、前言

　　目前臺灣的客家話大致可分爲四縣、海陸、饒平、大埔、詔安、永定等六個次方言腔調，其中四縣話分布最廣，以桃園市的中壢、平鎮、龍潭等區，苗栗縣山線地區、屏東縣和高雄縣的六堆地區爲主要分布地區；客家山歌、戲劇的演出也使用這個腔調。海陸話其次，但較集中，主要分布在新竹縣和比鄰的桃園市南區楊梅、新屋、觀音等區。其他四種則分散各地，像大埔話只局限在臺中市山區東勢區、石岡區周圍而已。詔安話如今也只在雲林縣崙背、二崙一帶，以及中壢附近的少數家族[2]。永定話目前只剩中壢水尾及新屋胡姓、平鎮南勢吳姓、關西余姓、楊梅吳姓等家族而已[3]。而饒平話可能在臺灣是僅次於四縣、海陸客語後，人數最多、分布最廣的客語次方言，但在客家族群中，卻不易見其蹤跡。

---

[2]　根據筆者調查，八德霄裡有邱姓說詔安話，龍潭銅鑼圈有賴姓說詔安話，中壢三座屋邱姓詔安話（未刊稿），至於八德呂姓源自南靖，大園邱姓來自詔安，如今已沒有人會說客家母語，陳秀琪調查大溪南興有黃姓說詔安話（見2002年碩士論文）。

[3]　永定客家話中壢水尾地區胡姓家族有筆者同事胡泉金、胡勝金（中壢高中，已退休）、朋友胡結金（新明國中教師，已歿）等，關西余姓有過去同事余玉婷（現任內壢國中教務主任），楊梅吳姓有吳卓勳（曾任桃園教育局主任督學退休，已歿）、吳清檢（內壢國中校長退休）家族，其他為筆者在調查桃園饒平客家話時得知。

　　目前在廣大的饒平移民後裔中，除了苗栗縣卓蘭老庄聚落較密集外，據吳中杰（1999）的調查，多數已被其他方言取代，尤其是臺北地區或臺灣中部地區，至目前已經完全福佬化。筆者訪查，三山國王開臺首廟彰化縣溪湖鎮霖肇宮現任住持知道自己也是田尾鄉饒平人，但已不會說饒平話。現存的饒平客家話，目前多隱於桃竹苗客家庄中，除了少數幾個較大「聚落」，往昔如中壢「過嶺」、新竹竹北「六家」、「苗栗卓蘭詹姓」外，沒有整個「村里」以上的饒平方言島，饒平客家話大都已退入家庭或宗族間溝通時才使用。如果說過去客家話在臺灣社會語中是「隱形話」，那饒平話是客家話中的「隱形話」。在一般客家聚落中，不易聽到饒平客家話，到底目前還有多少人使用饒平客家話，也無所知悉。據楊國鑫（1993）所記錄：「民國十五年時，臺灣漢人祖籍潮州府系的客籍居民有十三萬人，他們以當時的臺中州54,700多人及新竹州51,800多人為最多，高雄州12,800人和臺南州11,300人次之，其他廳州合起來只有4,000多人。」目前，除了新竹州，包含桃竹苗之外的這些饒平後裔，哪裡去了？只有在墓碑刻石上存有饒平字樣及地名、殘存的稱謂詞而已，全部都福佬化。在桃竹苗的饒平後裔，也多半四縣化或海陸化了。如此，臺灣現今會講饒平腔客家話的參考數為三至四萬人（楊國鑫 1993：123、139）。在舊有縣志及資料中及近代「還我母語」運動中和各類客語廣播媒體中，也極少有饒平客語的出現[4]，筆者有鑑於此，在寫碩士論文時，即選定饒平客家話為研究方向，在羅肇錦教授的指導下，從桃園開始進行調查。

二、臺灣饒平客家話的調查及成果

1. 臺灣饒平客家話的文獻與調查

　　饒平客家話文獻極為缺乏[5]，在筆者調查饒平客家話之前，只有呂嵩雁先生曾於1993年完成臺灣桃園縣中壢過嶺、新竹縣竹北六家、芎林紙寮窩、苗栗縣卓蘭老庄、臺中縣東勢石角等五個饒平方言點的語言調查，並以中壢過嶺點做研究對象，其他各點做聲、韻、調的表述，做成碩士論文《臺灣饒平方言》，其後並無繼起之調查研究。所以，筆者為更深入地調查饒平客家的蹤跡，以及饒平客家話的特色，呈現其面貌，首先由桃園縣開始。調

4　楊時逢《臺灣桃園客家方言》及桃園、新竹縣志都沒有提到饒平客家話，《苗栗縣志》則稍提到（1969年6月出版，黃基正纂修）。

5　在大陸只有詹伯慧（1992）的〈饒平上饒客家話語言特點說略〉及其所編著的《饒平縣志‧上饒客家話》。

查發現，桃園縣的饒平客家除過嶺外，其餘分布甚廣，目前仍能使用母語的為數卻不多，且只限於中老年層，年輕人能說得流利的只剩鳳毛麟角，故消失得極為快速，不過並沒有被社會大眾所注意。為了延續客家的文化與生命，就必須搶救將快速消失的語言，期能訪查出目前臺灣饒平客家的分布及其語言特色。

2. 臺灣饒平客家話的調查成果發表

臺灣饒平的研究，首推呂嵩雁於1993年6月碩士論文〈臺灣饒平方言〉。內文調查中壢市過嶺、竹北市鹿場里、竹北市六家中興里、芎林鄉紙寮窩、卓蘭老莊、東勢福隆里等五地六點的饒平客話。描述此六個點的聲韻調系統，並做連讀變調的敘述。主要內容在分析中壢過嶺客家話音韻特點。

(1) 筆者於2001年1月在桃園的調查，從中壢市芝芭里劉姓開始，經歷新屋鄉犁頭洲陳姓、平鎮市南勢里王姓、中壢市過嶺里許姓、中壢市興南里詹姓、觀音鄉新坡村許姓等六個方言點做深入調查、分析、比對，在2002年6月完成碩士論文〈臺灣桃園饒平客話研究〉。

(2) 由資料比對，饒平客家話的語音特點，和福建漳州詔安等四個縣的客家話極為相近，如「水」讀fi、「睡」讀fe、「雨」讀vu等；和鄰近的大埔、豐順也有頗多相同處，如「弟」讀tʰe、「鞋」讀he。隨即在2002年7月初赴江西南昌大學主辦的「第五屆客方言暨首屆贛方言研討會」發表〈客語漳潮片的分片芻議──由臺灣饒平客家話語言特點談起〉論文，臺灣饒平客家話首度到大陸現身。

(3) 2002年10月在桃園縣八德市與中壢交界處的霄裡地區繼續訪查到袁姓說饒平話，並做了重點調查，於2002年12月在新竹師院臺語所所刊《臺灣語言與研究》期刊第四期，發表〈臺灣桃園中壢、平鎮、八德地區的饒平客家話語言特點〉論文。

(4) 為了使饒平客家的分布更為廣布，於2003年3月於國立中央大學客家研究中心《客家文化研究通訊》第五期刊登〈桃園饒平客家的來源與分布調查〉。

(5) 饒平客家話和詔安客家話本就極為相近，由調查中發現，其中尤以「新屋鄉犁頭洲陳姓」最為接近，其次為「八德市霄裡的官路缺袁姓」，如「尿」讀neu、「年」讀nen，和詔安同時擁有「超陰入」的聲調，分辨只在「陰入」和「陽入」等入聲分化的調值上。為了釐清此一混淆的現象，及提供漢語入聲分化的研究，在2003年6月在高雄師範大學主辦的「第八屆國際暨全國第二十一屆聲韻學研討會」中，向與會學者發表論文〈桃園新屋陳姓饒平客家話的「超陰入」〉[6]。

---

[6] 徐貴榮（2002）碩士論文《桃園饒平客話研究》頁126、133、188提出「超陰平」聲調，乃仿董忠司

(6)在饒平調查訪問期間，有許多民間人士分不清楚何者饒平、何者詔安，很多熱心好友介紹調查。像八德市霄裡邱姓，到了之後，才發現並非饒平話，而是詔安話。尤其是在2002年5月發現觀音崙坪地區的羅姓人家，受訪人叔姪都肯定自己所說的是饒平話，可是筆者已有若干經驗，在重點訪查後，告知其說的可能不是饒平話，因當時碩士論文即將完成，無暇深入調查，只在論文中稍微提及，並未載入論文中討論。今年（2004）1月再度訪查，受訪人已經懷疑自己的饒平話屬性。目前已大致完成較深入的調查，經過與《平和縣志》比對和詔安客家話的訪查和比對，以及要求受訪人出示族譜，由其手抄本族譜明載來自「平和」，終於真相大白，是同屬於詔安系統的「平和客家話」，並在2004年4月16日於臺北市立師院主辦的「第九屆國際暨全國第二十二屆聲韻學研討會」中，向與會學者發表〈觀音崙坪客家話的語言歸屬〉論文。

(7)2004年1月訪查到中壢市三座屋張姓饒平話，經重點訪查，與平鎮王姓語音特點大同小異，尚未深入訪查。

(8)目前正進行新竹縣竹北六家林姓、芎林上下山（上山村、下山村）林姓、苗栗卓蘭鎮詹姓訪查。其他到目前為止，已知尚有關西鄭姓、紙寮窩劉姓、關西六福村陳姓、關西沙坑鄧姓、新埔周姓、湖口周姓、芎林紙寮窩劉姓、苗栗西湖劉姓、新埔照門箭竹窩林姓，桃園新屋社子劉姓等尚待調查。

3. 編寫臺灣饒平字典暨成立臺灣饒平客語教學資源中心

(1)獲得行政院客家委員會重視，於2003年4月召集編寫「饒平客家話補充教材」，由筆者擔任副總編輯[7]，召集桃竹苗六位饒平人共同編寫，至該年底已完成一、二冊課本及教師手冊、CD，可供國小一、二年級使用。

(2)行政院客家委員會於2003年11月通過「臺灣三客語次方言辭典編纂計畫」，由羅肇錦先生主持，饒平部分由筆者擔任「研究員」，召集四位饒平籍擔任委員，預計三年完成。

〈東勢客家話音系略述及其音標方案〉《臺灣客家語論文集》，頁119）提出「超陰平」名稱、張屏生（〈東勢「超陰平」聲調來源〉《聲韻論叢》）等的「超」。後覺不妥，在「第八屆國際暨全國第二十一屆聲韻學研討會」中改用「變陰入」，經評論人張屏生教授討論，仍以原來「超陰入」較妥，當屆張教授提出的論文〈臺灣客家部分次方言的語音差異〉頁381也有提到「超陰入」和「超陽入」。

[7]　總編輯兼召集人為竹北國小校長范揚焄先生。

⑶為了進一步整合關心臺灣饒平的力量，行政院客家委員會於2004年12月在新竹竹北國小設立臺灣饒平客語教學資源中心，筆者為中心委員之一。

⑷2005年繼續編寫「饒平客家話補充教材」，亦由筆者擔任副總編輯，召集桃竹苗四位饒平人共同編寫，至今年10月底已完成三、四冊課本及教師手冊、CD，可供國小三、四年級使用。

三、調查的方法及遇到的問題

1. 調查的方法

調查的方法，包含甚多，舉凡田野調查法、語言描寫法、社會語言學法、語言比較法、語言分析法、語言歸納法等都是重要的方法。調查開始，重要的是要確定方言點及發音人，尋找適合的發音人或受訪人，是調查成功與否的要訣，與發音人或受訪人的關係，要努力經營。同時要找到多人共同訪問或同地點訪問不同人，才可看出方言特性，不致變成「獨言」。調查時訂定詞彙調查表及訪談人資料等也非常重要。詞彙調查表，分為一般詞彙和生活詞彙，一般詞彙如「國家、保持、健保」等，則參考中國社科院出版的《方言調查字表》、詹伯慧主編的《方言及方言調查》等；生活詞彙則參考李如龍、張雙慶主編《客贛方言調查報告》、鍾榮富、張屏生合編的《客家方言調查手冊》、盧彥杰的碩士論文《新竹海陸客家話詞彙研究》等，再加上自己的需要增加分類調查。

2. 遇到的問題

在調查時，如果沒有親友介紹，經常會遭到拒絕，不然就是調查不夠深入。在一次沒有事前知會的情況下，筆者和友人在中壢訪問時，當場被拒絕於門外，場面相當尷尬。還有一次到芝芭里調查，事前已和發音人約好時間地點，屆時發音人因有事外出未回，當筆者到時，無論如何解釋，卻被該夥房內的族人疑心而拉出門外，幸好發音人適時返家，才避免一場誤會。

另外，受訪人大都年紀較大，多有重聽或健忘的習性。調查重聽者，每次回家聲音都快沙啞了，實較為辛苦。對於健忘者，在多次經驗後，當天必定要先電話通知其家人，才不致到時找不到人。有些受訪人還容易岔開話題，或不是用饒平話回答，雖有些話題可能因而得到生活語法、民間故事、思想觀念，收到意外效果，但也有可能是無關的議題，徒費時間而已。此時訪問者必須掌握時機，使發音人轉回話題，保持和發音人的和諧關係，如貿然打斷收訪人的談話，調查可能隨時終止或大受影響。

訪查時，對發音人語言有疑問，即誠懇地請其出示「族譜」，以茲佐證。有些受訪人，可能有「恐怖」的潛藏心理，懼怕被錄音，只要看到錄音

機，即說不出話或顫抖，甚至要求不可錄音，此時即聽從受訪人要求，放慢調查速度，幸好現在已有錄音筆，可避免其恐懼心理，但調查人在道德上可能會有愧意。

四、臺灣饒平客家話的聲韻調

臺灣饒平客家話雖然各地音韻有些差異，但語言內部卻有其一致性，只有聲調卻各有不同。此處參閱《臺灣饒平方言》及筆者調查資料，採總數統計，歸納於下，並分別說明。

1.聲母：二十一個（含無聲母ø）

發音方法／發音部位	塞音		塞擦音		鼻音	擦音		邊音
	不送氣	送氣	不送氣	送氣				
	清	次清	清	次清	次濁	清	次濁	次濁
雙唇　重唇	p杯	pʰ牌			m買			
雙唇　輕唇						f水	v雨	
舌尖　舌尖前			ts租	tsʰ茶		s私		
舌尖　舌尖面			tʃ豬	tʃʰ尺		ʃ叔	ʒ衣	
舌尖　舌尖	t得	tʰ奪			n泥			l羅
舌根	k歌	kʰ褲			ŋ鵝			
喉	ø矮					h鞋		

說明：

(1) 中壢芝芭里、興南、三座屋、平鎮南勢、八德霄裡、卓蘭老庄等地區舌尖面（舌葉音）讀如舌尖前，故只有十七個聲母。其他地區包含新屋頭洲、中壢過嶺、觀音新坡、新竹全縣、東勢石角等地分舌尖前、舌尖面兩套。

(2) 舌根音k、kʰ、ŋ、h中，除ŋ後接細音[i]，實際音值為ȵ外，其餘各點都不產生顎化。桃園縣饒平客家話舌尖前音ts、tsʰ、s後接細音[i]，都產生顎化而成舌面音tɕ、tɕʰ、ɕ；新竹縣不產生顎化。卓蘭也不產生顎化，反而是舌尖面音tʃ、tʃʰ、ʃ後接細音[i]變成舌尖前ts、tsʰ、s，才產生顎化現象。所以，本文不把舌面音tɕ、tɕʰ、ɕ、ȵ列為音位，只把它看成一個音位變體。

(3) 八德、卓蘭的發音人有舌尖面ʒ-濁擦音。

2.韻母：七十二個，有i、u兩個介音

(1)陰聲韻：二十個

韻攝＼韻頭	開尾韻母10				元音尾韻母10					
開口	ï使	a爬	o果	e鞋	ai帶	oi愛		au卯		eu樓
齊齒	i徐	ia謝	io靴	ie契		ioi瘝[8]		iau秒	iu劉	ieu狗
合口	u補	ua瓜			uai歪		ui會			

(2)陽聲韻：二十五個

韻攝＼韻頭	雙唇鼻音尾韻母（七個）				舌尖鼻音尾韻母（十一個）					舌根鼻音尾韻母（七個）		
開口		ïm沈	am擔	em森	ïn珍	an單	on賺		en恩	aŋ鄭	oŋ忙	
齊齒	ĩ鼻	im林	iam尖	iem弇[9]	in兵		ion軟	iun忍	ien扁	iaŋ青	ioŋ娘	iuŋ宮
合口						uan灌		un滾	uen耿	uaŋ梗	uŋ窗	

(3)入聲韻：二十四個

韻攝＼韻頭	收p尾6			收t尾11					收k尾7		
開口	ïp汁	ap答	ep澀	ït直	at罰	ot奪	et北		ak伯	ok索	
齊齒	ip集	iap接	iep激[10]	it筆		iot[11]	iet挖	iut屈	iak額	iok弱	iuk肉

---

[8]　瘝：累，音 k^hioi^2，本韻只存於中壢芝芭里、平鎮、卓蘭，其他地區都說「悿 t^hiam^2」。

[9]　弇：蓋，音 $khiem^5$。

[10]　激：水波搖蕩沖激蕩起來，音 k^hiep^8。

[11]　吸食，如吸奶嘴為「～奶嘴仔」。

韻攝 / 韻頭	收p尾6		收t尾11				收k尾7	
合口			uat 刮	uet 國[12]	ut 掘	uak 眷[13]	uk 屋

(4)成音節鼻音：三個

m毋	n你	ŋ五

説明：

(1) 新屋頭洲、中壢過嶺、觀音新坡、新竹全縣、東勢石角沒有ïm、ïp、ïn、ït，分別歸入im、ip、in、it，以及沒有成音節鼻音n-、鼻化音ĩ鼻，所以實際只有六十六個。

(2) 卓蘭有成音節鼻音n-，有鼻化音ĩ，ïm、ïp、ïn、ït分別歸入im、ip、in、it。

(3) 鼻化音ĩ，只有一個「鼻」及其構成的詞彙，存於中壢市芝芭、興南、關西、卓蘭四個點。

(4) 新屋頭洲陰聲韻元音e，有兩個音值，無韻尾時其音值為e，有韻尾-t、-n、-u時，會變成較低的-ɛ，但無辨異作用，在此不另列一個音位。

3. 聲調

調類		陰平	上聲	陰入	超陰入	陽平	去聲	陽入
調號		1	2	4	9	5	7	8
調值	A	11	31	<u>2</u>		53	55	<u>5</u>
	B	11	31	<u>2</u>	24	53	55	<u>5</u>
	C	11	53	<u>2</u>		55	24	<u>5</u>
	D	11	53	<u>2</u>		55		<u>5</u>
例字		三	底	鐵	腳	羊	豆	藥

説明：

(1) 陰去和陰上合併為上聲，陽上和陽去合併為去聲。

(2) A存於中壢芝芭里、興南、三座屋、平鎮南勢、卓蘭老庄。

(3) B存於新屋頭洲、八德霄裡，主要原因在陰入分化成「陰入」、「超陰入」兩種聲調。

(4) C存於中壢過嶺、觀音新坡、新竹縣及東勢石角，唯東勢石角去聲調值為33。

(5) D只存於竹北六家地區，去聲會產生前字連讀變調成為中平33，如地豆、動物。

12　國：芝芭里，讀kuat[4]。

13　眷：硬，音kuak[8]。眷硬：非常硬。

4. 臺灣饒平各地的聲韻調數目統計

地區	芝芭	興南	平鎮	八德	新屋	過嶺	新坡	新竹縣	竹北六家	卓蘭	東勢
聲母	17	17	17	18	21	21	21	21	21	17	21
韻母	72	72	71	71	66	66	66	66	66	67	66
聲調	6	6	6	7	7	6	6	6	5	6	6

五、臺灣饒平客家話的語言特徵

1. 歷時的音韻特徵
(1) 聲母

　　饒平客家卻有別於四縣、海陸系統的客家話，反而和臺灣較少見的詔安話相近，也和原鄉鄰近的大埔話也有一些共同的音韻特徵。臺灣饒平客家話聲母歷時的發展，和其他客語聲母的發展有其內部的一致性，如古全濁聲母不分平仄，今讀多為送氣清聲母（除澄平 ts^hu^5、白並仄 p^hak^8）；輕唇白讀，今讀保存重唇音，豐富地反映了古無輕唇聲母的特色（飛pui^1、斧pu^2）；古無舌上音的殘存，知系少數字今白讀保留端系（知ti^1、中tu^1）；唇齒擦音有清（f）、濁（v）之分，且來源頗為複雜（非非fui^1、火曉fo^2、華匣fa^5、舞微vu^2、腕影van^2）。其聲母特徵如下：
　　①章組少數字讀[f]，如：唇fin^5（船）水fi^2　稅fe^2（書）、睡fe^7（禪）
　　②見組溪母今讀[k]，如：褲k^hu^2、窟k^hut^4、去k^hiu^2、起k^hi^2、殼k^hok^4
　　③有豐富的[v]聲母，如：云母「雨、圓、園、遠、縣」等字今讀v，
　　　這些字四縣讀無聲母，海陸讀濁擦音ʒ。
(2) 韻母

　　臺灣饒平韻母歷時的發展，和其他客語聲母的發展有其內部的一致性，如四呼不齊，沒有撮口呼，撮口呼多讀齊齒呼（圓$vien^5$、裙k^hiun^5）；效攝一等大部分與果攝一等混讀o（保po^2 桃t^ho^5）；除新屋外，鼻音尾-m-n-ŋ和塞音尾-p-t-k俱全，兩者對應不完整，有em無ek，有in無iŋ。遇攝見組疑母「吳、五、午、魚」等字、泥組「女」等字讀成音節聲母ŋ，這是和詔安話讀m最大的不同；江攝讀如通攝，如：窗$ts^huŋ^1$ 雙su^1。饒平話的韻母特徵如下：
　　①止攝開口三等「鼻」字，在中壢市芝芭、興南和卓蘭等地讀鼻化韻
　　　$p^hĩ^7$，臺灣客語沒有鼻化音，臺灣饒平部分方言點雖比《饒平縣志》
　　　記載有四個鼻化韻少，仍顯得特別顯眼。
　　②古遇攝合口三等魚韻云母「雨」讀vu^2。

③山攝合口一等桓韻曉、影組、三等仙韻章組少部分字讀an，不讀on。如：歡fan¹ 碗腕 van² 磚tsan¹。

④山攝合口一等桓韻見組讀uan，不讀on，比四縣海陸客語更多合口韻。如：罐kuan²。

⑤蟹攝二等皆佳二韻「並匣影」母字讀e，明母和蟹攝四等讀i。如：

排pʰe⁵	牌pʰe⁵	稗pʰe⁷	鞋he⁵	蟹he²	矮e²
埋mi⁵	買mi¹	賣mi⁷	泥ni⁵		

F. 蟹、梗二攝四等端組部分字及梗攝二等「冷」字，其主要元音為e，不讀ai、aŋ。

低te¹	底te²	啼tʰe⁵	弟tʰe¹	犁le⁵
聽tʰen¹	廳tʰen¹	頂ten²	冷len¹	

G. 果攝開一泥母、合一明母，效開一明母、流開一明母和三等奉母少數字，新屋、平鎮、卓蘭等方言點讀合口呼，如遇攝一等u。

饒平客話果攝開口、合口、效攝開口、流攝開口和遇攝的關聯性如下表：

攝	果				遇				效				流	
字	多	挪	磨~刀	磨~石	補	盧	做	所	刀	毛	帽	冒	母	浮
音	to	nu	nu	mu	pu	lu	tso	so	to	mu	mu	mu	mu	pʰo

(3) **聲調**

　　臺灣饒平聲調歷時的發展，和其他客語聲母的發展，內部有部分一致性，如古次濁上部分今讀陰平，古全濁上部分今讀陰平，古清上也部分字讀陰平。但古清上、去二聲演變和四縣、海陸不同。

①饒平客家話的聲調，雖和四縣話同樣有六個聲調[14]，但從中古到現在歷時的演變，平、入二聲與四縣、海陸客家話無別。但上、去二聲卻有不同的演變特徵。最大的特徵即在於古陰上和陰去合併為今讀上聲。如：

14　竹北六家林姓只有五個聲調，去聲和陽平合併為同一聲調55，只有在連讀變調時才會產生前字變調成為33，而有六個聲調的跡象。

苦 k^hu^2＝褲 k^hu^2　把 pa^2＝霸 pa^2　董 $tuŋ^2$＝棟 $tuŋ^2$

古濁上和濁去合併爲今讀去聲。

杜t^hu^7＝度t^hu^7 市$sï^7$＝侍s^7　道t^ho^7＝盜t^ho^7

②各地聲調調值頗有差異，如：四—3聲調之說明。

(4) 連讀變調

　　變調可分兩字連讀及三字或三字以上的連讀變調，觀察臺灣饒平客語及分析其變調的內部機制後，各方言點的連讀變調，各點都呈現各不相同的趨勢。以呂嵩雁的調查，芎林紙寮窩及東勢石角不但有前字變調，同時也有後字變調、前後字都變調，相當豐富，異常複雜。綜觀臺灣各地饒平客家話的變調，只有陰入、陽入比較一致，陰入大都產生前字變調，成爲陽入；陽入除了少數點如新坡、興南外，多不產生連讀變調。三字組及三字組以上的連讀變調也就更形複雜，就以兩字組連讀變調爲主，舉數例說明。

①陰平變調，芝芭里在陰平、陰入前產生前字變調，變新調值33；興南、平鎭則在陰平、上聲、陰入前變上聲31調；其他各點則完全不發生連讀變調。如：雞公、豬肚、新屋。

②陽平和上聲變調如下：

前字	陽平						上聲					
後字調 方言點	陰平	陽平	上聲	去聲	陰入	陽入	陰平	陽平	上聲	去聲	陰入	陽入
中壢芝芭里	＋	＋	＋	＋	＋	＋	＋	＋	＋	－	＋	－
中壢興南	－	＋	－	＋	－	＋	－	＋	＋	－	－	－
平鎮南勢	－	＋	－	＋	－	＋	＋	＋	＋	－	＋	－
八德霄裡	－	＋	－	＋	－	＋	＋	＋	＋	－	－	－
中壢過嶺	－	－	－	－	－	－	＋	＋	＋	＋	－	－
竹北六家	＋	＋	＋	＋	＋	＋	＋	＋	＋	＋	＋	＋
芎林上山	－	－	－	－	－	－	＋	＋	＋	＋	＋	＋
例句	牙膏	牛郎	行嫁	榕樹	龍脈	題目	唱歌	枕頭	紙砲	過夜	過失	海陸

説明：六家陽平、上聲連讀變調有其一致性。陽平遇陰平、上聲、陰入則前字變調由高平55變爲高降53；遇陽平、陽去、陽入則由高平55變爲中平33。上聲變調遇陰平、上聲、陰入則前字變調由高降53變爲中平33；遇陽平、陽去、陽入則由高降53變爲低平11[15]，其他各點則呈現不規則變調。

---

[15] 採自發音人林賢峰先生，他同時表示新埔枋寮也是如此。

③陰入和陽入變調如下：

陰入點除極少數點外，如芝芭里在去聲前、新屋、新坡在陽平前等不變調外，其他各點產生連讀變調，變成陽入；陽入則除了極少數點，如興南、新屋、觀音、八德在陽平前產生連讀變調，變成陰入外，其他各點都不發生連讀變調。

2. 詞彙特徵

饒平詞彙的特徵，除了有客語共同的詞彙外，其特徵較近海陸客語，也有自己不同的詞彙，而且各點也不盡相同，還含有不少閩南語的詞彙或閩客合璧現象。舉隅如下：

(1) 客語共同的特徵，但與海陸客語相似成分多

國語	芝芭	平鎮	新屋	六家	莒林	卓蘭	新竹海陸	苗栗四縣
花生	地豆	地豆	地豆	地豆	地豆	地豆	地豆	番豆
茭白筍	禾筍	白腳筍	禾筍	禾筍	禾筍	禾筍	禾筍	茭筍
石油	番仔油	番仔油	番仔油	番油	番仔油	番仔油	番仔油	水油

(2) 自己特有的詞彙

過嶺、新竹	桃園、卓蘭	海陸	四縣	國語
講話（voi^1）	講事	講話	講話	說話
電話（fa$^{7/2}$）	電事	電話	電話	電話
打電話	打電事／打電話	打電話	打電話	打電話
睴（ŋiaŋ^2）	睴（ŋiaŋ^2）	看	看	看
疾（tsʰit^8）	疾（tsʰit^8）	痛	痛	痛
唉（vo^2）	唉（vo^2）	噭[16]	噭	哭
笠婆／熱婆	笠婆	笠嬤	笠嬤	斗笠
天崬	天頂（ten^2）／天崬	天頂	天頂	天上
跆（tʰai^5）	跘（hoŋ^7）／跆	跘	跘	起床
跆（tʰai^5）起來	跘（hoŋ^7）起來／蹶起來	跘	跘	爬起來

---

[16] 噭四縣音kieu^{55}、海陸音kiau^{11}。

⑶**閩南語的詞彙或閩客合璧現象**

受閩南語影響的詞彙，大都借其詞，而以客語發音，只有少數是音詞同借或閩客合璧。因這些地區都在客家話區內，極可能自原鄉即已移入，非在臺灣才受到閩語的影響。

六、臺灣饒平客家話的語言接觸現象

受閩南語影響的詞彙，大多借其詞，而以客語發音，只有少數是音詞同借或閩客合璧。因這些地區都在客家話區內，極可能自原鄉即已移入，非在臺灣才受到閩語的影響。

方言點 項　詞彙		饒平客家話					閩南話	客家話
		芝芭里	興南	平鎮	八德	竹北、芎林	桃園	中壢
自然	墳地	塚埔	墓埔	塚埔	墓埔	塚	墓啊埔	墓埔
	蠶豆	田豆	蠶豆[17]	田豆	田豆	田豆	蠶豆	田豆
動物	鴿子	粉鳥	粉鳥	粉鳥	粉鳥	月鴿	粉鳥	月鴿
	蛤蜊	海蜆	ham^{24} ma^{53}	ham^{24}	am^{24}	海蜆	ham^{24} a^{53}	海蜆
房舍	鋼筋	鋼筋	鐵枝	鋼筋	鐵枝	鐵筋	鐵枝	鋼筋
用具	醬糊	糊仔 (ko^{11}e^{31})	のり()	糊仔 (fu^{53}e^{31})	粉漿	糊 (fu^{55})	糊仔 (ko^{24}a^{53})	のり
飲食	麻薯	麻薯[18]	粢粑	粢粑	粢粑	粢粑	麻薯	粢粑
	用湯拌飯	攪飯	攪飯	攞湯	vo^{55}湯	攪飯	攪飯	攞飯
	拉肚子	屙潲屎	屙痢肚	屙痢肚	屙痢肚	屙痢肚	潲屎	屙痢肚
動作	拿	遞 (t^{h}e^{55})	遞(t^{h}e^{55})	遞 (t^{h}e^{55})	拿	遞 (t^{h}e^{55})	遞 (t^{h}e^{11})	拿
運動	潛水	沕水	沕覓趣	沕水	潛覓仔	覓水	潛水覓	沕覓趣

---

[17]　蠶豆讀ts^{h}an33 t^{h}eu55 是閩客合璧音。

[18]　麻薯讀與閩南語mua^{11} tsi^{11}同音，而非ma^{11} su^{11}或客家話的「粢粑」（ts$^{h\cdot11}$i pa^{24}）。

項 \ 詞彙 \ 方言點		饒平客家話					閩南話	客家話
		芝芭里	興南	平鎮	八德	竹北、芎林	桃園	中壢
感知	碎石扎腳的感覺	im^{55}	tiam^{11}	tiam^{11}	tiam^{11}	**tiam^{11}**	**tiam^{11}**	im^{55}
	愛現	**hia^{11} pai^{24}**	展風神	沙鼻	沙鼻	沙鼻	**hiau^{11} pai^{55}**	沙鼻
稱謂	母親	阿母 a^{11}m^{53}	阿媽 a^{11}ma^{55}	阿姐 a^{11}tsia^{31}	阿姆 a^{11}me^{11}	阿姆 a^{11}mi^{55}/me^{55}	阿母 a^{11}m^{53}	阿姆 a^{11}ma^{24}
	祖母	阿婆	阿婆	阿嬤 a^{11}ma^{55}	阿嬤 a^{11}ma^{55}	阿嬤 a^{11}ma$^{55/24}$	阿嬤 a^{11}ma^{53}	阿婆

1. 音韻特徵的保守固定

(1) 章組少數字讀[f]的音韻特徵，在各地都保守固定而不變。

(2) 蟹攝二等皆佳二韻「並匣影」母字讀 e，明母和蟹攝四等讀 i。

(3) 蟹、梗二攝四等端組部分字及梗攝二等「冷」字，其主要元音為 e，不讀 ai、aŋ。

2. 因地域而有不同的變化

(1) 古精莊知章四組，靠近四縣的桃園，及近東勢的卓蘭全讀同精組，近海陸的新竹則分精莊、知章兩套，與海陸相同。後接止、深、臻、曾、梗四攝三等字，各有不同的變化。卓蘭精組接細音不顎化，反而知章組接細音顎化成舌面音，和東勢大埔話雷同，也因此，卓蘭的客家話也被稱為「卓蘭腔」。

國語	芝芭	平鎮	新屋	過嶺	紙寮窩	卓蘭
四（精止）	çi	çi	çi	çi	si	si
責（庄梗）	tçit	tçit	tçit	tçit	tsit	tsit
貞（知梗）	tsïn	tsïn	tʃin	tʃin	tʃin	tçin
針（章深）	tsïm	tsïm	tʃim	tʃim	tʃim	tçim
珍（知臻）	tsïm	tsïm	tʃim	tʃim	tʃim	tçim
屎（章止）	sï	sï	ʃi	ʃi	ʃi	çi

⑵見組溪母今讀[k]，近四縣的有些地方讀h。

國語	芝芭	平鎮	新屋	過嶺	六家	上下山	卓蘭
客	hak	hak	kʰa	kʰak	kʰak/hak	hak	kʰak
褲	kʰu/fu	kʰu	kʰu	kʰu	kʰu	kʰu	kʰu
去	hi	hiu	kʰiu	kʰi	hiu	hiu/kʰiu	kʰi
起	hi	hi	kʰi	kʰi	kʰi	kʰi	kʰi

⑶近閩南語的新坡及近中壢通行四縣客語的過嶺地區，部分讀濁擦音[ʒ]
　的聲母掉落，但有詔安話及海陸區的八德，以及近東勢有[ʒ]聲母的卓
　蘭，則有[ʒ]聲母，如「羊」、「一」、「影」、「乙」、等字。

⑷「雨、圓、園、遠、縣」各點讀法不同。近四縣讀無聲母，近海陸地
　區讀ʒ，部分保留讀[v]。

國語	芝芭	平鎮	新屋	八德	過嶺	六家	上山	卓蘭
雨	vu	vu	vu	vu	vu	vu	vu	vu
圓	vien	ien	vien	ven	ʒien	vien	vien	ven
園	vien	ien	vien	ven	ʒien	vien	vien	ven
遠	ien	ien	vien	ven	ʒien	vien	vien	ven
縣	ien	ien	vien	ien	ʒien	vien	vien	ʒien
勻	iun	iun	vin	vin	ʒiun	vin	vin	vin

⑸山攝合口一等桓韻曉、影組、三等仙韻章組少部分字讀an，桃園大部
　分點「官、寬」已改讀on，新竹地區則較無此種現象：

國語	芝芭	平鎮	新屋	八德	過嶺	六家	上下山	卓蘭
官	kon	kon	kuan	kon	kan	kuan	kuan/kon	kuan
闊	kʰuat	fat	kʰuat	kʰuat	kʰuat	kʰuat	kʰuat	kʰuat
罐	kuan	kon	kuan	kuan	kuan	kuan	kuan	kuan
碗、婉	van	van	van	van	van	van	van	van

⑹效攝三等字饒平客語讀au，但靠近四縣區域部分讀eu，靠海陸地區則
　仍讀au。

⑺複雜的連讀變調，尤其是陰入不變調及陽入變調的少數點，應是受周
　邊方言接觸的影響。如新屋、觀音在陽平前產生連讀變調，變成陰

入，其調值和海陸相同，而此兩地周邊都是海陸客語區。

3.語法方面

饒平客語有些沒有後綴「仔」，如豬、羊、屋等名詞類屬，近四縣的桃園饒平客語大都會加「仔」，讀e^{31}；靠近海陸的新竹饒平話大都有「仔」，讀$ə^{55}$；卓蘭則不定，如「雞」通常有「仔」，「鴨、鵝」則無；「兒子、女兒」則稱「賴子、妹子」不稱「仔」，音讀「$tsï^{31}$」。所以，卓蘭地區的「仔尾詞」使用異常混亂，這很明顯是受到語言接觸的影響。

七、結語

臺灣的饒平客家話，來自饒平縣北部山區，在臺灣又已部分福老化。今天還能使用饒平話的多住在桃竹苗客家地區，具有濃厚的音韻特徵，又有受到當地語言接觸的影響；在四縣通行區，則受四縣音韻的影響，如桃園饒平客話；在海陸通行區，則有海陸音韻的特徵，如新竹饒平客語；在靠近大埔客話區域，則受大埔話的影響，如卓蘭饒平客語。同時，在原鄉又與閩南潮汕話比鄰而居，受潮汕話影響甚大，分別呈現多元豐富的風貌，給人一般的感覺為具有四縣客語，又有海陸客語，又有閩南話的感覺。

饒平人對於語言的保存，相當重視，「寧賣祖宗田，莫忘祖宗言」，一直都遵守祖先遺訓，今天饒平後裔還能說饒平客話的都是其先祖的實踐。可是身處時代的洪流和環境的需要，饒平在臺灣，從各姓都有「媳婦入門三朝就要說饒平話」家訓，歷經迫於事實或無奈，放棄「家訓」，改以「社會語」溝通[19]，到現在「向孫子學國語」，各受訪人都有無盡的悲嘆。經過採訪調查的刺激，他們都深覺有必要想辦法傳承祖宗言，也期望在鄉土語言政策中，選定饒平人較多的地方，實施饒平話的教學，以傳承母語。

因為積極地調查和陸續地發表論文，如今饒平客家話已受到行政院客委會的高度重視，從去年開始已開始著手由新竹縣竹北國小召集編輯饒平客家話補充教材，提供各界了解饒平客家話和傳承，期望能夠保存饒皮客家話的特殊語言文化。

---

[19] 社會語，指流通於現實社會的共同語。饒平人語言的流失，有很多也因為「婚姻」關係，放棄「家訓」，在家庭改以閩南語或四縣話、海陸話等社會語溝通，現在的社會語還增加了國語。饒平話只有在宗族之間溝通，最後饒平話在家庭中消失，龍潭三坑子、銅鑼圈的小方言區域饒平話就是如此消失的。其實整個客家話變成福佬客的過程也是循著這個過程進行的。

桃園中壢、平鎮、八德地區的饒平客家話語言特點[1]

1 　本文為《臺灣語言與研究》第四期期刊論文，新竹師
　　院臺語言與語文教育研究所編印（2002）。

摘　要

　　本文所指的中壢為中壢市的芝芭里劉姓、興南里詹姓（以上兩個方言點合稱中壢），平鎮為平鎮市南勢、北勢王姓，八德為八德市官路缺袁姓等饒平客家，人口多，範圍廣，方言內部除了八德官路缺語音較為特殊，聲調如新屋犁頭洲陳姓有「超陰入」現象外，其他特徵幾乎一致，不同的呈現只在連讀變調和少數的聲韻上，堪稱為「桃園饒平客家話」的代表。這幾個方言點和中壢過嶺（含新坡）許姓，以及和原鄉饒平上饒客家話（詹伯慧，1992；《饒平縣志》，1994）在聲韻調的表現上頗有差異。聲母經莊知章已合為一套讀為精組，韻母方面，除八德四等韻無介音外，其他都相同。平鎮的第三人稱「他」讀為kiu^{53}，不同於其他點讀ki^{53}；中壢點「鼻」字讀鼻化韻p'i^{55}；詞彙方面，中壢點把「說話」說成「講事」、「打電話」說成「打電事」；平鎮把「鼻子」說成「鼻窟仔」、「耳朵」說成「耳窟仔」都是很特殊的現象。

關鍵詞：饒平客家話　聲韻調　語言特徵　韻攝等

一、前言

　　桃園縣[2]位於臺灣北部，人口達百餘萬，所轄十三鄉鎮市，除山地復興鄉及光復後散布在各地的來臺新住民、新移民外，其他十二鄉鎮市大部分都是清代閩粵漢人移民後裔[3]。早期在桃園北區南崁、蘆竹、八德、復興（角板山）、大溪大都是客家話可通行之區[4]，由於歷史的種種因素[5]，於今非常整齊地排列組合，閩南籍移民（漳、泉等州）多住於今桃園北部龜山、大園、桃園、八德、大溪等六鄉鎮市和南區新屋鄉蚵間村、觀音鄉草漯、新坡等地區；粵籍移民（嘉、潮、惠、汀等州）則居於南區中壢、平鎮、龍潭、

---

[2]　桃園縣已於2014年12月25日升格改制為市，所轄十三鄉鎮市改為區。

[3]　清代桃園客家移民，中壢、龍潭、平鎮、楊梅都有大量客家入墾，並且以廣東蕉嶺縣為主，其次是梅縣，再其次是五華縣。新屋、楊梅、觀音則有海豐、陸豐移民入墾，以上六鄉鎮市以客籍為主。桃園北區以漳州福佬人和漳州客家人為主，廣東各府客家人和泉州府福佬人占相當少數，如饒平王姓入墾龜山鄉大坑村，擴及隔鄰蘆竹鄉南崁一帶。參見吳中杰，《臺灣福佬客分布及其語言研究》，頁20。

[4]　參看羅肇錦，《臺灣的客家話》，頁74。

[5]　從各姓族譜的記載，頗多是因閩粵械鬥或閩粵的不睦。

楊梅、新屋、觀音等鄉鎮市及北區大園鄉橫峰、八德市霄裡等地區，南區人口略勝北區[6]。

在桃園南區客家話通行區中，中壢、平鎮、龍潭以四縣話為主，新屋、觀音以海陸話為主，楊梅則是海陸、四縣話混合區，而以海陸話較為通行。其實，在這廣大的客家話區中，來自舊廣東省潮州府饒平縣的客屬移民[7]，占了相當的數量，《桃園縣志·語言篇》和《桃園客家方言》也沒有記錄。今多數今已被四縣話同化，改說四縣話，或成為客家話中的「隱形話」，除了少數幾個小聚落或宗族間說饒平客話外，幾乎沒有整個「村里」以上的饒平方言島，饒平話大都已退入家庭或宗族間溝通時才使用，在社會語中，完全不見饒平客家話的使用。

本文所謂中壢、平鎮、八德地區，中壢為不含過嶺許姓之芝芭里劉姓、興南里詹姓，平鎮為王姓，八德為霄裡官路缺袁姓等饒平客家話。

二、桃園饒平客家的分布與調查

桃園饒平客家話，呂嵩雁（1993）以「過嶺許姓」饒平語音為調查研究，並寫成《臺灣饒平方言》碩士論文，成為臺灣第一位對饒平客家話有較為完整的研究者。為使桃園饒平客語更廣闊地呈現，筆者於2001年4月展開調查，至目前為止，已知桃園饒平客家後裔，分別有劉、詹、王、許、陳、邱、袁、黃、張等姓氏為主。除了復興、大園兩鄉未現蹤跡外，分布在十一鄉鎮市，但大都已不能說饒平話，其中黃、張等姓尚未找到能說饒平話者。本調查除了再度查訪過嶺的許姓家族外，也調查了觀音鄉新坡許姓分支、崙坪羅姓、新屋鄉頭洲陳姓、中壢市芝芭里劉姓、興南詹姓、平鎮市南勢王姓、八德市霄裡袁姓、龍潭鄉三坑子邱姓等家族至今仍會說饒平客家話者。根據發音人的口述及所提供的族譜記載，這些饒平後裔，目前還能說饒平話者，幾乎都是清代「來臺後」的二次或三次移民。

由於筆者並非饒平後裔，為保證語音的正確，尋求芝芭里的劉興川（1931生），興南里的詹石華（1942生）、詹雨渠（1937生），平鎮市南勢里王年六（1935生）、王興森（1937生），八德市霄裡的袁明環（1952生），新屋頭洲里的陳永海（1916生），觀音鄉新坡里的許寶安（1931生）以及中壢市過嶺里的許文勝（1913生）、許文懷（1914生）[8]、許學繁

6　參看民國六十四年九月重修的《桃園縣志·住民篇》。

7　從各姓族譜的記載，其原鄉都來自饒平縣元歌都（《饒平縣志》為弦歌都），即今饒平縣上饒地區。

8　許文懷先生為許信良先生之尊翁，許文勝先生為許信良先生之伯父，兩人如今已辭世。

（1938生）等饒平耆老的協助和合作，本文才得以完成，在此特別感謝。

調查結果，桃園除中壢市過嶺許姓家族說饒平客家話外，其他包含同市的芝芭里、興南里、平鎮市、八德市、觀音鄉、龍潭鄉等地還有一大片的饒平客語方言點。今仍能說饒平話者劉姓除中壢市芝芭里外，還有平鎮市建安里一帶、關西鎮一帶；興南的詹姓只存興南里十餘人而已；王姓則除了平鎮市舊南勢庄地區外，還包括同市平鎮里、中壢市後火車站舊後寮庄一大帶；袁姓只有在八德市霄裡一地而已，會說的人數也剩不多；陳姓集中在中壢市水尾和新屋頭洲、清華里，能說的還有百多人；邱姓多在龍潭鄉三坑子，目前只剩極少的高齡者記得一些饒平詞彙，已快完全消失。

研究發現，中壢市的芝芭里劉姓、興南里詹姓（以上兩個方言點合稱中壢）、平鎮市王姓、八德市袁姓等饒平客家，人口多，範圍廣，方言內部語音特徵幾乎一致，不同的呈現只在連讀變調和少數的聲韻上，堪稱為「桃園饒平客家話」的代表。這幾個方言點和中壢過嶺（含新坡）許姓，以及和原鄉饒平上饒客家話（詹伯慧1992；《饒平縣志》，1994）在聲韻調的表現上頗有差異。

三、聲韻調

1. 聲母：十七個（含無聲母ø，八德十八個，多一個舌葉次濁擦音 ʒ，如：衣）

發音方法		塞音		塞擦音		鼻音	擦音		邊音
		不送氣	送氣	不送氣	送氣				
發音部位		清	次清	清	次清	次濁	清	濁	次濁
雙唇	重唇	p杯	pʰ牌			m買			
	輕唇						f水	v雨	
舌尖	舌尖前			ts租	tsʰ茶		s詩		
	舌葉音							（ʒ衣）	
	舌尖	t得	tʰ奪			n泥			l羅
舌根		k歌	kʰ褲			ŋ鵝			
喉		ø矮					h鞋		

2.韻母：七十二個，有i、u兩個介音

(1)陰聲韻：二十個

呼＼韻	開尾韻母（十個）				元音尾韻母（十個）					
開口	ï使	a爬	o果	e鞋	ai帶	oi愛		au卯		eu樓
齊齒	i徐	ia謝	io靴	ie契		ioi豪[9]		iau秒	iu劉	ieu狗
合口	u補	ua瓜			uai歪		ui會			

(2)陽聲韻：二十五個

呼＼韻	雙唇鼻音尾韻母（七個）				舌尖鼻音尾韻母（十一個）					舌根鼻音尾韻母（七個）		
開口		ïm沈	am擔	em森	ïn珍	an單	on賺		en恩	aŋ鄭	oŋ忙	
齊齒	ĩ鼻	im林	iam尖	iem揹[10]	in兵		ion軟	iun忍	ien扁	iaŋ青	ioŋ娘	iuŋ宮
合口						uan灌		un滾	uen耿	uaŋ梗		uŋ窗

(3)入聲韻：二十四

呼＼韻	收p尾（六個）			收t尾（十一個）					收k尾（七個）		
開口	ïp汁	ap答	ep澀	ït直	at罰	ot奪	et北		ak伯	ok索	
齊齒	ip集	iap接	iep激[11]	it筆		iot□[12]	iet挖	iut屈	iak額	iok弱	iuk肉

9　㿗：累，音$k^{h}ioi^{31}$只出現在芝芭里。

10　揹：蓋，音$kiem^{53}$。

11　水波搖蕩沖激蕩起來，音$kiep^{5}$。

12　□：吸食，如吸奶嘴為「～奶嘴仔」，音$tsiot^{5}$。

韻　　呼	收p尾 （六個）		收t尾 （十一個）			收k尾 （七個）	
合口			uat 刮	uet 國[13]	ut 掘	uak 恚[14]	uk 屋

⑷成音節鼻音：三個

m毋	n你	ŋ五

3.聲調：六個（八德七個，多一個「超陰入」）

調類	陰平	陰上（陰去）	陰入	陽平	去聲	陽入	超陰入
調號	1	2	7	5	6	8	9
調值	11	31	2	53	55	5	⒇
調型							
例字	兄	底	約	雄	弟	藥	角

四、語音特點

　　中壢、平鎮、八德等地區的饒平客家方言，從中古演變到現代，既有一般客家方言語音的共同特徵，也有自己的語言特點，受周圍四縣話的影響也大，充分表現在語音和詞彙上，也有閩南話的語音和詞彙顯現。

㈠一般客家方言的共同特徵

1.在聲母方面

　　⑴古全濁聲母不分平仄，今讀多為送氣清聲母。如：

婆並平 p^ho^{53}	白並仄 p^hak^5	肥奉平 p^hui^{53}	飯奉仄 p^hon^{55}	齊從平 ts^he^{53}
蹄定平 t^he^{53}	退定仄 t^hui^{55}	除澄平 ts^hu^{53}	箸澄仄 ts^hu^{55}	查崇平 ts^ha^{53}

13　國：芝芭里音kuat²。

14　恚：非常硬，音kuak⁵。

(2)輕唇白讀今讀保存重唇音，豐富地反映了古無輕唇聲母的特色。如：

文／白兩讀：	飛fui¹¹/pui¹¹	發fat²/pot²	分fun¹¹/pun¹¹	縫fu⁵³/p^huŋ⁵⁵
只有一讀：	斧 pu³¹	墳 p^hun⁵³	幅 puk²	蜂 p^huŋ¹¹

(3)古無舌上音的殘存，知系少數字今白讀保留端系。如：

文白兩讀：	知 tsï¹¹/ti¹¹	追 tsui¹¹/tui¹¹	展 tsan³¹/tien³¹	中 tsuŋ¹¹/tuŋ¹¹
只有一讀：	啄tuk²	蜘ti¹¹	蛛tu¹¹	

(4)古精組今接細音都有輕微顎化現象，但都未達舌面前的tɕ、tɕʰ、ɕ的發音部位，如：

酒_{精流尤}tsiu³¹、錢_{從山仙}ts^hien⁵³、祥_{邪宕陽}sioŋ⁵³

(5)古「知精莊章」組混讀精組，讀如「四縣話」。與過嶺、新屋、原鄉上饒等地分「精莊」ts、「知章」tʃ二組不同。

借tsia³¹	粗ts^hu¹¹	罪ts^hui⁵⁵	酸son¹¹	卒tsut²	（精）
註tsu³¹	轉tson³¹	池ts^hi⁵³	陣ts^hn⁵⁵	摘tsak²	（知）
莊tsoŋ¹¹	楚ts^hu³¹	爭tsaŋ¹¹	曬sai³¹	直ts^hit⁵	（莊）
遮tsa¹¹	暑ts^hu³¹	屎si³¹	磚tsan¹¹	祝tsuk²	（章）

(6)章母少數字讀[k]、[kʰ]和崇母「柿」讀kʰi⁵⁵
章母字「枝、支、肢、梔」都讀ki¹¹，「朏」讀k^hin¹¹

(7)古見組今接細音都不產生顎化現象，但日、疑、娘母今讀 ŋ聲母接細音會產生顎化現象，發音部位在接近舌面前 ȵ，但因無變義作用，本文仍記為ŋ。如：

句_見ki³¹　圈_溪k^hien¹¹　強_群 k^hioŋ⁵³　義 ŋi⁵⁵、銀 ŋiun⁵³

(8)鼻音聲母有m、n、ŋ。如：馬ma¹¹、泥ni⁵³、瓦ŋua³¹

(9)唇齒擦音有清（f）、濁（v）之分。
古曉、匣合口字多讀為f，混同非、敷、奉母。如：

火_{曉果一}fo³¹	歡_{曉山一}fan¹¹	華_{匣假二}fa⁵³	惠_{匣蟹四}fui⁵⁵

古微、影、匣、云及少數曉、以母合口都有讀v聲母。如：

舞微遇vu³¹	晚微山van³¹	窩影果vo¹¹	腕影山van³¹
禾匣果vo⁵³	鑊匣宕vok⁵	歪曉蟹vai¹¹	維以止vui⁵³

2.在韻母方面

(1)四呼不齊，沒有撮口呼。

古合口遇攝三等魚、虞的來、精、日、見、曉、影組讀齊齒呼。如：

呂li¹¹　徐tsʰi⁵³　如i⁵³　居ki¹¹　去hiu³¹　虛hi¹¹　於i⁵³。

合口山攝三等仙（薛）元（月）、四等先（屑）精見曉影等組；臻梗二攝三等諄（術）文（物），見曉影等組讀齊齒呼。如：

宣sien¹¹	圈kʰien¹¹	圓vien⁵³	雪siet²	悅iet²	（山仙）
勸kʰien³¹	喧sien¹¹	遠vien³¹	月ŋiet⁵	越iet⁵	（山元）
犬kʰien³¹	縣ien⁵⁵	決kiet²	血hiet²		（山先）
均kiun¹¹	匀iun⁵³	橘kit²			（臻諄）
裙kʰiun⁵³	勳hiun¹¹	韻iun⁵⁵	屈kʰiut²		（臻文）
瓊kʰiuŋ⁵³	兄hiuŋ¹¹	榮iuŋ⁵³	役it²		（梗庚清）
宮kiuŋ¹¹	熊iuŋ⁵³	共kʰiuŋ⁵⁵	玉iut⁵	日ŋit²	（通東鍾）

(2)效攝一等大部分與果攝一等混讀o。如：

保po³¹　桃tʰo⁵³　曹tsʰo⁵³　高ko¹¹

(3)開口止攝三等精知莊章組，深、臻、曾、梗（白讀）等四攝侵（緝）、知莊章組，主要元音今讀同「四縣話」的舌尖前元音ï。與過嶺、新屋、「上饒」讀舌面前元音i不同。

紫tsï³¹	智tsï³¹	痔tsʰï⁵⁵	事sï⁵⁵	視sï⁵⁵	（止）
蟄tsʰït⁵	針tsïm¹¹	深tsïm¹¹	執tsïp²	十sïp⁵	（深）
珍tsïn¹¹	陳tsʰïn⁵³	真tsïn¹¹	實sït⁵	臣sïn⁵³	（臻）
徵tsïn¹¹	職tsït²	蒸tsïn¹¹	升sïn¹¹	式sït²	（曾）
貞tsïn¹¹	逞tsʰïn³¹	整tsïn³¹	適sït²	誠sïn⁵³	（梗）

(4)效攝三等及四等讀如「海陸話」，幫精見曉影組讀iau，知莊章組讀au。如：

貓ŋiau⁵⁵	笑siau³¹	饒ŋiau⁵³	朝tsau¹¹	嬌kiau¹¹	（效三）
蕭siau¹¹	竅kʰiau³¹	曉hiau³¹			（效四）

(5) 合口一等蟹攝灰韻幫組部分字、三等非、曉、影組；止攝影組；讀如「海陸話」讀ui。如：

杯pui¹¹	輩pui³¹ （蟹一）	惠fui⁵⁵	衛vui⁵⁵ （蟹三）	為vui⁵³	位vui⁵⁵ （止）

(6) 有m、n、ŋ等鼻音韻尾和p、t、k等塞音韻尾齊全。兩者對應不完整，有em無ek，有in無iŋ。其大致關係為：
咸、深二攝舒聲讀m，入聲讀p。如：

三sam¹¹	音im¹¹	答tap²	入ŋip⁵

山、臻、曾三攝舒聲讀n，入聲讀t。如：

蘭lan⁵³	熱ŋiet⁵	根kin¹¹	佛fut⁵	朋pʰen⁵³	域vet²

宕、梗、江、通四攝舒聲讀ŋ，入聲讀k。如：

朗loŋ⁵⁵	腳kiok²	江koŋ¹¹	桌tsok²	馮pʰuŋ⁵³	竹tsuk²

梗攝一部分及白讀多為舒聲讀ŋ，入聲讀k；一部分及文讀多為舒聲讀n，入聲讀t。如：

猛maŋ/men¹¹	格kak/kiet²	幸hen⁵⁵	隔kak²	敬kin³¹	壁piak²

(7) 遇攝合口一等摸韻見組疑母「吳、五、午」等多字、三等魚韻泥組「女」、見組疑母「魚」等字讀成音節聲母 ŋ。

(8) 江攝部分讀如通攝。如：窗tsʰuŋ¹¹　雙suŋ¹¹　濁tsʰuk⁵

唯獨八德宕、梗、江、通四攝陰入 k 韻尾脫落，成為陰聲韻，聲調為24的上升調，稱之為「超陰入」；陽入則無此變化。陰入如：

桌tso²⁴	腳kio²⁴	竹tsu²	角ko²⁴	壁pia²⁴	額ŋia²⁴

陽入如：

藥iok⁵　　弱ŋiok⁵　　月ŋiet⁵　　略liok⁵　　著tsʰok⁵　　落lok⁵

3. 聲調

(1) 古上聲次濁聲母今讀陰平。如：

馬ma¹¹ 尾mui¹¹ 暖non¹¹ 里li¹¹ 軟ŋion¹¹ 野ia¹¹ 咬ŋau¹¹ 偉 vui¹¹等數十字。

(2) 古上聲全濁聲母今讀陰平。如：

薄並 pʰu¹¹　　伴並 pʰan¹¹　　被並 pʰi¹¹　　辯並 pien¹¹　　斷定 tʰon¹¹

淡定 tʰam¹¹　　弟定 tʰe¹¹　　丈澄 tsʰoŋ¹¹　　重澄 tsʰuŋ¹¹　　舅群 kʰiu¹¹

(3) 有一些古上聲清母字今讀陰平。如：

普pʰu¹¹　　匪fui¹¹　　埔pu¹¹　　鳥tiau¹¹　　組tsu¹¹

(三) 自己獨特的語音特點

1. 聲母

(1) 章組少數字讀[f]，此一特點亦具有閩西、閩南詔安客語的特色。
饒平客語章系少數字讀[f]，亦即由擦音讀輕唇音，分布在船、書、禪三母⁵字，相當特殊，也具有相當的歷史和價值[15]：

唇 fin⁵³ 脣 fin⁵³（船）　　水 fi³¹稅 fe³¹（書）　　　　睡 fe⁵⁵（禪）

(2) 見組溪母今讀kʰ，不同於四縣、海陸客語讀f或h。如：i

褲kʰu³¹　　窟kʰut²　　起kʰ i ³¹　　殼kʰok²

(3)「云母」遇攝合口三等虞韻「雨」，山攝合口三等仙韻「圓」、元韻「園、遠」等字，四縣無聲母字（海陸讀ʒ）。饒平客話今讀v：

---

[15] 參見張光宇著，《閩客方言史稿》，頁79，246。文中舉出客贛地區及山西汾河片水字讀f-聲母的方言點；王福堂，《漢語的語音演變和層次》，頁71；侯精一，《現代晉語的研究》，頁37、40、81、85、94。

雨vu^{31}	圓vien^{53}	遠vien^{31}

⑷效攝四等泥母（娘）讀n，「尿」中壢讀nau^{55}，八德讀neu^{55}。

2.韻母

⑴止攝開口三等「鼻」字讀鼻化韻pʰĩ^{55}，臺灣客語都沒有鼻化音，特別顯眼。

⑵古遇攝合口三等魚、虞影組云母少數字讀合口呼。如：

雨 vu^{31}	芋 vu^{55}

⑶山攝合口一等桓韻曉、影組、三等仙韻章組部分字，讀an，不讀on。如：

「歡」fan^{11}	「碗、腕」van^{31}	「磚」tsan^{11}

⑷山攝合口一等桓韻見組讀合口韻uan，不讀on，比四縣、海陸客語更多合口韻。如：

官kuan^{11}	寬kuan^{11}	罐kuan^{31}	灌kuan^{31}

⑸蟹攝二等皆佳二韻「並匣影」母字讀e，明母和蟹攝四等讀i。如：

排pʰe^{53}	牌pʰe^{53}	稗pʰe^{55}	鞋he^{53}	蟹he^{31}	矮e^{31}
埋mi^{53}	買mi^{11}	賣mi^{55}	泥ni^{53}		

⑹蟹、梗二攝四等端組部分字及梗攝二等「冷」字，其主要元音為 e，不讀ai、aŋ。

低te^{11}	底te^{31}	啼tʰe^{53}	弟tʰe^{11}	犁le^{53}
聽tʰen^{11}	廳tʰen^{11}	頂ten^{31}	冷len^{11}	

⑺果攝開口一等泥母、合口一等明母，效攝開口一等明母、流攝開口一等明母和三等奉母少數字讀如遇攝一等。如：
饒平客話果攝開口、合口、效攝開口、流攝開口和遇攝的關聯性如下表：

攝	果				遇				效				流	
字	多	挪	磨~刀	磨~石	補	盧	做	所	刀	毛	帽	冒	母	浮
音	to	nu	nu	mu	pu	lu	tso	so	to	mu	mu	mu	mu	pʰo

3. 聲調

(1) 饒平客家話的聲調，和四縣話雖同樣有六個聲調，但從中古到現在的演變，平、入二聲與四縣、海陸客家話無別。但上、去二聲和其他客家話不同的演變特徵。最大的特徵即在於古陰上和陰去合併為今讀上聲。如：

$$苦\ k^hu^{31} = 褲\ k^hu^{31} \qquad 把\ pa^{31} = 霸\ pa^{31} \qquad 董\ tu^{31} = 棟\ tuŋ^{31}$$

古濁上和濁去合併為今讀去聲。

$$杜\ t^hu^{55} = 度\ t^hu^{55} \qquad 市\ sï^{55} = 侍\ sï^{55} \qquad 道\ t^ho^{55} = 盜\ t^ho^{55}$$

(2) 各地的聲調調值卻有所不同，如下表：

調類	陰平	上聲	陰入	陽平	去聲	陽入	超陰入
調號	1	2	4	5	6	8	9
中壢、平鎮、卓蘭	11	31	2	53	55	5	
中壢過嶺、莒林、上饒	11	53	2	55	24	5	
竹北	11	53	2	55	55	5	
東勢石角	11	31	2	53	33	5	
新屋、八德	11	31	2	53	55	5	24
例字	君	滾	骨	裙	近（文讀）	掘	菊

(3) 豐富而複雜的連讀變調

變調可分兩字連讀及三字或三字以上的連讀變調，在觀察本地區的饒平客語及分析其變調的內部機制後，本文各組各方言點的連讀變調，相當豐富，異常複雜，各點都呈現各不相同的趨勢，三字組及三字組以上的連讀變調也就更形複雜，本文就以兩字組連讀變調為主，舉數例說明。

① 陰平變調，芝芭里在陰平、陰入前產生前字變調，變新調值33；興南、平鎮則在陰平、上聲、陰入前變上聲31調；八德則完全不發生

連讀變調。如：雞公、豬肚、新屋。

②其他各調，舉陽平、上聲為例，其產生前字變調都不一致，情形如下表：

前字	陽平(53)						上聲(31)					
後字　方言點	陰平(11)	陽平(53)	上聲(31)	去聲(55)	陰入(2)	陽入(5)	陰平(11)	陽平(53)	上聲(31)	去聲(55)	陰入(2)	陽入(5)
芝芭里	33-	33-	33-	33-	33-	33-	33-	33-	33-		33-	
興南		33-		33-		33-		33-	33-			
平鎮		11-		11-		11-	33-	33-	33-		33-	
八德		11-		11-		11-			33-			
例句	牙膏	牛郎	行嫁	遊覽	龍脈	題目	唱歌	枕頭	紙砲	過夜	過失	海陸

五、重要詞彙

饒平客語有其豐富的詞彙風貌，在語言接觸的多元地帶，更具特殊，也有其自行發展的特有詞彙。與臺灣四縣、海陸、國語對照舉隅如下：

1.各點相同詞彙

饒平詞彙	四縣／海陸	國語
講事（kon³¹ si⁵⁵）	講話	說話
電事（tʰien⁵⁵ si⁵⁵）	電話	電話
打電話[16]（ta³¹ tʰien⁵⁵ fa⁵⁵）	打電話	打電話
睛（ŋiaŋ³¹）	看	看
疾（tsʰit⁵）	痛	痛
喥（vo³¹）	嗷（kieu⁵⁵／kiau¹¹）	哭
笠婆（lip²pʰo⁵³）	笠嫲	斗笠

---

[16] 打電話：芝芭里為「打電事」，音ta³¹ tien⁵⁵ sii⁵⁵。

2.個別點詞彙

類別	饒平詞彙（個別點）	各點／四縣／海陸	國語
自然	天崠 t^{h}ien^{11} tuŋ^{31}（平鎮）	天頂	天上
	落冰 lok^5 pen^{11}（芝芭）	落雹	下冰雹
	泥灰 ni^{53} foi^{11}（平鎮）	塵灰	灰塵
	嶺崠 liaŋ^{11} tuŋ^{31}（平鎮）	山崠、崁頂[17]	嶺上
植物	白腳筍 p^{h}ak^5 kiok^2 sun^{31}（平鎮）	茭筍、禾筍	茭白筍
	楊婆仔 ioŋ^{53} p^{h}o^{53}（興南）	刺波仔[18]	草莓
動物	細豬嫲 se^{31} tsu^{11} ma^{53}（興南）	豬牸仔[19]	小母豬
	細狗嫲 se^{31} kieu^{31} ma^{53}（興南）	狗牸仔	小母狗
	艾蟲 ŋie^{55} ts^{h}uŋ^2（芝芭）	涎蝓 lan$^{24/53}$ ie$^{11/55}$	蛞蝓
	蝓涎 ie^{11} lan^{11}（興南）	涎蝓 lan$^{24/53}$ ie$^{11/55}$	蛞蝓
屋舍	棚崠 p^{h}aŋ^{53} tuŋ^{31}	棚頂	樓上
服飾	奶絆仔 nen^{55} p^{h}an^{55} e^2（芝芭）	奶姑帕仔	胸罩
	手結仔 su^{31} kiet^5 e^2（芝芭）	頂針	別針
飲食	□ a^{11}（興南）	心、料	包子餡兒
	零星食 laŋ^{53} saŋ^{11} sït^5（興南）	零嗒[20]	零食
人體	鼻窟仔 p^{h}i^{55} k^{h}ut^5 e^2（平鎮）	鼻公／鼻空	鼻子
	耳窟仔 ŋi^{31} k^{h}ut^5 e^2（平鎮）	耳公／耳空	耳朵
	鼻空溝 p^{h}ĩ^{55} k^{h}uŋ^{11} kieu^{11}（芝芭）		法令紋
	牙黃 ŋa^{53} voŋ^{53}（芝芭、平鎮）	牙黃	牙垢
數量	張　tsoŋ^{11}（芝芭）	輛、臺	輛（車）
	支 ki^{11}（芝芭）	條	條（船）
事務	拜護 pai^{31} hu^{55}（平鎮）	拜野／拜神	拜神
	跆tai^{55}起	跐床	起床

---

[17] 崁kien$^{55/11}$ 山頂。

[18] 刺朴仔 tshi^{55} p^{h}o^{24} e^{31}／tʃi^{33} p^{h}o^{53} er^{55} 野草莓。

[19] 牸 ts$^{h;55}$i／tʃi^{h33}，未成熟的雌性牲畜。

[20] 零嗒：零食。

3.親屬稱謂

　　我國是一個非常講究親屬倫常的國家，常有所謂的「三綱五常」，非常重視宗族或婚姻等親屬關係。但親屬的稱謂因地方上差異，各方言間即存有不同的名稱。就以客家方言而言，方言地理不同就有著不同的稱謂。如「妻子」一詞，有「晡娘 pu^1 ηion^2（臺灣）」、「姐仔 $tsia^3$ e^3（臺灣南部）」、「老婆 lau^3 p^ho^2（梅縣）」等多種稱呼。

　　中壢地區饒平客語各點內部對親屬稱謂，雖然差異不大，但咫尺之地，就出現了差異，也是饒平客語詞彙的特色（本欄為直稱）。

	中壢芝芭里	中壢興南	平鎮南勢	八德霄裡
母親	阿母$a^{11}m^{53}$ 阿姆$a^{11}me^{11}$	阿媽$a^{11}ma^{55}$	阿姨a^{11} ia^{31} 阿姐$a^{11}tsia^{31}$	阿姆 $a^{11}me^{11}$
祖父	阿公 a^{11} $ku\eta^{55}$	阿公 a^{11} $ku\eta^{55}$	阿公 a^{11} $ku\eta^{55}$	阿公 a^{11} $ku\eta^{53}$
祖母	阿婆 $a^{11}p^ho^{53}$	阿婆 $a^{11}p^ho^{53}$	阿媽 a^{11} ma^{55}	阿嬤 a^{11} ma^{55}
高曾祖父	祖太 $tsu^{31}t^hai^2$	太太 $t^hai^{55}t^hai^{55}$		阿太 $a^{11}t^hai^{55}$
外公	姐公 $tsia^{31}ku\eta^{11}$	姐公 $tsia^{31}ku\eta^{11}$	姐公 $tsia^{31}ku\eta^{11}$	阿公 $a^{11}ku\eta^{55}$
外婆	姐婆 $tsia^{31}p^ho^{53}$	姐婆 $tsia^{31}p^ho^{53}$	姐婆 $tsia^{31}p^ho^{53}$	阿婆 $a^{11}p^ho^{53}$
伯母	伯姆 pak^2mi^{11}	伯嬭 pak^2 mi^{11}	伯嬭 pak^2 mi^{11}	伯姆 $pa^{24}me^{11}$
叔母	叔姆 suk^2me^{11}	叔嬭 suk^2mi^{11}	叔嬭 suk^2mi^{11}	叔姆 $su^{55}me^{11}$
媳婦	心婦 $sim^{11}p^he^{11}$	心婦 $sim^{11}p^he^{11}$	心婦 $sim^{11}p^he^{11}$	心婦 $sim^{11}p^he^{11}$
夫么弟	小郎叔 $siau^{31}lo\eta^{53}suk^5$	小郎叔 $siau^{31}lo\eta^{53}suk^5$	小郎叔 $siau^{31}lo\eta^{53}suk^5$	滿叔 $man^{11}suk^5$

　　由上表觀之，桃園饒平方言內部親屬稱謂的差異，大都在對女性的稱謂表現更大的不同，尤其對母親和祖母的稱呼，受閩南語的影響頗大，興南、平鎮等點都以閩南語稱謂來稱呼。至於表示伯母、叔母的「嬭」讀mi^{11}是否為本字，有待考證。

4. 你我他代詞

	中壢芝芭里	中壢興南	平鎮南勢	八德霄裡
你	偓 ŋai[53]	偓 ŋai[53]	偓 ŋai[53]	偓 ŋai[53]
我	你 n[53]	你 n[53]	你 n[53]	你 n[53]
他	佢 ki[53]	佢 ki[53]	佢 kiu[53]	佢 ki[53]

5. 沒有「後綴」的派生詞

　　饒平客話為客家方言的親屬語言，不論是單音詞、複音詞、派生詞等詞彙，自然與客家方言有密不可分的一致性。但「語言之間的關係，除了血緣與地緣之外，還可以從他們共處的社會背景來界定」（何大安，1996：161）。中壢地區饒平客語的派生詞，帶後綴「仔尾詞」的e和「哥」，和臺灣其他客方言四縣、海陸比較起來，使用範圍較小，但又不像東勢大埔話全無「仔尾詞」。

　　(1)沒有後綴：

　　　哥：一般客語稱「蛇」為「蛇哥」，但饒平客話新坡除外，其他一律只稱「蛇」而已，變成單音詞，沒有後加成分「哥」，就是龍潭三坑村邱姓饒平後裔，今天已經全部改講四縣客語，其生活語彙裡，也沒有「蛇哥」的後綴。

　　(2)較少「仔尾詞」後綴：中壢地區饒平客語較少「仔尾詞」詞綴，但中壢地區饒平客話不是全面性沒有名詞後綴，一個名詞有無後綴，各方言點呈現不一，聲調也沒有改變，不過這已是饒平客話和其他客語不同的詞彙結構和句法特色，或是語言接觸的影響。沒有e尾詞的舉隅於下：

稍許陽光：日頭花（全部）	星星：星（芝芭）	鎌刀：禾鐮
桃、李：桃、李（芝芭）	雞：雞（芝芭、興南、平鎮）	猴：猴（芝芭）
青蛙：蛙（全部）	房子：屋（全部）	

六、語言接觸的影響

　　無可否認，這一地區的饒平客家話，為數眾多。據發音人表示，過去曾在芝芭里、過嶺里等地形成小區域的主流語言，他語言的族群，在此地會以饒平話溝通。後來，由於語言的接觸、時代的洪流、婚姻的影響、工商業的

發達、人口增加的快速等多重原因，饒平客語快速消失，最後只在家族中溝通而已。所以，今日中壢地區的饒平客家話，除了自有的語音特點外，還具有濃厚的臺灣四縣語音特徵。另外，詞彙和語音也有一些閩南話的反映。豐富而複雜的連讀變調，也可能因時、因地語言接觸受到影響的結果。由於連讀變調的差異和受四縣影響程度的不同，即使聲韻調本來相同，最後造成各地腔調不一，漸次形成差異。

1. 有四縣客家的語音特徵（黑體字爲受影響的語音）

(1) 聲母方面在饒平自己獨特的章組讀f和溪母讀k^h及「云母」山攝合口三等仙韻等字，饒平客話今讀v的特徵消失或改變；精知庄章聲母今讀和四縣一樣混讀精組。即可知這些組字可能是長期與周圍的四縣話接觸產生。

①章組讀f，稅：讀fe^{31}，芝芭里、興南都讀soi^{31}；唇：讀fin^{53}，八德讀**sun^{53}**，顯然受到四縣的影響。

②見組溪母原讀k^h，縣大多已讀f或h如下表。

目前只剩下「去」在興南讀k^hi^{31}；「殼」只在平鎮讀k^hok^2；「褲」則各點都非常保守地使用，但芝芭里已k^hu^{31}、fu^{31}兩讀；「窟」除八德讀**fut^2**以外，其他點仍讀k^hut^2。其他如溪、起、糠、坑、客等字，東勢大埔、詔安及過嶺都讀k^h，在此全讀如四縣h。

③云母讀v的「圓園遠」三字，除「圓」外，「園」只有平鎮讀v，「遠」字只有芝芭、平鎮仍讀v，其他已讀無聲母，同四縣（八德讀濁擦聲母ʒ）

(2) 韻母方面主要在於蟹攝二等幫組、效攝三、四等：

①蟹攝二等幫組原讀-e，部分點今讀ai^{21}。

	排	牌	稗	擺～地攤	篩
中壢芝芭里	**p^hai^{53}**/p^he^{53}	**p^hai^{53}**	p^he^{55}	pai^{31}/p^he^{31}	ts^hi^{11}
中壢興南	**p^hai^{53}**	**p^hai^{53}**	p^he^{55}	**pai^{31}**	ts^hi^{11}
平鎮南勢	p^he^{53}	p^he^{53}	p^he^{55}	**pai^{31}**	ts^hi^{11}
八德霄裡	p^he^{53}	p^he^{53}	p^he^{55}	p^hu^{11}	ts^he^{11}
四縣	**p^hai^{11}**	**p^hai^{11}**	**p^hai^{55}**	**pai^{31}**	ts^hi^{24}

---

[21] 由表中所列，四縣除篩字外，都讀-ai，饒平客語已漸趨向四縣讀法。況且芝芭里發音人也說，其幼時曾聽祖父輩把排、牌、稗、擺、埋等字韻母讀-e，今讀-ai顯然受四縣客語的影響無疑。

②效攝三等讀iau，今有部分點讀eu、ieu。

饒平客語古效攝三等讀iau，但今多點不規則的如四縣客語讀eu或ieu。

	表	苗	消	趙	橋
中壢芝芭里	piau³¹	meu⁵³	seu¹¹	tsʰeu⁵⁵	kʰiau⁵³
中壢興南	piau³¹	miau⁵³	siau¹¹	tsʰeu⁵⁵	kʰiau⁵³
平鎮南勢	piau³¹	meu⁵³	seu¹¹	tsʰeu⁵⁵	kʰiau⁵³
八德霄裡	piau³¹	meu⁵³	siau¹¹	tsʰeu⁵⁵	kʰiau⁵³
四縣	peu³¹	meu¹¹	seu²⁴	tsʰeu⁵⁵	kʰieu¹¹

③另有一些四等韻在某些詞彙連讀時也有變異。

詞彙	饒平詞彙	饒平音	四縣音	方言點
瘧疾	發「冷」仔	len¹¹→laŋ²⁴	laŋ²⁴	芝芭、平鎮
冷落	「冷」落	len¹¹→laŋ¹¹	laŋ²⁴	興南、平鎮
吹嗩吶	歕「笛」仔	tʰet⁵→tʰak⁵	tʰak⁵	平鎮

(3)聲調：聲調上受四縣影響的大都在某些詞彙連讀時造成，發生在陰平和去聲歸陰上調最多。例如：

詞彙	饒平詞彙	饒平音	四縣音	方言點
毛毛雨	雨「毛」e	mo¹¹→²⁴	mo²⁴	芝芭
夏至	夏「至」	tsï³¹→⁵⁵	tsï⁵⁵	平鎮
烏啾	「阿啾箭」	a¹¹ tsiu¹¹ tsien³¹→⁵⁵	a¹¹ tsiu¹¹ tsien⁵⁵	平鎮
蜻蜓	揚「眉」仔	me¹¹→²⁴	mi/me²⁴	芝芭、興南、平鎮
瓶子	盎e	aŋ¹¹→²⁴	aŋ²⁴	芝芭、平鎮
鄰居	鄰「舍」	sa³¹→⁵⁵	sa⁵⁵	平鎮
豎起來	頓「起來	tun³¹→⁵⁵	tun⁵⁵	芝芭
過失	過「失」	ko³¹⁻⁵⁵	ko⁵⁵	八德
造化	造「化」	fa³¹⁻⁵⁵	fa⁵⁵	八德

2.閩南語的反映（黑字體爲臺灣閩南語詞彙或閩客合璧詞）

受閩南語影響的詞彙，大都借其詞，而以客語發音，只有少數是音詞同借。

| 方言點 | 饒平 | | | | 閩南話 | 客家話 |
項　詞彙	芝芭里	興南	平鎮	八德	桃園	中壢
自然　墳地	塚埔	**墓埔**	塚埔	**墓e埔**	**墓a埔**	墓埔
自然　蠶豆	田豆	**蠶豆**[22]	田豆	田豆	蠶豆	田豆
動物　鴿子	粉鳥	粉鳥	粉鳥	粉鳥	粉鳥	月鴿
動物　蛤蠣	海蜆	**ham^{24}ma^{53}**	ham^{24}	ham^{24}	ham^{24}ma^{53}	海蜆
房舍　鋼筋	鋼筋	鐵枝	鋼筋	鐵枝	鐵枝	鋼筋
用具　醬糊	糊（ko^{11}）仔	のり	**糊fu^{53}e**	粉漿	**糊ko^{24}a^{53}**	のり
飲食　麻薯	**麻薯**[23]	粢粑	粢粑	粢粑	麻薯	粢粑
飲食　用湯拌飯	攪飯	攪飯	囉湯	vo^{55}湯	攪飯	囉飯
飲食　拉肚子	屙潲屎	屙痢肚	屙痢肚	屙痢肚	潲屎	屙痢肚
動作　拿	提（遞te^{55}）	提（遞te^{55}）	提（遞te^{55}）	拿	提（遞te^{55}）	拿
運動　潛水	沕水	沕覓趣	沕水	潛覓仔	潛水覓	沕覓趣
感知　碎石扎腳的感覺	im^{55}	tiam^{11}	tiam^{11}	tiam^{11}	**tiam^{11}**	im^{55}
感知　愛現	**hia^{11}pai^{24}**	展風神	沙鼻	沙鼻	**hiau^{11}pai^5**	沙鼻
稱謂　母親	阿母 a^{11}m^{53}	阿媽 a^{11}ma^{55}	阿姐 a^{11}tsia^{31}	阿姆 a^{11}me^{11}	阿母 a^{11}m^{53}	阿姆 a^{11}ma^{24}
稱謂　祖母	阿婆	阿婆	阿嬤 a^{11}ma^{55}	阿嬤 a^{11}ma^{55}	阿嬤 a^{11}ma^{53}	阿婆

七、結語

　　中壢等地的饒平客家話，呈現多元風貌，既有一般客家話的特點，也有自己的特徵，給人一般的感覺爲具有四縣客語又有海陸客語又有閩南話的感覺。

　　⑴有四縣客語的感覺，是因其古精知庄章組聲母混合讀精組，沒有舌葉

22　蠶豆讀tsan33 t^{h}eu55 是閩客合璧音。

23　麻薯讀與閩南語mua^{11} tsi^{11}同音，而非ma^{11} su^{11}或客家話的「粢粑」（ts^{h}i^{11} pa^{24}）。

音；開口止攝三等精知莊章組和深、臻、曾、梗等四攝知莊章組，主要元音今讀同「四縣話」的舌尖前元音 ï。如：子＝止，針tsiim¹¹、珍tsiin¹¹、正tsiin³¹、貞tsiim¹¹。

(2) 有像海陸話的感覺是效攝三等及四等讀如「海陸話」，幫精見曉影組讀iau，知莊章組讀au。合口一等蟹攝灰韻幫組部分字、三等非、曉、影組，止攝影組，合口一等蟹攝灰韻幫組部分字、三等非、曉、影組，止攝影組，都讀ui。

(3) 像閩南語，有「鼻」字讀鼻化韻pʰĩ⁵⁵；蟹、梗二攝四等端組部分字如「底、矮」字，其主要元音為e，還有一些閩南語詞彙。

(4) 受四縣話的影響主要是「自己獨特的特點消失」，趨向於四縣的音韻及聲調。

　　從各姓族譜的記載，這些饒平後裔絕大多數都是從饒平原鄉上饒地區，也就是舊稱「元歌都」的居民移居來臺的客家後裔，只有稍後發現的觀音鄉崙平村的羅姓來自福建平和縣。饒平人對於語言的保存，相當重視，「寧賣祖宗田，莫忘祖宗言」，一直都遵守祖先遺訓，今天饒平後裔還能說饒平客話的都是其先祖的實踐。可是身處時代的洪流和環境的需要，饒平在臺灣，從各姓都有「媳婦入門三朝就要說饒平話」家訓，歷經迫於事實或無奈，放棄「家訓」，改以「社會語」溝通[24]，到現在「向孫子學國語」，各受訪人都有無盡的悲嘆。經過採訪的刺激，他們都深覺有必要想辦法傳承祖宗言，也期望在鄉土語言政策中，選定饒平人較多的地方，實施饒平話的教學，以傳承母語。

---

[24] 社會語，指流通於現實社會的共同語。饒平人語言的流失，有很多也因為「婚姻」關係，放棄「家訓」，在家庭改以閩南語或四縣話、海陸話等社會語溝通，現在的社會語還增加了國語。饒平話只有在宗族之間溝通，最後饒平話在家庭中消失，龍潭三坑子、銅鑼圈的小方言區域饒平話就是如此消失的。其實，整個客家話變成福佬客的過程也是循著這個過程進行的。

桃園新屋陳姓饒平客家話的「超陰入」[1]

1　本文為「第八屆國際暨第二十一屆全國聲韻學學術研
　　討會」會後論文，2003年10月25-26日中華民國聲韻學
　　會於國立高雄師範大學主辦，收錄於《聲韻論叢》第
　　十四輯，頁163-185，臺北：中華民國聲韻學會出版
　　（2006）。「超陰入」一詞見筆者碩士論文《臺灣桃
　　園饒平客話研究》頁47、126、188。該研討會中張屏
　　生（2003：381）亦提出「超陰入」之名稱。

摘　要

　　桃園縣新屋鄉頭州村的陳姓饒平客家，依其族譜記載，來自舊廣東省潮州府饒平縣元歌都嶺腳社嶺腳鄉，受訪者也自稱為饒平客家人。今其家族分布在縣內新屋鄉犁頭州、中壢市水尾、楊梅鎮高山下、龜山鄉虎頭山等地區，至今仍能說饒平客家話的還有一百多人。陳姓饒平客家話在語音特點上，古四等韻和臺灣其他地方的饒平客家話有些不同，反而和詔安客家話較為密切，尤其存在一個「超陰入」的聲調，也和詔安話客家話相同。但它和詔安話客家話最明顯的不同，在於入聲調值的不同，除了「超陰入」之外，陰入韻尾收-p、-t和所有陽入韻尾收-p、-t、-k的調值，都和一般饒平客家話相同，也沒有詔安話的「超陽入」。即是饒平客家話的陰入今讀低短調，如：鐵tiet^2；陽入讀高短調，如：合hap^5。詔安話陰入今讀中升短調，如：鐵tet^{24}；陽入讀中降短調，如：合hap^{43}。這「超陰入」調乃是由古「宕、江、梗、通」四攝清聲母或部分次濁聲母的入聲演變而來。如：通攝「屋」讀為vu^{24}，而不讀vuk^{2}或vuk^{24}；宕攝「索」（繩子）讀為so^{24}，而不讀sok^{2}或vok^{24}，都沒有「-k韻尾」，調值由$\underline{2}$的低短調變成24的中升舒聲調。如前所述，新屋饒平客家話其他陰入收-p、-t韻尾仍讀低短調，如：吸k^{h}ip^2、骨kut^2，卻沒有此種變化，和詔安不同。濁聲母及部分次濁聲母今讀陽入聲仍有-k尾，仍讀陽入調，如：鑊vok^5、綠liuk^5；也和詔安沒有-k尾，如：鑊vo^{55}，變成高平調有所不同。這個「陰入」聲調性徵超出了原來聲調的格局，故而稱之為「超陰入」，本文將之調號定為第9調。本文除提出「超陰入」的由來及討論其與周邊語言的接觸現象外，亦提出此「超陰入」在漢語入聲演變過程中扮演重要的語音特色，也提供研究漢語聲調演變的最佳語料。

關鍵詞：新屋饒平客家話　聲調　超陰入　分化條件

一、前言

　　桃園縣新屋鄉頭州村的陳姓饒平客家話，根據發音人提供的《始祖百九公傳下陳氏族譜》手抄本[2]記載，祖籍來自潮州府饒平縣元歌都嶺腳社嶺腳

2　發音人陳永海先生1916年生，世系為開饒十七世，來臺第七世，子女都能說饒平客話，2001年接受訪問時已高齡八十八歲，身體健朗，隨子女居住於中壢，如今已去世。

鄉百九陳公傳下[3]，本宗族所說的饒平客家話，有其獨特的音韻特點。目前除了縣內陳姓宗親、家族分布在新屋鄉犁頭州、中壢市水尾、楊梅鎮高山下、龜山鄉虎頭山等地區，至今仍能說饒平客家話的還有一百多人。另外，還有本縣八德市霄裡官路缺地區袁姓家族，來自廣東嶺腳鄉[4]，也說著和新屋陳姓家族一樣的饒平客話，同樣有「超陰入」現象。

二、新屋饒平客家話的聲韻調及例字

1. 聲母：聲母：二十一個（含無聲母ø）

發音方法		塞音		塞擦音		鼻音	擦音		邊音
		不送氣	送氣	不送氣	送氣				
發音部位		清	次清	清	次清	次濁	清	次濁	次濁
雙唇	重唇	p杯	pʰ牌			m買			
	輕唇						f水	v雨	
舌尖	舌尖前			ts租	tsʰ茶		s私		
	舌葉音			tʃ豬	tʃʰ陣		ʃ詩	ʒ衣	
	舌尖	t多	tʰ奪			n泥			l羅
舌根		k歌	kʰ褲			ŋ鵝	h鞋		
喉		ø矮							

---

[3] 族譜記載十世名顯、名光兄弟於乾隆二年（1737）饒平縣來臺，來臺祖先至諸羅叨囉國幫傭度日，於乾隆十五年往淡地桃潤堡龜崙口廣福社（今桃園高中附近）開墾。陳永海先生說：當初向平埔族租耕土地，用十手十腳指蓋印，以為徵信。那張契約書保存到約在十多年前分家時，以為無用才被宗親燒毀。其祖來臺第四代，遷居到楊梅高山下租林本源土地耕種，住六十多年後，再遷往中壢水尾庄開墾耕作，傳下子孫目前還有一房宗親在楊梅高山下該地居住繁衍。臺灣光復後，父親兄弟分家，向邱松林先生買下新屋犁頭洲田地耕種，遷到新屋至今，今有兄弟多人傳下子孫在新屋聚居，並建有陳氏家祠。龜山原耕地，日人建桃園神社而被強制徵收，光復後，土地沒歸還，改建桃園高中，剩下的土地被放領，留在桃園的陳氏後裔有一房，傳下子孫多遷居外地，目前只剩極少數長者能說饒平話，多已改說閩南話。

[4] 袁姓家族語音特徵見徐貴榮，《臺灣饒平客話》（臺北：五南圖書公司出版，2005），頁273-277。

2. 韻母：韻母：六十六個，有i、u兩個介音

(1)陰聲韻：二十個

韻頭＼韻或韻尾	開尾韻母11				元音尾韻母9				
開口	ï使	a爬	o果	e鞋	ai帶	oi愛	au卯		eu樓
齊齒	i徐	ia謝	io靴	ie雞			iau秒	iu劉	ieu狗
合口	u補	ua瓜		ue□[5]	uai歪	ui會			

(2)陽聲韻：二十二個

韻頭＼韻或韻尾	雙唇鼻音尾韻母（五個）			舌尖鼻音尾韻母（十個）					舌根鼻音尾韻母（七個）		
開口		am擔	em森		an單	on賺		en恩	aŋ鄭	oŋ忙	
齊齒	im林	iam尖	iem弇	in兵		ion軟	iun忍	ien扁	iaŋ青	ioŋ娘	iuŋ宮
合口					uan灌		un滾	uen耿	uaŋ梗		uŋ窗

(3)入聲韻：二十二個

韻頭＼韻或韻尾	收p尾（五個）			收t尾（十個）					收k尾（七個）		
開口		ap答	ep澀		at罰	ot奪		et北	ak麥	ok學	
齊齒	ip集	iap接	iep激	it筆		iot吮	iut屈	iet缺	iak逆	iok弱	iuk續
合口					uat刮		ut掘	uet國	uak眷		uk族

5　□：k'ue，碗打破聲。

⑷成音節鼻音：二個

m毋	ŋ五

　　新屋饒平客家話古精組[ts-]聲母今接細音[i]產生顎化現象成為[tɕ-]組，但見組並未有此現象，故本文不將[tɕ-]列為一個音位。除此，尚有一個韻母，其實際音值為前次低元音/ɛ/，只分布在古效、咸、山、梗等開口四等韻的端組，如鳥tɛu¹、店tɛm²、田tʰɛn⁵、笛tʰɛt⁸等。其他則與一般客家話相同，讀較高的[e]，如牌pʰe⁵（蟹攝二等）、弟tʰe⁷（蟹攝四等）。因其有條件限制，雖有[e][ɛ]的殘存痕跡，但本文不另立一個音位，而與/e/合併，省略/ɛu/、/ɛm/、/ɛp/、/ɛn/、/ɛt/等五個韻母。

3.聲調（本文引用文獻，聲調調號採用與其他各篇不同）

調類	陰平	陽平	陰上	陰去	陽上	去聲	陰入	陽入	超陰入
調號	1	2	3	4	5	6	7	8	**9**
調值	11	53	31		55		<u>21</u>	<u>5</u>	**24**
調型	⌙	⌐	⌵		⌐		⌐	⌐	⌐
例字	圈	權	犬	勸	件	健	缺	杰	屋

三、音韻特點（以下為了統一聲調名稱，故使用調號，必要時才標明調值）

1.具有一般客家話的特點

　⑴古濁音清化，塞音、塞擦音不論平仄今讀皆送氣，如：
　　婆pʰo²、道tʰo⁶、絕tsʰiet⁸
　⑵古次濁上聲部分今讀陰平，極少部分讀去聲，如：
　　馬ma¹、冷len¹，染ŋiam⁶
　⑶古全濁上部分今讀陰平，如：舅kʰiu¹、弟tʰe¹、下ha¹
　⑷古輕唇音部分讀重唇，保留古無輕唇音現象，如：
　　飛pui¹、糞pun³、楓pʰuŋ¹
　⑸古知組少數字今讀端組，呈現古無舌上音的殘存現象，如：
　　知ti¹、中tuŋ¹、擇tʰot⁸
　⑹唇齒擦音有清（f）、濁（v）之分，如：非fui¹、物vut⁸
　⑺四呼不齊，沒有撮口呼，如：語ŋi¹、芋vu⁶分讀齊齒、合口呼

(8)效攝一等大部分與果攝一等混讀[o]，如：高ko¹、報po³。

(9)江攝少數讀如通攝，如：通tʰuŋ¹、窗tsʰuŋ¹。

2.具有饒平客家話的特點[6]

(1)章組少數字讀[f]，如：脣fin²、水fi³、睡fe⁶。

(2)見組溪母今讀[kʰ]，如：褲kʰu³、糠kʰoŋ¹、窟kʰut⁷、去kʰiu³、起kʰi³等[7]

(3)「云母」遇攝合口三等虞韻「雨」讀vu³，「芋」讀vu⁶。

山攝合口三等仙韻、元韻、黠韻等少數字，今讀[v][8]。

雨vu³　圓vien²　遠vien³、園vien²、挖viet⁷

(4)山攝合口一等桓韻曉、影組、三等仙韻章組部分字讀an，不讀[on]。

如：歡fan¹，碗van³、磚tsan¹。

(5)山攝合口一等桓韻見組讀合口韻[uan][9]。

官kuan¹　寬kuan¹　罐kuan³　灌kuan³

(6)蟹攝二等皆佳二韻「並匣影」母字讀[e]，明母和蟹攝四等讀i。如：排pʰe²、蟹he³、買mi¹、賣mi⁶。

(7)蟹、梗二攝四等端組及梗攝二等部分字，其主要元音為[e]，不讀[ai]、[aŋ]。

啼tʰe²、聽tʰen¹、冷len¹

(8)果攝開口一等泥母、合口一等明母，效攝開口一等明母少部分今讀合口[u]，與遇攝一等相混。臺灣饒平客家話大部分仍讀[o]。

挪nu²、磨~刀nu²、磨~石mu⁶（以上果攝），毛mu¹、帽mu⁶、冒mu⁶（以上果攝）

(9)古去聲清聲母字和古上聲清聲母字合流為上聲，其調值為31，故統一其調號為3；古上聲濁聲母字除少部分歸陰平外，和古去聲濁聲母字合流為去聲，是所謂的「陽上歸去」，其調值為55，故統一其調號為6。

苦kʰu³＝褲kʰu⁴　把pa³＝霸pa⁴　董tuŋ³＝棟tuŋ⁴
杜tʰu⁵＝度tʰu⁶　市si⁵＝侍si⁶　道tʰo⁵＝盜tʰo⁶

6　饒平客家話參閱詹伯慧《上饒客家話語音特點》、《饒平縣志‧方言》、呂嵩雁《臺灣饒平方言》、徐貴榮《臺灣桃園饒平客話研究》等。

7　見組溪母字讀k'，不但是饒平客家話的特點，也是大埔、詔安客家話的共同特點，桃竹苗地區饒平客家話有部分溪母字今讀h，據筆者調查，主要是語言在地化之後，受周邊四縣或海陸客語的的影響。

8　臺灣有些饒平客語這些字分讀[ʒ]或[ø]，應是受其他客語語言接觸的影響。

9　臺灣有些饒平客語有些如官、寬等字讀[on]，也應是受其他客語語言接觸的影響。

3. 具有詔安客家話的特點

⑴「效、咸、山、梗」四攝的四等韻端組主要元音為[ε]（本文記作e），
沒有細音[i]，與詔安相同。

鳥teu[1]、尿neu[6]（以上效攝），店tem[3]、甜tem[2]（以上咸攝）

天t^{h}en[1]、鐵t^{h}et[7]（以上山攝），定t^{h}en[6]、笛t^{h}et[8]（以上梗攝）

臺灣饒平客家話大部分有細音，讀如下：

鳥tiau[1]、尿ŋiau（以上效攝），店tiam[3]、甜tiam[2]（以上咸攝）

天t^{h}ien[1]、鐵t^{h}iet[7]（以上山攝），定t^{h}in[6]、笛t^{h}ak[8]（以上梗攝）

⑵「宕、江、梗、通」四攝清聲母或部分次濁聲母入聲，今讀「超陰
入」，調值為中升24調型的舒聲韻，同詔安音韻特點。

索so、腳kio（以上宕攝），角ko、桌tso（以上江攝）

客k^{h}a、額ŋia（以上梗攝），屋vu、竹tsu（以上通攝）

4. 自己獨特的特點

　　新屋饒平客家話處於饒、詔兩縣之間，雖屬客語饒平次方言，卻近於詔安
次方言，但仍不失他自己饒平客家話的特點，語音特點重在聲調調值得表現
於下：

⑴古遇攝少數字讀[iu]。如：

區k^{h}iu[11]、佢（第三人稱代詞）kiu[53]、去k^{h}iu[31]

⑵古入聲的演化，「宕、江、梗、通」四攝清聲母或部分次濁聲母入
聲，沒有-k韻尾，今讀存在一個「超陰入」，調值是中升24的舒聲
韻，同於詔安。可是它攝收-p、-t的陰入聲，其聲調特質仍和其他饒平
話一樣讀低降短促聲的21，而不是詔安一律是24調值的中升短促調。
如：

	答	皿	發	屋	額
新竹饒平	tap[2]	fiet[2]	fat[21]	vuk[2]	ŋiak[2]
新屋饒平	tap[2]	fiet[2]	fat[21]	vu[24]	ŋia[24]
詔安	tap[24]	fiet[2]	fat[24]	bu[24]	ŋia[24]

⑶「宕、江、梗、通」四攝濁聲母或部分次濁聲母入聲，和饒平客話它
攝收-p、-t的陽入相同，有-k韻尾，調值為高短促的5。不像詔安話沒
有-k韻尾，調值改讀高平調55，與去聲相混，如：「藥」讀ʒio[55]，可稱

爲「超陽入」[10]。而詔安客話它攝收-p、-t的陽入，讀中降短促的<u>43</u>，如墨met^{43}、月ŋiet^{43}，變成了陽去調，明顯和新屋饒平話不同。

	墨	月	讀	落	豆
新竹饒平	met^5	ŋiet^5	t^{h}uk^5	lok^5	t^{h}eu^{24}
新屋饒平	met^5	ŋiet^5	t^{h}uk^5	lok^5	t^{h}eu^{55}
詔安	met^{43}	ŋiet^{43}	t^{h}u^{55}	lo^{55}	t^{h}eu^{55}

四、超陰入的連讀變調

臺灣饒平客家話的連讀變調，非常複雜，各地呈現非常不一的情況，甚至有前後字變調的情況（呂嵩雁，1993：107）。

1. 若就陰平而言

(1) 廣東上饒、中壢過嶺、桃園新屋、八德、新竹芎林、苗栗卓蘭等地都不產生連讀變調。

(2) 中壢芝芭里饒平話其在陰平、陰入前產生前字變調，形成一個新調值—中平33調。如：

雞公kie$^{11-33}$ kuŋ^{11}、新屋sin$^{11-33}$ vuk^{21}

(3) 壢興南里、平鎮的饒平話，其在陰平、上聲、陰入前產生前字變調，變成上聲31調。如：

車單ts^{h}a$^{11-31}$ tan^{11}、豬肚tsu$^{11-31}$ tu^{31}、甘蔗kam$^{11-31}$ za^{31}

至於陽平等其他調的連讀變調，各地相當複雜，呈現不一致的情況[11]。新屋的饒平客家話除了陰平調在各調前不產生連讀變調外，其餘各調都產生

---

[10] 張屏生（2003：381）提出「超陽入」之名稱。

[11] 有關饒平客家話的連讀變調，請參閱饒平縣地方志編纂委員會編《饒平縣志·方言》（廣東人民出版社，韶關排版，1994），頁1018-1019；呂嵩雁，《臺灣饒平·方言》（東吳大學中文系碩士論文，1993），頁101-125；徐貴榮，《桃園饒平客話研究》（國立新竹師院臺灣語言與語文教育研究所碩士論文，2002），頁50-69；徐貴榮，〈桃園中壢、平鎮、八德地區的饒平客家話語言特點〉，刊載於《臺灣語言教學與研究期刊》（新竹師院臺灣語言與語文教育研究所編印）第四期（2000年12月28日），頁103-116。

不等程度的前字變調[12]，新屋的饒平客家話超陰平，在各調之前都產生連讀變調，變成高平調55的「去聲」，形成該語言的特色。

2.新屋饒平客家話「超陰入」的連讀變調情況如下

　⑴前字爲陰平、陽平、去聲、陽入，都不產生前字或後字變調。如：

　　　新竹sin^{11} tsu^{24}、圓桌vien^{53} tso^{24}、睡目fe^{55} mu^{24}、綠竹liuk^{5} tsu^{24}

　⑵前字爲上聲時，前字產生中平的新調值33。如：

　　　上聲⑶1→33—／超陰入⑵4　　　手腳ŋu$^{31-33}$ kio^{24}

　⑶前字爲陰入時，變成陽入調5。如：

　　　陰入⑵1→陽入(5)—／超陰入⑵4　　　割肉kot$^{21-5}$ ŋiu^{24}

　⑷前字爲超陰入，亦即超陰入在各調前，都產生前字變調，變成去聲調值55。如：

　　　　　　　　　　　　　　　　　　┌ 陰平⑴1 ── 著衫tʃo$^{24-55}$sam^{11}
　　　　　　　　　　　　　　　　　　│ 陽平⑸3 ── 摘茶tsa$^{24-55}$ tsʰa^{53}
　　　　　　　　　　　　　　　　　　│ 上聲⑶1 ── 桌頂tso$^{24-55}$ ten^{31}
　超陰入⑵4→去聲⑸5／─　　　　　　├ 去聲⑸5 ── 木匠mu$^{24-55}$ sioŋ^{55}
　　　　　　　　　　　　　　　　　　│ 陰入⑵1 ── 拆忒tsʰa$^{24-55}$ tʰet^{2}
　　　　　　　　　　　　　　　　　　│ 陽入(5) ── 篤實tu$^{24-55}$ ʃit^{5}
　　　　　　　　　　　　　　　　　　└ 超陰入⑵4 ── 隔壁ka$^{24-55}$ pia^{24}

五、超陰入產生的原因

　　桃園縣新屋鄉頭州村陳姓饒平客家話，來自舊廣東省潮州府饒平縣元歌都嶺腳社嶺腳鄉，現嶺腳村屬廣東省饒平縣上饒鎮康東管理區，在上饒鎮東北部，距離鎮政府駐地三公里。歷史上嶺腳村是饒北山區鄉民的主要居住點，饒平置縣前就有嶺腳村的建置（俗稱嶺腳社），轄今上善鎮和上饒鎮東北部一帶[13]。而今饒平縣最北端的上善鎮和上饒鎮，東與福建省詔安縣爲

12　請參閱徐貴榮，《桃園饒平客話研究》，頁60-63。

13　參見鄭國勝主編《饒平鄉民移居臺灣記略》（香港文化傳播事務所，1998）頁78記載。頁80又記載：「本祖第三，名百九，謚新穎，移居饒平縣弦歌都嶺腳社石塘邊（即今嶺腳村）。陳百九開基嶺腳村，從第一世起使用二十八個字輩序」，十世祖名顯、名光兄弟於乾隆二年（1737）渡臺，與本文調查發音人手抄本相符。

鄉，東北與平和縣接壤，西與本省大埔縣交界。而福建省詔安、平和、雲霄、南靖等閩南四縣和鄰近饒平、永定交界的鄉鎮說閩南客家話（莊初升、嚴修鴻1994：86）。

由以上地理環境看來，廣東饒平客家話和福建省詔安、平和的閩南客家話聯成一片，從語音現象看來，內部雖有些差異，卻非常相近，加上純客家的大埔、豐順兩縣，可成立一個「客語漳潮片」[14]。新屋的饒平客家話來自此地，與詔安、平和兩縣為鄰，其語音現象必與這兩縣的客家話相近。

1.與詔安、平和、大埔縣相鄰

⑴語音特點雖與之相近，但有不同的特徵

若說新屋饒平客家話，兼具饒平特點，也有詔安客家話的特點，尤其是古四等字，前有述及，宕江梗通四攝清、次清、部分次濁聲母入聲的今讀和臺灣各地饒平客家話不同。筆者調查，新屋饒平客家話與詔安客家話的比較除前述入聲不同之外，古明、泥、疑、云母和古遇、效及宕江梗通四攝濁、部分次濁聲母入聲的今讀也不同。

下表為與詔安、平和話部分不同的代表字[15]：崙背屬臺灣詔安，其他為饒平客家話。

	毛	目	五	魚	橋	腰	雲	豬	箸	腳	落	點
秀篆	hm^1	hm^4	m^5	m^5	k^{h}iu^5	ziu^1	vin^5	tʃy^1	tʃy^7	kio^9	lo^{10}	tem^2
崙背	hm^1	hm^7	m^3	m^2	k^{h}iu^2	ziu^1	bin^2	tʃI^1	tʃI^6	kio^7	lo^{10}	tem^3
平和[16]	hm^1	muʔ^9	m^3	m^2	k^{h}iu^2		vin^2	tʃy^1	tʃy^6	kio^7	loʔ^8	tem^3

---

[14] 徐貴榮，〈客語「漳潮片」的分片芻議——以臺灣饒平客家話為例〉（第五屆客家方言和首屆贛方言研討會論文，2002，江西南昌）。筆者以為，饒平、大埔、豐順三縣舊屬潮州府，閩南四縣舊屬漳州府，這幾縣除大埔北部語音近梅縣，南部近饒平，以古溪母全讀「k-」、「弟」讀「te」為例及聲調陰上去合併來看，明顯與粵東客家話不同，雖承自閩西，但卻處閩南、粵東南兩省，以前為未分片區，雖有學者提出「閩南客語」的建議（周長楫、林寶卿 1995：92），但筆者以為以「客語『漳潮片』」為佳。

[15] 詔安話參考李如龍、張雙慶主編《客贛方言調查報告秀篆》（廈門大學出版，1992）、陳秀琪撰《臺灣漳州客家話的研究——以詔安話為代表》（新竹師院臺灣語言與語言研究所碩士論文，2002），以及訪問崙背鄉港尾村廖偉成老師。上饒等饒平客家參考《饒平縣志·方言》、呂嵩雁《臺灣饒平·方言》，過嶺、平鎮參考徐貴榮《桃園饒平客話研究》。

[16] 平和客話參見《平和縣志·卷三十四·方言》頁886。「超陰入」稱為「中陰入」，調值為214，調號為6，本文為比較起見，統一為9。沒有「超陽入」，「讀」讀陽入，調值43。

	毛	目	五	魚	橋	腰	雲	豬	箸	腳	落	點
新屋	mu^1	mu^9	ŋ^3	ŋ^2	kʰiau^2	ʒiau^1	ʒiun^2	tʃu^1	tʃu^6	kio^9	lok^8	tem^3
上饒	mu^1	muk^7	ŋ^3	ŋ^2	kʰiau^2	ʒiau^1	ʒiun^2	tʃu^1	tʃu^6	kiok^7	lok^8	tiam^3
過嶺	mo^1	muk^7	ŋ^3	ŋ^2	kʰiau^2	ʒiau^1	ʒiun^2	tʃu^1	tʃu^6	kiok^7	lok^8	tiam^3
平鎮	mu^1	muk^7	ŋ^3	ŋ^2	kʰiau^2	iau^1	iun^2	tsu^1	tsu^6	kiok^7	lok^8	tiam^3
湖寮[17]	mo^1	muk^7	ŋ^3	ŋ^2	kʰiau^2	ʒiau^1	ʒiun^2	tʃu^1	tʃu^6	kiok^7	lok^8	tiam^3

⑵古入聲分化不同

　　新屋饒平話與詔安話平、上、去三聲調的調值和詔安相同，最大不同點仍在於古入聲分化的條件不同。下表為新屋饒平話與詔安話聲調調值的差異：

調類		陰平	陽平	上聲	去聲	陰入	超陰入	陽入	超陽入
調號		1	2	3	6	7	9	8	10
調值	秀篆	13	54	51	33	24	24	3	55
	崙背	11	53	31	55	24	24	43	55
	平和	22	254	31	55	132	214	43	
調值	新屋	11	53	31	55	21	24	5	
	平鎮	11	53	31	55	21		5	
	上饒	11	55	53	24	21		5	
	過嶺	11	55	53	24	21		5	
例字		圈	權	犬勸	件健	缺	屋	杰	落

　　由上表的呈現，最大不同點在於古陰入聲的分化條件不同，「超陰入」也因此而來。

　　古入聲分化條件，詔安客話「咸深山臻曾」五攝及部分梗攝今讀，不論陰陽入，收-p、-t韻尾，陰入讀24的中升短調；陽入讀3或43的中短或中降短調。可是「宕江梗通」四攝今讀，不論陰陽入，全部沒有-k韻尾，陰入調值仍是24的上升的短促調；陽入則變成陽去55的陰聲調。

　　新屋饒平客家話陰入，「咸深山臻曾」五攝及部分梗攝，今讀收-p、-t

17　大埔參考《大埔縣志・方言》，頁599-605。

韻尾入聲調，讀21的低降短促入聲，是饒平話特徵；「宕江梗通」四攝今讀收-k的則變成揚升的24陰聲韻，同詔安話。可是陽入今讀保留收-k韻尾，調值讀5的高短促調，也是饒平客家話特徵，明顯不同於詔安。下表是「宕江梗通」四攝的比較：前六字為陰入，後六字為陽入。

	索宕	腳宕	角江	客梗	六通	叔通	落宕	薄宕	學江	麥梗	石梗	綠通
平和	soʔ⁹	kioʔ⁹	koʔ⁹	kʰaʔ⁹	liuʔ⁹	ʃuʔ⁹	loʔ⁸	pʰoʔ⁸	hoʔ⁸	maʔ⁸	ʃaʔ⁸	liuʔ⁸
秀篆	so⁷	kio⁷	ko⁷	kʰa⁷	liu⁷	ʃu⁷	lo⁸	pʰo⁸	ho⁸	ma⁸	a⁸	liu⁸
崙背	so⁷	kio⁷	ko⁷	kʰa⁷	liu⁷	ʃu⁷	lo⁸	pʰo⁸	ho⁸	ma⁸	ia⁸	liu⁸
新屋	so⁹	kio⁹	ko⁹	kʰa⁹	liu⁹	ʃu⁹	lok⁸	pʰok⁸	hok⁸	mak⁸	ak⁸	liuk⁸
平鎮	sok⁷	kiok⁷	kok⁷	kʰak⁷	liuk⁷	suk⁷	lok⁸	pʰok⁸	hok⁸	mak⁸	sak⁸	liuk⁸
過嶺	sok⁷	kiok⁷	kok⁷	kʰak⁷	liuk⁷	uk⁷	lok⁸	pʰok⁸	hok⁸	mak⁸	ak⁸	liuk⁸
上饒	sok⁷	kiok⁷	kok⁷	kʰak⁷	liuk⁷	uk⁷	lok⁸	pʰok⁸	hok⁸	mak⁸	ak⁸	liuk⁸
大埔	sok⁷	kiok⁷	kok⁷	kʰak⁷	liuk⁷	ʃuk⁷	lok⁸	pʰok⁸	hok⁸	mak⁸	iak⁸	liuk⁸

因此，新屋饒平的「宕江梗通」四攝今讀沒有收-k韻尾情況，與詔安明顯不相同。

2. 與平和縣不遠

上文說嶺腳村除了靠近詔安外，也接近平和縣，新屋饒平話自然與平和客話也有密切的關係。詔安縣北部秀篆鄉客家話較接近平和九峰鎮上坪村客家話，詔安縣南部太平鎮白葉村客家話較近廣東饒平縣客家話[18]。

平和九峰上坪村、詔安秀篆、太平白葉村客家話和新屋饒平客家話入聲相較：

	薄	落	麥	削	腳	角	壁	谷	接
新屋	pʰok⁸	lok⁸	mak⁸	sio⁹	kio⁹	kio⁹	pia⁹	ku⁹	tsiap⁷
秀篆	pʰo⁸	lo⁸	ma⁸	sio⁹	kio⁹	kio⁹	pia⁹	ku⁹	tsiap⁷

---

[18] 閩南四縣客家話語音特點參考，莊初升、嚴修鴻〈閩南四縣客家話語音特點〉，周長楫、林寶卿〈平和縣九峰客話初探〉分別刊載於《客家縱橫·首屆客家方言學術研討會專集》（閩西客家學研究會出版，福建龍岩，1994），頁86-91和頁2-96。

	薄	落	麥	削	腳	角	壁	谷	接
上坪	phoʔ⁸	loʔ⁸	maʔ⁸	sioʔ⁹	kioʔ⁹	koʔ⁹	piaʔ⁹	kuʔ⁹	tsiap⁷
白葉	phok⁸	lok⁸	mak⁸	siok⁷	kiok⁷	kok⁷	piak⁷	kuk⁷	tsiap⁷
上饒	pʰok⁸	lok⁸	mak⁸	siok⁷	kiok⁷	kiok⁷	piak⁷	kuk⁷	tsiap⁷

〈閩南四縣客家話語音特點〉文中，平和上坪的客家話列出聲調六個，其中陰入、陽入調值各分兩套：收k尾的入聲字，不論陰、陽-k尾全部消失，變成喉塞-ʔ。陰入收-p、-t韻尾的「甲北」等為短調，調值3；收-ʔ的「百壁」等變成長舒聲韻34。陽入收-p、-t韻尾的「立舌」等為短調，調值5；收-ʔ的「略弱」等為長舒聲調，調值為53。此種現象，不但有「超陰入」的現象，也具有「超陽入」情形。

〈平和縣九峰客話初探〉文中直接列出聲調七個，調值與前〈閩〉文不同，陰入（132）、陽入（43）之外，還有一個「中陰入」，調值214，例字有「曲六肉」，都是收-k尾的陰入字，而這些字並無從陽入演變而來，與陽入毫無關係，稱「中陰入」使人聯想是否還有「上」或「下」陰入？本文以為稱「超陰入」較為恰當。

3.小結

新屋饒平客家話的「超陰入」其來有自，即因其處於饒平和詔安、平和的交界處，居民往來密切，於是在語音接觸產生變化，雖處饒平縣，但實際上與詔安、平和等閩南客家話的語音特點息息相關，在聲調的入聲變化上，產生了此方言的特點。古「宕江梗通」四攝一方面在陰入的變化，具有和詔安、平和相同的調值或變化，另方面在陽入演變方面又和詔安、平和明顯不同，形成詔安話和饒平話之間接觸的過渡地區，於是「超陰入」就成了新屋饒平客家話在饒平客家話中的「特殊成分」。

六、新屋饒平超陰入與閩粵贛鄰近地區古聲母入聲的演變情況

新屋饒平客家話超陰入收-k尾消失的情形，與閩西、閩南客家話連成一片，這是一件值得探討的事情。下列表格即是從《客贛方言調查報告》、〈閩南四縣客家話語音特點〉、〈平和縣九峰客話初探〉、《臺灣漳州客家話的研究——以詔安話為代表》、《臺灣饒平方言》、《桃園饒平客話研究》、《饒平縣志·方言》等文獻中綜合整理而成，方言點自北而南排列，各選代表點，分別列出古「咸深山臻曾宕江梗通」等九攝各選一字為代表，自左而右依序分列。

都昌、安義、吉水：贛語　　　　寧都、贛縣：贛南客語
寧化、長汀、武平：閩西客語　　平和、秀篆、崙背：閩南客語
過嶺、平鎮、新屋：臺灣饒平客語　　閩南：臺灣閩南話
翁源、揭西：廣東北、南客語
苗栗：臺灣四縣話，屬梅縣系統、筆者家鄉話。
竹東：臺灣海陸話，惠州系統。
咸深：-p、山臻曾：-t、宕江梗通：-k

1.與古清聲母入聲的演變情形

	甲	汁	割	筆	北	著穿著	桌	伯	屋
都昌	kal⁷ᴬ	tʂəl⁷ᴬ	kol⁷ᴬ	pil⁷ᴬ	pɛk⁷ᴬ	tʂək⁷ᴬ	tsok⁷ᴬ	pak⁷ᴬ	uk⁷ᴬ
安義	kap⁷	tɤp⁷ᴬ	kɔt⁷	pit⁷ᴬ	pɛ⁷ᴮ	tɔʔ⁷ᴮ	tsɔʔ⁷ᴮ	paʔ⁷ᴮ	uʔ⁷ᴮ
吉水	kat⁷⁸	tsət⁷⁸	kɔt⁷	pit⁷⁸	pɛ⁷⁸	tsɔʔ⁷⁸	tsɔʔ⁷⁸	pa¹	uʔ⁷⁸
寧都	kap⁷	tsəp⁷	kuat⁷	pit⁷	pək⁷	tsɔk⁷	tsɔk⁷	pak⁷	vuk⁷
贛縣	kaʔ⁷⁸	tsɛʔ⁷⁸	koʔ⁷	piɛʔ⁷⁸	pɛʔ⁷⁸	tsoʔ⁷⁸	tsoʔ⁷⁸	paʔ⁷⁸	vuʔ⁷⁸
大余	kə¹	tsə⁷⁸	kuə¹	pie⁷⁸	pe¹	tso¹	tso¹	pa¹pe¹	vu⁷⁸
寧化	ka⁷	tsɤ⁷	kua⁷	pi⁷	pɤ⁷	tso⁷	tso⁷	pɑ⁷	vu⁷
長汀	ka²⁷	tʃi²⁷	kue²⁷	pi²⁷	pe²⁷	tʃo²⁷	tʃo²⁷	pa²⁷	vu²⁷
武平	kaʔ⁷	tseiʔ⁷	kueʔ⁷	piʔ⁷	pɛʔ⁷	tsɔuʔ⁷	tsɔuʔ⁷	pɒuʔ⁷	vək⁷
平和	kap⁷	tʃip⁷	kɔt⁷	pit⁷	pɛt⁷	tsɔʔ⁹	tsɔʔ⁹	paʔ⁹	vuʔ⁹
秀篆	kap⁷	tʃip⁷	kɔt⁷	pit⁷	pɛt⁷	tsɔu⁹	tsɔu⁹	pa⁹	vu⁹
崙背	kap⁷	tʃip⁷	kɔt⁷	pit⁷	pɛt⁷	tsɔu⁹	tsɔu⁹	pa⁹	bu⁹
新屋	kap⁷	tʃip⁷	kot⁷	pit⁷	pet⁷	tso⁹	tso⁹	pa⁹	vu⁹
過嶺	kap⁷	tʃip⁷	kot⁷	pit⁷	pet⁷	tsok⁷	tsok⁷	pak⁷	vuk⁷
平鎮	kap⁷	tsəp⁷	kot⁷	pit⁷	pet⁷	tsok⁷	tsok⁷	pak⁷	vuk⁷
閩南	kaʔ⁷	tsiap⁷	kuaʔ⁷	pit⁷	pak⁷	tsʰaʔ⁷	tɔʔ⁷	pɛʔ⁷	ɔk⁷
翁源	kak⁷	tsit⁷	kot⁷	pit⁷	pɛt⁷	tsɔk⁷	tsɔk⁷	pak⁷	vuk⁷
揭西	kap⁷	tʃip⁷	kɔt⁷	pit⁷	pɛt⁷	tsɔk⁷	tsɔk⁷	pak⁷	vuk⁷
苗栗	kap⁷	tsəp⁷	kot⁷	pit⁷	pet⁷	tsok⁷	tsok⁷	pak⁷	vuk⁷
竹東	kap⁷	tʃip⁷	kot⁷	pit⁷	pet⁷	tsok⁷	tsok⁷	pak⁷	vuk⁷

2.古次清聲母入聲的演變

	塔	泣	鐵	七	刻	托	殼	客	曲
都昌	lal^{7B}		liɛt^{7B}	dzil^{78}	gɛk$^{7\,8}$	lɔk^{7B}	gɔk^{7B}	gɛk^{7B}	luk^{7B}
安義	tʰap^{78}		tʰɪɛt^{7A}	tɕʰit^{7A}	kiɛʔ^{7}	tʰɔʔ^{7B}	kʰɔʔ^{7B}	kʰɪɛʔ^{7B}	tɕʰiuʔ^{7B}
吉水	tʰat^{78}		tʰɪɛt^{78}	tɕʰit^{78}	kiɛʔ^{78}	tʰɔʔ^{78}	kʰɔʔ^{78}	kʰaʔ^{78}	tɕʰiuʔ^{78}
寧都	tʰap^{7}		tʰiat^{7}	tsʰit^{7}	kʰət^{7}	tʰɔk^{7}	kʰɔk^{7}	kʰak^{7}	tsʰuk^{7}
贛縣	tʰaʔ^{78}		tʰɪɛ^{78}	tɕʰiʔ^{78}	kʰɛʔ^{78}	tʰɔʔ^{78}	kʰɔʔ^{78}	kʰaʔ^{78}	tɕʰioʔ^{78}
大余	tʰə^{1}		tie^{78}	tɕie^{78}	kʰe^{1}	tʰo^{1}	kʰo^{1}	kʰa^{1}	tɕy^{1}
寧化	tʰɑ^{7}		tʰie^{7}	tsʰi^{7}	kʰɤ^{7}	tʰo^{7}	kʰo^{7}	kʰa^{7}	kʰiɯ^{7}
長汀	tʰa^{27}		tʰe^{27}	tsʰi^{27}	kʰe^{27}	tʰo^{27}	ho^{27}	kʰa^{27}	tʃʰiəɯ^{27}
武平	tʰaʔ^{7}		tʰiɛʔ^{7}	tɕʰiʔ^{7}	kʰɛʔ^{7}	tʰɔuʔ^{7}	kʰɔuʔ^{7}	kʰɒuʔ^{7}	tɕʰiək^{7}
平和	tʰap^{7}					tʰɔʔ^{9}	kʰɔʔ^{9}	kʰaʔ^{9}	kʰiuʔ^{9}
秀篆	tʰap^{7}		tʰɛt^{7}	tsʰit^{7}	kʰɛt^{7}	tʰɔu^{9}	kʰɔu^{9}	kʰa^{9}	kʰiu^{9}
崙背	tʰap^{7}		tʰɛt^{7}	tsʰit^{7}	kʰɛt^{7}	tʰɔu^{9}	kʰɔu^{9}	kʰa^{9}	kʰiu^{9}
新屋	tʰap^{7}		tʰɛt^{7}	tsʰit^{7}	kʰat^{7}	tʰo^{9}	kʰo^{9}	kʰa^{9}	kʰiu^{9}
過嶺	tʰap^{7}	kʰip^{7}	tʰiet^{7}	tsʰit^{7}	kʰat^{7}	tʰok^{7}	hok^{7}	kʰak^{7}	kʰiuk^{7}
平鎮	tʰap^{7}	kʰip^{7}	tʰiet^{7}	tɕʰit^{7}	kʰat^{7}	tʰok^{7}	hok^{7}	hak^{7}	kʰiuk^{7}
閩南	tʰaʔ^{7}		tʰɪʔ^{7}	tsʰit^{7}	kʰik^{7}	tʰɔk^{7}	kʰak^{7}	kʰieʔ^{7}	kʰik^{7}
翁源	tʰak^{7}		tʰiet^{7}	tsʰit^{7}	kʰɛt^{7}	tʰɔk^{7}	kʰɔk^{7}	kʰak^{7}	kʰiuk^{7}
揭西	tʰap^{7}		tʰɪɛt^{7}	tsʰit^{7}	kʰɪɛt^{7}	tʰɔk^{7}	kʰɔk^{7}	kʰak^{7}	kʰiuk^{7}
苗栗	tʰap^{7}	kʰip^{7}	tʰiet^{7}	tɕʰit^{7}	kʰat^{7}	tʰok^{7}	hok^{7}	hak^{7}	kʰiuk^{7}
竹東	tʰap^{7}	kʰip^{7}	tʰiet^{7}	tsʰit^{7}	kʰat^{7}	tʰok^{7}	hok^{7}	hak^{7}	kʰiuk^{7}

3.古濁聲母入聲的演變

	雜	十	奪	實	食	薄	學	石	讀
都昌	tsal^{7A}	ʂəl^{8B}	lɔl^{8B}	ʂəl^{8A}	ʂək^{8A}	bək^{8B}	hɔk^{8B}	ak^{8A}	luk^{8B}

安義	$ts^hɔp^8$	$sɤp^8$	$t^hɔt^8$	$sɤt^8$	$sɤʔ^8$	$p^hɔʔ^8$	$hɔʔ^8$	$saʔ^8$	$t^huʔ^8$
吉水	ts^hat^{78}	$sət^{78}$	$t^huɔt^7$	$sət^{78}$	$sət^{78}$	$p^hɔʔ^{78}$	$hɔʔ^{78}$	$saʔ^{78}$	$t^huʔ^{78}$
寧都	ts^hap^8	sap^8	t^huat^8	$sət^8$	$sək^8$	$p^hɔk^8$	hok^8	sak^8	t^huk^8
贛縣	$ts^haʔ^{78}$	$sɛʔ^{78}$	$t^hoʔ^{78}$	$sɛʔ^{78}$	$sɛʔ^8$	$p^hoʔ^{78}$	$çioʔ^{78}$	$saʔ^{78}$	$t^hoʔ^{78}$
大余	$ts^hə^{78}$	$sə^1$	$tə^1$	$sə^1$	se^1	p^ho^1	ho^1	sa^1	t^hu^1
寧化	$ts^hɑ^{68}$	$sɤ^{68}$	t^hua^{68}	$si˙^{68}$	$si˙^{68}$	p^ho^{68}	ho^{68}	sa^{68}	t^hu^{68}
長汀	ts^ha^{68}	$ʃɨ^{68}$	t^hue^{27}	$ʃɨ^{68}$	$ʃɨ˙^{68}$	p^ho^{68}	ho^{68}	$ʃa^{68}$	t^hu^{68}
武平	$ts^haʔ^8$	$seiʔ^8$	$t^huɛʔ^8$	$seiʔ^{78}$	$seiʔ^{78}$	$p^hɔuʔ^8$	$hɔuʔ^8$	$sɒuʔ^8$	$t^hək^8$
平和	ts^hap^8	$ʃip^8$	$t^hɔt^8$	$ʃit^8$	se^1	$p^hɔʔ^8$	$hɔʔ^8$	$ʃiaʔ^8$	$t^huʔ^8$
秀篆	ts^hap^8	$ʃip^8$	$t^hɔt^8$	$ʃit^8$	$ʃɛt^8$	$p^hɔu^{10}$	$hɔu^{10}$	$ʃia^{10}$	t^hu^{10}
崙背	ts^hap^8	$ʃip^8$	$t^hɔt^8$	$ʃit^8$	$ʃiet$	p^ho^{10}	ho^{10}	$ʃia^{10}$	t^hu^{10}
新屋	ts^hap^8	$ʃip^8$	$t^hɔt^8$	$ʃit^8$	$ʃet$	p^hok^8	hok^8	$ʃak^8$	t^huk^8
過嶺	ts^hap^8	$ʃip^8$	$t^hɔt^8$	$ʃit^8$	$ʃit^8$	p^hok^8	hok^8	$ʃak^8$	t^huk^8
平鎮	ts^hap^8	$səp^8$	$t^hɔt^8$	$sət^8$	set^8	p^hok^8	hok^8	sak^8	t^huk^8
閩南	ts^hap^8	ts^hap^8	$tuat^8$	sit^8	sit^8	$p^hɔʔ^8$	$oʔ^8hak^8$	$tsioʔ^8$	t^hak^8
翁源	ts^hak^8	sit^8	$t^hɔt^8$	sit^8	sit^8	$p^hɔk^8$	$hɔk^8$	sak^8	t^huk^8
揭西	$tʃ^hap^8$	$ʃip^8$	$t^hɔt^8$	$ʃit^8$	$ʃit^8$	$p^hɔk^8$	$hɔk^8$	$ʃak^8$	t^huk^8
苗栗	ts^hap^8	$səp^8$	$t^hɔt^8$	$sət^8$	$sət^8$	p^hok^8	hok^8	sak^8	t^huk^8
竹東	ts^hap^8	$ʃip^8$	$t^hɔt^8$	$ʃit^8$	$ʃit^8$	p^hok^8	hok^8	$ʃak^8$	t^huk^8

4.古次濁聲母入聲的演變

	臘	笠	入	襪	辣	日	蜜	落	額	六
都昌	lal^{7A}	lin^1	$ləl^{7B}$	ual^{7B}	lal^{7B}	$ȵil^{8A}$	mil^{7A}	$lɔk^{8A}$	$ŋek^{7A}$	$liuk^{7A}$
安義	lap^8	t^hip^8	$lɤp^{7A}$	uat^{7A}	lat^8	$lɤt^{7A}$	mit^{7A}	$lɔʔ^8$	$ŋiɛʔ^{7B}$	$t^hiuʔ^8$
吉水	lat^{78}	t^hit^{78}	$lət^{78}$	vat^{78}	lat^{78}	$lət^{78}$	mit^{78}	$lɔʔ^{78}$	$ŋiɛʔ^{78}$	$liuʔ^8$
寧都	lap^7	lip^7	lap^7	$muat^7$	lat^8	$nət^7$	$miat^8$	$lɔk^7$	nak^7	$liuk^7$
贛縣	$naʔ^{78}$	$liɛʔ^{78}$	$iɛʔ^{78}$	$maʔ^{78}$	$naʔ^{78}$	$niɛʔ^{78}$	$miɛʔ^{78}$	$lɔʔ^{78}$		$tiuʔ^{78}$

	臘	笠	入	襪	辣	日	蜜	落	額	六
大余	lə^1	tie^1	ie^1	mə^1	lə^1	lie^{78}	mie^1	lo^1	ŋe^1	ty^1
寧化	la^{68}	lie^7	ie^7·ŋie^{68}	ma^{68}	la^{68}	ŋie^{68}	mi^7	lo^{68}	ŋɤ^7	liɯ^{68}
長汀	la^{27}	tʰi^{27}	ne^{68}	mai^{27}	lai^{68}	ni^{27}	mi^{68}	lo^{68}	ŋe^{27}	təɯ^{27}
武平	laʔ^8	tʰiʔ^7	nia^{78}	maʔ^7	la^{78}	niʔ^7	mɛʔ^8	lou^{78}	niɒuʔ^7	tiək^7
平和	lap^8	lip^7	ŋip^8	mat^7	lat^8	ŋit^7	mɛt^8	lɔʔ^8	ŋiaʔ^9	liuʔ^9
秀篆	lap^8	lip^7	ŋip^8	mat^7	lat^8	ŋit^7	mɛt^8	lɔu^6	ŋia^9	liu^9
崙背	lap^8	lip^7	ŋip^8	mat^7	lat^8	ŋit^7	mɛt^8	lo^{10}	ŋia^9	liu^9
新屋	lap^8	lip^7	ŋip^8	mat^7	lat^8	ŋit^7	mɛt^8	lok^8	ŋia^9	liu^9
過嶺	lak^8	lip^7	ŋit^7	mat^7	lat^8	ŋit^7	mɛt^8	lok^8	ŋiak^7	liuk^7
平鎮	lak^8	lip^7	ŋit^7	mat^7	lat^8	ŋit^7	mɛt^8	lok^8	ŋiak^7	liuk^7
閩南	laʔ^8	lip^7	dzip^8	bueʔ^7		dzit^8	bit^8	lɔʔ^{8}lak^7	giaʔ^8	lak^7
翁源	lak^8	lip^7	it^7	mat^7	lat^8	ŋit^7	mɛt^8	lɔk^8	ŋiak^7	luk^7
揭西	lap^8	lip^7	ŋip^8	mat^7	lat^8	ŋit^7	mɛt^8	lɔk^8	ŋiak^7	liuk^7
苗栗	lak^8	lip^7	ŋit^7	mat^7	lat^8	ŋit^7	mɛt^8	lok^8	ŋiak^7	liuk^7
竹東	lak^8	lip^7	ŋit^7	mat^7	lat^8	ŋit^7	mɛt^8	lok^8	ŋiak^7	liuk^7

5. 由以上各表排列整理所得，古入聲韻尾在各地區演變的情形如下：
(1)清、次清聲母[19]

	贛語	贛南客語	閩西客語	閩南客語	臺灣閩語	臺灣饒平	廣東饒平	臺灣客語
-p尾	ø、p、t	p、ʔ、ø	ø、ʔ	p、ʔ	ʔ、p	p	p	p
-t尾	ø、t	t、ʔ、ø	ø、ʔ	t、ʔ	ʔ、t、k	t	t	t
-k尾	k、ʔ	k、ʔ、ø	ø、ʔ、k	ø、ʔ	ʔ、k	k、ø	k	k

---

19 收t韻尾，閩南語各有-k韻尾，清聲母如「北」、次清聲母如「刻」。
　閩南客語的ʔ韻尾，分布在閩南四縣的北部平和九峰收k尾消失、南靖縣曲江等地，p、t、k尾全部消失，全部讀ʔ韻尾（莊初升、嚴修鴻 1994：88）。

⑵濁聲母

	贛語	贛南客語	閩西客語	閩南客語	臺灣閩語	臺灣平	廣東饒平	臺灣客語
-p尾	ø、p、t	p、ʔ、ø	ø、ʔ	p、ʔ	ʔ、p	p	p	p
-t尾	ø、t	t、ʔ、ø	ø、ʔ	t、ʔ	ʔ、t、k	t	t	t
-k尾	k、ʔ	k、ʔ、ø	ø、ʔ、k	ø、ʔ	ʔ、k	k、ø	k	k

⑶次濁聲母，部分隨清母演變成陰入，部分隨濁聲母演變成陽入。

6. 小結

表中濁聲母和清、次清聲母的不同演變，僅在臺灣饒平部分，即新屋饒平客家話「超陰入」特殊成分。

⑵古入聲p、t、k韻尾在贛語大都讀-ʔ，只有極少部分留存 ；贛南客語全部沒有，或成為-ʔ、只極少地區保留部分；閩西客語全部沒有或成為-ʔ，只有少數地區有-k；閩南客語沒有-k、有-p、-t，或全成為-ʔ；閩南話基本上-p-t-k俱全、但有部分成為-ʔ，屬粵語境內的客語、饒平、四縣、海陸等，-p、-t、-k具全。

七、結語

1. 新屋陳姓饒平客家話分散在桃園、中壢、楊梅、龍潭、觀音地區，呈現宗族聚居型態，本縣雖有中壢三座屋邱姓、八德霄裡邱姓、大溪南興黃姓、龍潭銅鑼圈賴姓講詔安話，都呈現單點的宗族聚落型態，平時及少互動，應不至於受到影響。至於影響語音變化更大的應是周邊的四縣、海陸客語，所以超陰入調也受到不等程度的變化，一些語音已經消失其特色，尤其年輕一輩，不但有-k尾，而且也如同其他陰入調一樣，讀低降短入調。如：「福」讀fuk²、「篤」tuk²等。所以，今日新屋陳姓饒平客家話所保留的「超陰入」語音特徵，應是保守的語音現象。

2. 以古「宕江梗通」四攝今收-k尾的情形來看，客語及鄰近地區各有不同。寧化清聲母韻尾沒有-k尾，仍讀入聲；濁聲母讀陽去。大余讀陰平，少數讀入聲，但沒有-k尾。于都清聲母讀入聲，韻尾為-ʔ；濁聲母今讀陽去。永定下洋話讀-ʔ（黃雪貞1997：258-262）。從上列各表可看出贛語大都讀-ʔ，少部分讀-k；贛南客語北部寧都保留有-p-t-k，其餘大都讀-ʔ，大余甚至全部沒有-k尾；閩西客語則只有少數如武平有-k尾，其他大都沒有或

讀-ʔ；閩南客語與閩西客語相同；閩南話則大都讀-ʔ、-k，甚至有曾攝，如「北」讀-k尾的；廣東境內客語除梗攝一部分字除外全讀-k，新屋饒平客話的「超陰入」現象，值得注意。

3. 自清季顧炎武主張「四聲一貫」以來，即發生古有入聲或無入聲之說。孔廣森的「無入聲」說，歷來遭受胡適之等人的嚴厲批評（陳慧劍1993.5：9）。今無入聲，古來皆謂「入聲消失」，入聲消失的先後依序為-p→-t→-k→-ʔ→ø，如今日國語。主張古無入聲說者，謂入聲是後起的聲調，其產生順序恰好與入聲消失說相反，依序為ø→-ʔ→-k→-t→-p，後來入聲消失是等到中古後期才發生的。若由贛語、閩語、客語音韻現象來看，贛語雖然 -p-t-k部分消失或讀-ʔ，有些-p變成-t，但有少數-p-t-k仍存；閩南語公認為保留古音最多，-p-t-k具全，也有-ʔ；粵東客語系統也-p-t-k具全[20]。反觀客語的祖原地，廣大閩粵贛山區，除了贛南客語北部接近贛語區的「寧都」保留-p-t-k外，其餘地區以及閩西全都沒有-p-t-k具全之地。閩南客語北部接近閩西的南靖外，詔安、平和只有-p-t，沒有-k，這在傳統入聲的產生或消失等演變過程來說，先後次序的理論，都無法解釋，可提供研究漢語聲調演變的另一種最佳語料。

4. 新屋饒平客家話依族譜記載來自閩西寧化，但入聲韻尾不同於閩西。「超陰入」沒有-k尾，聲調調值又不同於-p-t尾，和詔安客語不同，近於平和客語。但陽入仍有-k尾，又不同於平和客語，從語音的接觸，入聲有無、消失或產生的先後次序而言，居於中樞地位，在語言接觸的研究上突顯重要。

---

[20] 羅肇錦先生從客語音韻談漢語聲調的演變，認為客語的祖語無入聲，也無-m，只有（-n）-ŋ陽聲韻尾。廣東境內客語-m-n-ŋ-p-t-k俱全，是受廣東話，甚至壯、黎語的影響，因而推說上古漢語入聲沒有韻尾，陰入聲可以通押。見《從臺灣語言聲調現象論漢語聲調演變的幾個規律》（2000）及〈梅縣話是粵化客語的說略〉（2002）及《客語祖源的另類思考》（2002）。

卓蘭饒平客家話語音特點——兼談客話ian和ien韻的標音爭議[1]

1 本文為第二十四屆全國聲韻學研討會暨工作坊論文
 （2006），高雄中山大學。

摘　要

　　卓蘭鎮位於苗栗縣最南端，北有山嶺與大湖鄉相隔，西與三義鄉鯉魚村交界，東臨馬那邦山、大克山和泰安鄉爲鄰，南隔大甲溪與臺中東勢接壤。全鎮居民使用的語言，非常多樣，大部分屬客話系統。以四縣腔爲多，其次是饒平腔、東勢大埔腔，及少數的海陸腔，還有近年有趨勢漸多的閩南語。其中最特別的是鎮中心老庄里通行饒平客話，大概是臺灣目前眾多饒平聚落最集中的一個村里。在如此多語言的環境裡，有些地方融合成爲特殊的「卓蘭腔」，卓蘭饒平客話就突顯其特殊性。本文主要透過實際田野調查的方式，參考既有文獻的方式，利用語音分析以及對比的方法，探討、研究鎮中心老庄里饒平客話音韻特點，以及試圖在卓蘭饒平客話音韻特點上，利用學術的理論和平面的實際音質上，解決經常在客語教學上所碰到的ian和ien韻的標音爭議。

　　卓蘭饒平客話語音的主要特點，在聲母方面，古「精莊、知章」同讀「精」組，但接細音不產生顎化；v-聲母豐富，除古「微」母字有讀v-聲母外，古「云」母字多讀v-，如：云vin^{53}、袁ven^{53}；古「溪」母字全讀k^h-，如：殼k^{h}ok^2、去k^{h}i^{31}。在韻母方面，古「蟹、止、流、深、臻、曾」攝知、章組三等主要元音爲i或有i介音。如：制tsi^{31}、齒ts^{h}i^{31}、收siu^{11}、針tsim^{11}、神sin^{53}、織tsit^2。但「山攝三、四等韻幫、端、精、曉組大部分沒有i介音」，如：面men^{31}、扁pen^{31}、鐵t^{h}et^2、天t^{h}en^{11}、錢ts^{h}en^{53}、獻hen^{31}；四等端組沒有i介音或元音不是細音，如：零len^{53}、尿neu^{55}，這是非常特殊之處。聲調有六個，其中陽平、上聲、去聲等三聲和新竹六家、中壢過嶺明顯地不同，而和桃園平鎮、中壢芝芭里相同，也和詔安客話相同。另有豐富的連讀變調，且富有規則性，但因受訪者的不同，也會有不同的語音呈現和不同的連讀變調。

　　客話長期以來，對ian和ien韻的標音，經常發生爭議，莫衷一是，坊間書籍依作者之認定，各行其是，在教學上，產生非常多的困擾。卓蘭饒平「山攝三、四等韻幫、端、精、曉組，除見組則有i介音外，其餘沒有i介音，以及四等端組沒有i介音或元音不是細音的特點」，除了可提供音韻學者研究，以聯繫音韻的發展、變化之外，亦期望藉此學術的討論，利用音韻的對比，實際音質的顯現，客語ian和ien韻長期的標音爭議，得到問題的解決。

關鍵字：卓蘭饒平客話　　三等韻　　i介音　　標音　　攝等

一、前言

(一) 地理概況及詹姓來臺

卓蘭舊名「罩蘭」，以饒平話發音近「打蘭」（tak⁵ lan⁵³），日治時期大正九年（1920）改爲「卓蘭」。位於苗栗縣最南端，北有山嶺與大湖鄉交界，東有馬那邦山與泰安鄉爲鄰，西與三義鄉鯉魚村接壤，南跨大安溪和臺中東勢鎮相接。在行政上屬於苗栗縣，實際上是一個和臺中縣東勢鎮生活圈較爲密切的。本鎮自乾隆末年以來，相繼有移民自東勢、豐原移居至此，但詹姓繼述堂的耆老說他們從彰化縣竹塘鄉搬來。

根據發音人詹淑女小姐提供的《詹姓大族譜》，他們是饒平十五世詹鑾公來臺祖派下，來自饒平縣元歌都。詹鑾公，字鳴玉，生於清康熙庚辰年（1700）九月九日寅時，卒於乾隆辛巳（1761）年六月十一日，享壽六十二歲。妣游氏，生於清康熙甲午年（1714）三月十日辰時，卒於乾隆乙卯年（1795）八月廿七日，享壽八十二歲。生四子來祿、來位、來縞、來裕。十六世來縞公傳下，目前已傳至二十四世「勳」、二十五世「皇」字輩。除自有祖祠外，詹姓族人於光緒九年（1883）癸未，發起創建「繼述堂」，在今卓蘭鎮新榮里十六號，雖是1935年苗栗關刀山地震後的重建物，但仿唐宋建築，共祀先祖。現聘有專人管理，但因管理者說閩南話，來此聊天說話者，幾乎都以閩南話溝通，少見饒平話。但當我們表明訪問目的後，他們馬上又改口用四縣話交談，之後我們表明會說饒平話，他們開始使用饒平話，過程非常融洽。

另有乾隆年間饒平十五世祖文彥公，由饒平縣元歌都陳坑鄉井頭老屋來臺。先居臺灣彰化深坑仔，傳下三子，元桐公遷居蘭上新里，生九子，現在上新里建有文彥公派下元桐公祠。

(二) 方言種類及分布

本鎮居民所使用的方言種類及分布，各家說法不一，有些微差異，涂春景（1998前言）、羅肇錦（2000：46）較具有代表性。根據徐瑞珠（2005：8）的調查，則認爲卓蘭鎮志編輯林慶烽先生的說法較貼近事實[2]，現在卓蘭鎮客家次方言的分布：
1. 老庄里說饒平話。
2. 食水坑及上新十八股講海陸話。
3. 新厝、新榮兩里以大埔腔爲主，實則已混合其他次方言。

---

[2]　卓蘭鎮志目前尚在編輯中。

4. 中街里是各次方言的混合區。

5. 市郊的豐田、苗豐、內灣等里混合較多的閩南語。

6. 山區的坪林雙連潭景山瀝西坪白布帆東盛一帶，則普遍使用四縣話。

徐瑞珠（2005：82）調查結論認爲卓蘭市區語用的情形，客家話以大埔腔爲主，閩南語也占有相當穩定的比例，可見在卓蘭市區大埔腔是強勢的客家話。而筆者受訪人則說：卓蘭市中心中街里原住者以饒平詹姓爲主，但因生意、婚嫁、移入等因素，語言變異相當快速，閩南話、大埔話亦不可忽視。一般而言，說饒平話的商家，基本上也會說閩南話、四縣話、國語，可是說閩南話者的外來小販或商家，最多只會聽客話而不會說，更不願意學，所以平時與商家交易，如果不認識者，通常多會用閩南語或國語交談；而卓蘭的四縣客家人，多半不會說饒平或大埔客家話，所以如果認識者的，商家會多會用多語言招呼顧客，見到饒平人說饒平話，見到四縣人四縣話，見到東勢人說大埔話，形成商場中的語言特殊景象。

㈢ 卓蘭饒平客話分布

受訪人表示：老庄在以前是全鎮市中心的一個大庄，詹姓爲大姓，居民以講饒平話爲主。後因人口多而分成老庄、中街、上新、新榮四里，老庄里的規模縮小了，居民遷出或外地居民遷入，饒平客話的使用也日漸萎縮，基本上，現在全鎮仍以四縣客語較爲普遍，東勢大埔話也不少，饒平話通行的地區只在老庄里及周遭一帶。大老庄有數個「伯公下」（土地公祠）的老人，彼此還是用饒平話交談。市區中街里閩南話已躍居爲強勢語言，四縣話和國語也通行，彼此競爭，郊區的苗豐里多閩南語，周圍廣大山區則說四縣話，本鎮海陸話非常少見。

由於目前卓蘭饒平客話分布雖廣，以「老庄」最集中，幾乎全里用饒平話交談，因此，卓蘭老庄大概是臺灣饒平最集中的一個村里。但是，因爲卓蘭饒平話和四縣話、大埔話、閩南話長期接觸的結果，經常會有會有「竹雞」的「雞」讀中升調24，「謝謝」說「勞列」、「小鴨」說「鴨团（kiã[53]）的情形，而四縣話也受到饒平話長期的接觸和滲透，帶有饒平話語音或詞彙，如：「泉」說tsan[11]，「稀飯」說「糜」，「花生」說成「地豆」，「那」說「kun[55]」。實際上卓蘭地區說著一種有別於苗栗四縣的「卓蘭腔」。所以，卓蘭人饒平人稱苗栗所說的四縣話爲「上港腔」，而苗栗、大湖、銅鑼、三義一帶說四縣話的人稱卓蘭所說的腔調爲「下港腔」[3]。

是以全鎮居民使用的語言，非常多樣，大部分仍屬客話系統。以四縣腔

3　上港腔是受訪人和繼述堂耆老所說，下港腔是筆者幼年住在三義時聽父親、鄉民所說。

爲普遍，其次是饒平腔、東勢大埔腔，及少數的海陸腔，還有近年有趨勢漸多的閩南語和國語。在如此多語言的環境裡，有些地方融合成爲特殊的「卓蘭腔」，卓蘭饒平客話就突顯其特殊性。

㈣ 本文主旨及研究方法

有關「卓蘭腔」的研究，近已有徐瑞珠（2005）碩士論文以及其附錄卓蘭饒平客話詞彙的呈現，本文不再做語言接觸的討論，只就卓蘭饒平語音的特別現象，做一敘說和共時的比較。除了參考既有文獻的方式，主要透過實際田野調查的方式，利用語音分析以及對比的方法，探討、研究卓蘭饒平客話音韻特點，以及試圖在卓蘭饒平客話音韻特點上，利用學術的理論和平面的實際音質上，解決經常在客語教學上所碰到的ian和ien韻的標音爭議。

二、聲韻調系統

㈠ 聲母：總數十八個（含零聲母）。

發音方法 發音部位		塞音		塞擦音		鼻音	擦音		邊音
		不送氣	送氣	不送氣	送氣	次濁	清	濁	次濁
		清	次清	清	次清				
雙唇	重唇	p幫	pʰ排			m馬			
	輕唇						f水	v黃	
舌尖	舌尖前			ts裝	tsʰ場		s師	(z)兒	
	舌尖	t刀	tʰ糖			n泥			l梨
	舌尖面							ŋ影	
舌根		k歌	kʰ褲			ŋ鵝			
喉		ø恩					h蟹		

說明：

1. 卓蘭饒平話tʃ、tʃʰ、ʃ、ʒ讀ts、tsʰ、s、ʒ。如：豬、齒、市、演。

2. ts、tsʰ、s後接細音，不產生顎化，如：酒、秋、修。

3. ŋ後接細音，會產生顎化，讀舌面中ɲ，本文不記作一個音位，如：娘。

4. ʒ會產生不定分音，只接元音i時變成z，如：衣、兒。

㈡ 韻母：總數六十六個（陰聲韻十九個、陽聲韻二十三個、入聲韻二十二個、成音節聲化韻二個）

1. 陰聲韻：十九個

韻尾＼韻頭	無韻尾韻母				有韻尾韻母			
開口	i子	a打	o歌	e蟹	ai帶	oi愛	eu豆	au鬧
齊齒	i徐	ia借	io靴	ie雞			iau橋	iu求
合口	u雨	ua掛		ue□[4]	uai怪		ui類	

2. 陽聲韻：二十三個（含鼻化音一個）

韻尾＼韻頭	雙唇鼻音尾韻母				舌尖鼻音尾韻母				舌根鼻音尾韻母		
開口			am柑	em森	an單	on肝	en面		aŋ彭	oŋ斷	
齊齒	ĩ鼻	im音	iam兼	iem揜	in兵	ion全	ien眼	iun銀	iaŋ青	ioŋ娘	iuŋ龍
合口					uan官	uen耿	un滾		uaŋ梗		uŋ東

3. 入聲韻：二十二個

韻尾＼韻頭	雙唇塞音尾韻母			舌尖塞音尾韻母				舌根塞音尾韻母		
開口		ap甲	ep澀	at八	ot渴	et北		ak伯	ok索	
齊齒	ip入	iap接	iep激[5]	it筆	iot□[6]	iet結	iut屈	iak額	iok略	iuk六

---

[4]　碗掉下破碎聲、敲打他人的動作。

[5]　水波搖蕩沖激蕩起來。

[6]　吸食，如吸奶嘴為「～奶嘴」。

韻尾＼韻頭	雙唇塞音尾韻母		舌尖塞音尾韻母			舌根塞音尾韻母	
合口			uat 國	uet 噦[7]	ut 骨	uak 舂[8]	uk 谷

4.成音節鼻音：二個

m毋	魚

說明：

(1) 四呼不齊，只有開口、齊齒、合口等三呼，共六十五個韻母。

(2) 陽聲韻沒有ïm、ïn，入聲韻沒有ïp、ït。

(3) 有一個鼻化音「鼻」，音 $p^h\tilde{i}^{55}$。

(三) 聲調：總數六十個

調類	陰平	上聲	陰入	陽平	去聲	陽入
調號	1	2	4	5	7	8
調值	11	31	2	53	55	5
調型	˩	˧˩	˨	˥˧	˥	˥
例字	圈	犬勸	缺	權	健	杰

說明：有些陰平字在詞彙連讀時有24的中升調，如「人蔘」讀做 $\text{ŋin}^{53\to11}\,\text{sem}^{24}$，「雙瞼」讀做 $\text{suŋ}^{11}\,\text{ŋiam}^{24}$，「鶯」讀 en^{24} 等，究竟是混入了四縣腔的陰平調，還是受到大埔話的影響超也有了超陰平，這點還有爭議（徐瑞珠2005）。所以，本文並沒有列入為一個聲調。

(四) 連讀變調

　　卓蘭饒平客話的連讀變調，只有「陰平」、「陽入」在各調之前不產生連讀變調，其他各調都產生前字變調。其變調情形如下：

(1) 上聲變調：在陰平、上聲、陰入等陰聲類調前成為調值新調值33，在陽平、去聲、陽入等陽類調前變成陰平11。
　　例字

7　噦：蝦蟆或鵝叫聲，或者稱說人很會說為「任會～」。

8　舂：形容堅硬貌：「～硬」。

$$上聲(31) \to 新調值\ /\ —$$

(33)
- 陰平(11) — 菜刀 $ts^hoi^{31\to33}\ to^{11}$
- 上聲(31) — 水果 $fi^{31\to33}\ ko^{31}$
- 陰入(2) — 打鐵 $ta^{31\to33}\ t^het^2$

(11)
- 陽平(53) — 拜年 $pai^{31\to11}\ nen^{53}$
- 去聲(55) — 子弟 $ts\ddot{i}^{31\to11}\ t^hi^{55}$
- 陽入(5) — 海陸 $hoi^{31\to11}\ liuk^5$

(2)陽平變調：在陰平、上聲、陰入等陰聲類調前成為調值新調值33，在陽平、去聲、陽入等陽類調前變成陰平11。

$$陽平(53) \to 新調值\ /\ —$$

(33)
- 陰平(11) — 人蔘 $\eta in^{53\to33}\ sem^{11}$
- 上聲(31) — 泥卵 $ne^{53\to33}\ lon^{31}$
- 陰入(2) — 圓桌 $ven^{53\to33}\ tsok^2$

(11)
- 陽平(53) — 禾鐮 $vo^{53\to11}\ liam^{53}$
- 去聲(55) — 零件 $len^{53\to11}\ k^hien^{55}$
- 陽入(5) — 郵局 $iu^{53\to11}\ k^hiuk^5$

(3)去聲變調：在「各調」之前，都產生前字變調，成為調值新調值33。

$$去聲(55) \to 新調值\ /\ —$$

(33)
- 陰平(11) — 外甥 $\eta uai^{55\to33}\ sen^{11}$
- 上聲(31) — 電線 $t^hen^{55\to33}\ sen^{31}$
- 陰入(2) — 大雪 $t^hai^{55\to33}\ set^2$

(11)
- 陽平(53) — 後門 $heu^{55\to11}\ mun^{53}$
- 去聲(55) — 電視 $t^hen^{55\to11}\ si^{55}$
- 陽入(5) — 舊曆 $k^hiu^{55\to11}\ let^5$

(4)陰入變調：在 「各調」前，都產生前字變調。

$$陰入(2) \to 陽入(5)\ /\ —$$

(33)
- 陰平(11) — 七張 $ts^hit^{2\to5}\ tso\eta^{11}$
- 陽平(53) — 屋唇 $vuk^{2\to5}\ fin^{53}$
- 上聲(31) — 百貨 $pak^{2\to5}\ fo^{31}$

(11)
- 去聲(55) — 接受 $tsiap^{2\to5}\ siu^{55}$
- 陰入(2) — 八尺 $pat^{2\to5}\ ts^hak^2$
- 陽入(5) — 發達 $fat^{2\to5}\ t^hat^5$

(5)陽入變調：前字在「陽平、去聲、陽入」前，產生變調。

$$陽入\underline{5}→陰入\underline{2} / — \begin{cases} 陽平(53) & 月圓 \eta iet^{5→2}\ ven^{53} \\ 去聲(55) & 綠豆 liuk^{5→2}\ t^heu^{55} \\ 陽入(5) & 入學 \eta ip^{5→2}\ hok^5 \end{cases}$$

說明：在本方言點六個單字調中：

(1) 共三十六個組合關係，九個組合關係不產生連讀變調，二十七個組合關係產生連讀變調，均無後字變調。

(2)「陽平」、「上聲」、「去聲」在陰平、上聲、陰入等陰聲類調前成為調值新調值33，在陽平、去聲、陽入等陽類調前變成陰平11[9]，形成有規則的排列。

(3)「陰入」在各調前，都產生連讀變調。

(4) 本方言點有陽入前字連續變調，不同於其他方言點。

(5) 變調組合可歸納如下表：

	陰平11	上聲31	陰入$\underline{2}$	陽平53	去聲55	陽入$\underline{5}$
陰平11	—	—	—	—	—	—
陽平53	33 —	33 —	33 —	11 —	11 —	11 —
上聲31	33 —	33 —	33 —	11 —	11 —	11 —
去聲55	33 —	33 —	33 —	11 —	11 —	11 —
陰入$\underline{2}$	$\underline{5}$ —	$\underline{5}$ —	$\underline{5}$ —	$\underline{5}$ —	$\underline{5}$ —	$\underline{5}$ —
陽入$\underline{5}$	—	—	—	$\underline{2}$ —	$\underline{2}$ —	$\underline{2}$ —

三、語音特點

　　要談饒平客話的語音特點，首先要了解饒平客家話來自廣東饒平縣上饒地區，東與福建說詔安、平和客話者為鄰，北與說大埔縣客話者相接，而今卓蘭地理位置又與說東勢大埔話者隔一河相望。所以，不論原鄉或在臺灣，居民往來頻繁，婚嫁不斷，在語言上自然互動密切，具有高度的連動性，語音特徵自然互為共有。本文描述其特點以中古音為經，共時為緯，以探討卓蘭饒平話的特點。

9　徐貴榮（2005b），《饒平客話》，頁273，把「陽平」、「上聲」、「去聲」這三調全都記成前字變調33，再調查及分辨後修改。

㈠ 一般饒平客話的語音特點

1. 聲母

⑴章組少數字讀[f]的音韻特徵，在各地都保守固定而不變。

方言點／字	水	稅	睡	唇	脣
中壢芝芭里	fi²	fe²、soi²	fe⁷	fin⁵	fin⁵
中壢興南	fi²	fe²、soi²	fe⁷	fin⁵	fin⁵
平鎮南勢	fi²	fe²	fe⁷	fin⁵	fin⁵
卓蘭老庄	fi²	fe²	fe⁷	fin⁵	fin⁵
新屋犁頭洲	fi²	fe²	fe⁷	fin⁵	∫in⁵
八德官路缺	fi²	fe²	fe⁷	fin⁵	fin⁵
中壢過嶺	fi²	fe²	fe⁷	fin⁵	∫un⁵
觀音新坡	fi²	fe²	fe⁷	∫un⁵	∫un⁵
竹北六家	fi²	fe²	fe⁷	fin⁵	fin⁵
芎林上山	fi²	fe	fe⁷	fin⁵	fin⁵

⑵vi和vien同是齊齒呼。臺灣四縣客家話能直接和-i相拼成vi，如：胃vi，卻不能和齊齒呼相拼成vien。而海陸客語v聲母和合口呼相拼，如：胃vui，不能和齊齒呼的陰聲韻相拼成vi，也不能相拼成vien。饒平客語卻可和齊齒呼、陽聲韻相拼，如：圓vien⁵；而和海陸一樣，不能直接和-i相拼成vi。卓蘭饒平話則無i介音。

	圓	園	遠	挖	縣	胃	勻
中壢芝芭里	vien⁵	ien⁵	vien²	viet⁴	ien⁷	vui⁷	iun⁵
平鎮南勢	vien⁵	ien⁵	vien²	vet⁴	ien⁷	vui⁷	iun⁵
卓蘭老庄	ven⁵	ven⁵	ven²	vet⁴	ven⁷(zen⁷)	vui⁷	vin⁵(ʒiun⁷)
新屋犁頭洲	vien⁵	vien⁵	vien²	viet⁴	ʒien⁷	vui⁷	ʒiun⁵
八德官路缺	ven⁵	ven⁵	ven²	vet⁴	ʒien⁷(ven⁷)	vui⁷	vin⁵
中壢過嶺	ʒien⁵	ʒien⁵	ien²	vet⁴	ʒien⁷	vui⁷	ʒiun⁵
竹北六家	vien⁵	vien⁵	vien²	viet⁴	vien⁷	vui⁷	vin⁵
海陸客語	ʒan⁵	ʒan⁵	an²	vet⁴	ʒan⁷	vui⁷	ʒiun⁵
四縣客語	ien⁵	ien⁵	ien²	iet⁴	ien³	vi³	iun⁵

(3)古溪母字多讀送氣舌根音k^h。

方言點／字	溪	去	起	殼	窟	褲	闊	糠	坑	客
中壢芝芭里	hai¹	hi²	hi²	k^hok⁴	fut⁴	k^hu²	k^huat⁴	ho¹	haŋ¹	hak⁴
中壢興南	hai¹	k^hiu²	k^hi²	hok⁴	k^hut⁴	k^hu²	k^huat⁴	hoŋ¹	haŋ¹	hak⁴
平鎮南勢	k^hie¹	hiu²	hi²	k^hok⁴	k^hut⁴	k^hu²	fat⁴	hoŋ¹	haŋ¹	hak⁴
卓蘭老庄	k^hie¹	k^hi²	k^hi²	k^hok⁴	k^hut⁴	k^hu²	k^huat⁴	k^hoŋ¹	k^haŋ¹	kak⁴
新屋犁頭洲	k^hie¹	k^hiu²	k^hi²	k^ho⁹	k^hut⁴	k^hu²	k^huat⁴	k^hoŋ¹	k^haŋ¹	ka⁹
八德官路缺	hai¹	k^hiu²	hi²	k^ho⁹	k^hut⁴	k^hu²	k^huat⁴	k^hoŋ¹	haŋ¹	ka⁹
中壢過嶺	k^hie¹	k^hi²	k^hi²	k^hok⁴	k^hut⁴	k^hu²	fat⁴	k^hoŋ¹	k^haŋ¹	hak⁴
新屋新坡	k^hie¹	hi²	hi²	hok⁴	fut⁴	k^hu²	fat⁴	hoŋ¹	haŋ¹	hak⁴
竹北六家	k^hie¹	k^hiu²(hiu²)	k^hi²	k^hok⁴	k^hut⁴	k^hu²	k^huat⁴	k^hoŋ¹	k^haŋ¹	k^hak⁴
莒林上山	k^hie¹	hiu²	hi²	k^hok⁴	k^hut⁴	k^hu²	k^huat⁴	k^hoŋ¹	k^haŋ¹	k^hak⁴

(4)云母古遇攝合口三等魚韻「雨」讀vu²。

2.韻母

(1)止攝開口三等「鼻」字讀鼻化韻$p^h\tilde{i}^7$，臺灣其他點在中壢市芝芭、興南兩個點出現。

(2)山攝合口一等桓韻見組讀uan，不讀on，比四縣海陸客語更多合口韻。
　　如：罐kuan²、官kuan¹

(3)蟹攝二等皆佳二韻「並匣影」母字讀e，明母和蟹攝四等讀i。如：

排p^he⁵	牌p^he⁵	稗p^he⁷	鞋he⁵	蟹he²	矮e²
埋mi⁵	買mi¹	賣mi⁷	泥ni⁵		

(4)蟹、梗二攝四等端組部分字及梗攝二等「冷」字，其主要元音為e，不讀ai、aŋ。

低te¹	底te²	啼t^he⁵	弟t^he¹	犁le⁵
聽t^hen¹	廳t^hen¹	頂ten²	冷len¹	

(5)章組山攝合口一等桓韻曉、影組、三等仙韻少部分字讀an，不讀on。
　　如：歡fan¹ 碗腕van² 磚tsan¹（卓蘭讀tsen¹）

3.聲調

　　臺灣饒平聲調歷時的發展，和其他客語聲母的發展，內部有部分一致性，如古次濁上部分今讀陰平，古全濁上部分今讀陰平，古清上也部分字讀陰平。但古清上、去二聲演變和四縣、海陸不同。饒平客家話的聲調，雖和四縣話同樣有六個聲調[10]，但從中古到現在歷時的演變，平、入二聲與四縣、海陸客家話無別。但上、去二聲卻有不同的演變特徵。最大的特徵即在

(1)古陰上和陰去合併爲今讀上聲。如：

古ku^2、假ka^2、板pan^2

故ku^2、價ka^2、半pan^2

(2)古濁上和濁去合併爲今讀去聲。

部p^{h}u^7、柱ts^{h}u^7、動t^{h}uŋ^7

步p^{h}u^7、住ts^{h}u^7、洞t^{h}uŋ^7

(二) 卓蘭饒平客話的語音特點

1.聲母

(1)溪母字全讀k^h-。張屏生（1997）調查東勢超陰平列出新竹芎林紙寮窩饒平客家話，有少數溪母字讀h-，筆者調查（2002、2005a、2005b）其他地方也有相同的情形，但卓蘭饒平客家話全讀k^h-極少例外，和新竹六家較爲相近。

方言點	溪	去	起	殼	窟	褲	闊	糠	坑	客
中壢芝芭里	hai^1	hi^2	hi^2	k^{h}ok^4	k^{h}ut^4	k^{h}u^2	k^{h}uat^4	ho^1	haŋ^1	hak^4
中壢興南	hai^1	k^{h}iu^2	k^{h}i^2	hok^4	k^{h}ut^4	k^{h}u^2	k^{h}uat^4	hoŋ^1	haŋ^1	hak^4
平鎮南勢	k^{h}ie^1	hiu^2	hi^2	k^{h}ok^4	k^{h}ut^4	k^{h}u^2	fat^4	hoŋ^1	haŋ^1	hak^4
卓蘭老庄	k^{h}ie^1	k^{h}i^2	k^{h}i^2	k^{h}ok^4	k^{h}ut^4	k^{h}u^2	k^{h}uat^4	k^{h}oŋ^1	k^{h}aŋ^1	hak^4
新屋犁頭洲	k^{h}ie^1	k^{h}iu^2	k^{h}i^2	k^{h}o^9	k^{h}ut^4	k^{h}u^2	k^{h}uat^4	k^{h}oŋ^1	k^{h}aŋ^1	ka^9
八德官路缺	hai^1	k^{h}iu^2	hi^2	k^{h}o^9	k^{h}ut^4	k^{h}u^2	k^{h}uat^4	k^{h}oŋ^1	haŋ^1	ka^9
中壢過嶺	hai^1	k^{h}i^2	k^{h}i^2	k^{h}ok^4	k^{h}ut^4	k^{h}u^2	fat^4	k^{h}oŋ^1	k^{h}aŋ^1	hak^4
新屋新坡	k^{h}ie^1	hi^2	hi^2	hok^4	fut^4	k^{h}u^2	fat^4	hoŋ^1	haŋ^1	hak^4
竹北六家	k^{h}ie^1	hiu^2	k^{h}i^2	k^{h}ok^4	k^{h}ut^4	k^{h}u^2	k^{h}uat^4	k^{h}oŋ^1	k^{h}aŋ^1	k^{h}ak^4
芎林上山	k^{h}ie^1	hiu^2	hi^2	k^{h}ok^4	k^{h}ut^4	k^{h}u^2	k^{h}uat^4	k^{h}oŋ^1	haŋ^1	k^{h}ak^4
芎林紙寮窩	k^{h}ie^1	hi^2	hi^2	k^{h}ok^4	k^{h}uk^4	ku^2	k^{h}at^4	k^{h}oŋ^1	k^{h}aŋ^1	hak^4

---

[10]　竹北六家林姓只有五個聲調，去聲和陽平合併為同一聲調55，只有在連讀變調時才會產生前字變調成為33，而有六個聲調的跡象。

(2) v聲母豐富，除了一般客家話微母和少數影母字外，云母山攝合口三等字多讀v。

	圓	園	遠	挖	勻	湖	午
中壢芝芭里	$vien^5$	ien^5	$vien^2$	$viet^4$	iun^5	fu^5	η^2
中壢興南	$vien^5$	ien^5	ien^2	$viet^4$	iun^5	fu^5	η^2
平鎮南勢	$vien^5$	ien^5	$vien^2$	vet^4	iun^5	fu^5	η^2
卓蘭老庄	ven^5	ven^5	ven^2	vet^4	$ʒiun^5(vin^5)$	fu^5	η^2
新屋犁頭洲	$vien^5$	$vien^5$	$vien^2$	$viet^4$	$ʒiun^5$	fu^5	η^2
八德官路缺	ven^5	ven^5	ven^2	vet^4	vin^5	fu^5	η^2
中壢過嶺	$ʒien^5$	$ʒien^5$	ien^2	vet^4	$ʒiun^5$	fu^5	η^2
新屋新坡	$ʒien^5$	$ʒien^5$	ien^2	vet^4	$ʒiun^5$	fu^5	η^2
竹北六家	$vien^5$	$vien^5$	$vien^2$	$viet^4$	vin^5	fu^5	η^2
莒林上山	$vien^5$	$vien^5$	$vien^2$	$viet^4$	vin^5	fu^5	η^2

(3) 影母合口少數字，以、云母及日母少數字，對應於四縣客家話的零聲母上，有一個舌尖前濁擦音z，大都在只有i之前，如：兒、衣；如果是複音韻母，有時發音部位會稍後發舌面前音ʑ，如：油。甚至弱化變成摩擦輕微，如：影。此項特點在，臺灣其他饒平客話皆未曾出現，能與之對應的只有舌葉濁擦音ʒ。

(4) 精莊知章四組今讀，卓蘭讀同一套精組字ts、ts^h、s，與桃園相同，而和新竹則分精莊、知章兩套不相同。後接止、深、臻、曾、梗四攝三等字，各有不同的變化。即卓蘭精組字後接細音，不產生顎化，如：酒、秋、修；但來自知章組今讀tʃ、$tʃ^h$、ʃ、ʒ讀ts、ts^h、s的字，如：周、齒、市，傾向於產生顎化，和東勢大埔話有細音雷同，不過通常標音時，仍標不顎化，也因此，卓蘭的客家話也被稱為「卓蘭腔」。

	四 (精止)	尋 (精深)	貞 (知梗)	針 (章深)	珍 (知臻)	屎 (章止)
中壢芝芭	$çi^2$	$tç^him^5$	$tsïn^1$	$tsïm^1$	$tsïn^1$	si^2
平鎮南勢	$çi^2$	$tç^him^5$	$tsïn^1$	$tsïm^1$	$tsïn^1$	si^2
新屋頭洲	$çi^2$	$tç^him^5$	$tʃin^1$	$tʃim^1$	$tʃin^1$	$ʃi^2$
中壢過嶺	$çi^2$	$tç^him^5$	$tʃin^1$	$tʃim^1$	$tʃin^1$	$ʃi^2$
莒林紙寮窩	si^2	ts^him^5	$tʃin^1$	$tʃim^1$	$tʃin^1$	$ʃi^2$
竹北六家	si^2	ts^him^5	$tʃin^1$	$tʃim^1$	$tʃin^1$	$ʃi^2$

	四 (精止)	尋 (精深)	貞 (知梗)	針 (章深)	珍 (知臻)	屎 (章止)
卓蘭老庄	si^2	ts^{h}im^5	sin^1	sim^1	sin^1	si^2
東勢大埔腔	si^2	ts^{h}im^5	tʃin^1	tʃim^1	tʃin^1	ʃi^2

(5)受訪者不同，採訪結果也會因年齡層不同。「年」老派說nen^{53}、新派說ngien^{53}，「屎」老派說neu^{55}、新派說 ŋiau^{55}，「嫽」（玩、休息）老派說lau^{55}、新派說liau^{55}，「血」讀fet^2，但「混血兒」的「血」讀做het^2，呈現新舊交替及語言接觸的影響。

(6)「象」說ts^{h}ioŋ^{31}、「匠」說ts^{h}ioŋ^{55}、「腥」說ts^{h}ioŋ^{31}、「年」說nen^{53}、「屎」說neu^{55}，也和各地略有不同。其他饒平客話「腥」說ts^{h}ioŋ^{31}只有在「臭腥母蛇」的專稱上。

	象	匠	腥	年	屎	嫽
中壢芝芭	sioŋ^2	sioŋ^7	sioŋ^1	ŋien^5	nau^7	lau^7
中壢興南	sioŋ^2	sioŋ^7	sioŋ^1	ŋien^5	nau^7	lau^7
平鎮南勢	sioŋ^2	sioŋ^7	sioŋ^1	ŋien^5	ngiau^7	liau^7
新屋頭洲	sioŋ^2	ioŋ^7	sioŋ^1	nen^5	neu^7	leu^7
中壢過嶺	sioŋ^2	ioŋ^7	sioŋ^1	ŋien^5	ŋiau^7	liau^7
芎林紙寮窩	ts^{h}ioŋ^2	çioŋ^7	sioŋ^1	nen^5	neu^7	liau^7
竹北六家	sioŋ^2	ioŋ^7	sioŋ^1	ŋien^5	ŋiau^7	liau^7
卓蘭	ts^{h}ioŋ^2	ts^{h}ioŋ^7	ts^{h}ioŋ^2	nen^5	ngieu^7/neu^7	liau^7

2. 韻母

(1)古山攝三、四等韻幫、端、精、曉組沒有i介音，如：面men^{31}、扁pen^{31}、鐵t^{h}et^2、天t^{h}en^{11}、錢ts^{h}en^{53}、獻hen^{31}、節tset^2、圓ven^5、縣ʑen^7、轉tsen^2、零len^5。見組則有有i介音，如：見kien^2、件k^{h}ien^7、健k^{h}ien^7、言ŋien^5。這在相鄰的詔安客話或許有相同的特徵，但在其他客家話非常少見，筆者（2004：8）調查結果，觀音崙坪的平和客家話亦有此特點。

仙sen^{11}	節tset^2	戀len^{55}	錢ts^{h}en^{53}	雪set^2	圓ven^{53}	鐵tet^2	連len^{53}

(2)「泥」ne^{53}、「埋」ne^{53}、「食」set^5、「國」kuat^2、「轉」tsen^{31}

(3)古蟹、止、流、深、臻、曾攝知、章組三等，聲母雖和桃園饒平客話

相同，以合併爲精組讀ts，但主要元音爲i或有i介音和桃園不同，而和新竹饒平相同。如：制tsi³¹、齒tsʰi³¹、收siu¹¹、針tsim¹¹、神sin⁵³、織tsit²，方言點見上列聲母(6)所列。

3. 聲調

⑴以聲調來表達詞義的不同或親屬稱謂詞背稱和直稱的不同

饒平客語詞彙稱謂還有一個特色，即是以聲調的不同來表達親屬稱謂詞的不同或是對背稱和直稱的不同。固然在各方言都有這項特徵，但是以卓蘭更爲豐富與多彩。

①公：kuŋ，本調陰平

聲調本調是陰平，各點調值都是11，但在親屬稱謂面稱「祖父」、「伯公」（伯祖父）等親屬稱謂時，平鎭、芝芭方言點會把調值升高爲55，八德、過嶺、六家、卓蘭等會把調值升高爲53，藉以表達和土地公稱謂「伯公」不同的詞義。土地公稱謂「伯公」的「公」聲調維持不變，各點仍爲本調陰平調值11不變。

②爸：pa本調陰平

聲調是去聲調，但客語聲調讀如陰平，四縣調值24，海陸調值53，饒平調值11。新屋、過嶺、新坡等方言點不論直稱或背稱都不變聲調調值。但卓蘭、平鎭組在直稱時都變成55，讀成a¹¹ pa⁵⁵。

③姑：ku本調陰平

直稱「阿姑」（姑媽）時，則調值升高，成爲55。稱其他親屬稱謂則恢復原調值11。如：姑丈、姑婆。

④哥：ko本調陰平

平鎭、芝芭、龍潭方言點在面稱「阿哥」（哥哥）時，將調值升高爲53成爲a¹¹ ko⁵³；可是芝芭里、興南、卓蘭卻讀成高降調55，讀成a¹¹ ko⁵⁵。

⑤姊：tse、tsï，兩種讀法，本調上聲

過嶺、新竹大部分直稱時稱tse，聲調都升高成爲55，背稱才讀原上聲調。卓蘭不論直稱背稱都說tse高降調53。

⑥舅：kiu本調陰平

卓蘭饒平客話將他區分成三個讀音kiu⁵⁵、kiu²⁴、kiu¹¹，各有不同的詞義。

稱呼「舅舅」時讀做a¹¹ kiu⁵⁵，稱呼「妻舅」時讀做a¹¹ kiu²⁴，稱呼其配偶時kiu¹¹ mi⁵⁵，這種聲調改變方式來改變稱呼的方式，非常特殊。

⑵連讀變調會因人而異

研究連讀變調，可分爲前字變調、後字變調、前後字變調，變調是否產生新調值，是否有其變調的原因等。尤其是三字調的連讀變調，更爲複雜。如「肛門」稱爲「屎胐」，讀si³¹⁻³³ vut²，屬上聲在陰入前產生前字變調爲

新聲調中平33，可是在稱「屁股」為「屁股排」時變成讀si$^{31\to11}$ vut$^{2\to5}$ pe^{53}，也就是說，當第二字受到後自影響時，會產生前字變調，這第二字變成新調值時，第一自又會受到第二字新調值的影響，產生新的前字變調。同樣「臉頰」說「面頰」，音men$^{31\to33}$ kap^2，如果說成「面頰卵」時，會讀作men$^{31\to33}$ kap$^{2\to5}$ lon^{31}。所以，很多的語言調查這對連讀變調的調查，僅止於兩字調的調查，本文亦是。

　　卓蘭饒平客話的連讀變調，會因受訪者的不同，也有因為調查者的感知，而得到不同的結果。呂嵩雁（1993：117）調查的，上聲只在「陰平、上聲、陰入」前產生連讀變調，陽入並無連讀變調。徐瑞珠（2005:24）陰平有一個變調，陽入變調與本調查迥然不同，上聲、陽平、去聲變調，和筆者（2005：271-272）上聲和陽平、去聲變調一律記作33相同，經在詳細辨認和再度調查，在本次修正為「陽平」、「上聲」、「去聲」在陰平、上聲、陰入等陰聲類調前成為調值新調值33，在陽平、去聲、陽入等陽類調前變成陰平11。

四、客話ian和ien韻的標音爭議

　　有關客話的ien和ian韻，到底應該如何標示，學者專家爭議已久，羅肇錦（1990）、李如龍（1999）、涂春景（1998）、李如龍、張雙慶（1992）[11]等記作ien，古國順等（2002）、鍾榮富（2004）等記作ian，教師在實際教學上發生極為困擾，而得不到合理解答。

　　若從實際的音質來看，北部客家話，包括四縣話、海陸話都是ien，而海陸話在 ʒ聲母後為ian。在南部客家話，較相同的實際音質為古見影組讀ian，其他各地呈現不一。

（一）/ian/能否標注[ien]

　　鍾榮富（2004：447-449）從音韻學和語音學的角度探討ian和ien的標注問題，是對客家話的發音理論較為有理論根據的論述。他說：ian的發音方法，是語音學的描述對象。為什麼有些客家方言/ian/唸[ien]（煙），為什麼不直接標注[ien]？發音的方法由前高元音[i]把低元音[a]往上拉，變成了中元音[e]。若從音韻學的角度來看，腦部有一個語音結構的規則：/a/→[e]/[i]_[n]。為什麼不能直接標注[ien]呢？因兩者本質事實上是/ian/，文中提了兩點證明：

11　李如龍標注iɛn。

1. 舉山歌為例，/ian/與/an/押韻。
2. 不同方言點[ian]和[ien]韻相同。

　　所以，站在歸音位的理論上來談，/ian/不能標注[ien]。

㈡ 從卓蘭饒平古三等沒有[i]介音來探討，可用實際音質標注[ien]

1. 有關客話的ien和ian韻。

　　有關客話的ien和ian韻，其總皆在古「山攝」。山攝字今日客語包括開口一等主要元音為o，少數為a；合口一等，知章三等部分為o，部分為a，其他二、三、四等皆為a，所以說/ian/為深層音，[ien]為表層音[12]。

　　今日客語讀/en/的字多來自古「梗攝」，所以，從歷時的發展來看，/ian/不能標注[ien]，其理至明，但實際發音，/ian/與[ien]有別。

2. 若從卓蘭饒平客話的角度來看，[ien]和[ian]韻完全不存在爭執。

　　這些山攝三、四等字，除見組尚保有[i]介音外，開口其餘幫、端、精、曉組全部沒有[i]介音，實際音質/e/，絕對不能不能讀做/a/，例如：錢、前ts^hen^{53}絕不等同於ts^han^{53}（泉）、面men^{31}、麵men^{55}不能說成man^{31}（麼人）、慢man^{55}。同樣是山攝，可是在此/en/卻不能記作/an/。

　　若說，卓蘭饒平客家話山攝沒有[i]介音成分是因為[i]介音脫落，假設它發展的過程是ian→ien→en，似乎頗為牽強，因為見組字非常穩定，[i]介音仍然不會脫落消失，這種現象，同時也發生在詔安、平和等漳潮的客話，甚或廣州話。同時，客家話an和en都分屬不同的韻，古山攝卓蘭饒平客家話混入古耿攝，就如同今日所有客話古曾攝混入臻攝一般。何況華語ㄢ和ㄣ的實際音質是[an]和[ən]，而ㄧㄢ的實際音質也是[ien]而不是/ian/。所以，依據卓蘭饒平方言山攝三四等字沒有[i]介音成分的實例來看，與理論似有相衝突，若站在平面上討論而言，因應教學方便，學習者能力及辨別起見，發出實際音質，應可依實際音質記作[ien]或[ian]。

五、結語

　　卓蘭饒平客家話處在多語言的環境裡，受到的衝擊非常劇烈，如今已日漸式微，不過在老一輩的堅守下，猶能完整地保守著奇特有的語音特點，實屬難得。

1. 聲母各特點，包含溪母全讀k^h-，豐富的v-，都能比其他地方饒平話更具

12　見鍾榮富，《臺灣客家語音導論》，頁448。

有特色。

2. 韻母山攝三四等除見組外，完全沒有介音[i]，全讀en，是最大的特色。

3. 聲調在有些陰平單字調超出原字調，在連讀變調方面，會因受訪者不同，而產生差異，可見卓蘭饒平客家話正處在質變中。

4. 藉由完全沒有介音[i]，全讀en的最大的特色，客家話/ian/記作[ien]有其立足的根基。

5. 第三指稱「那」，說「kun^{55}」，較為特殊，屬有音無字，本字為何？來源為何？值得研究！其所產生之詞彙，「那人」稱「kun^{55}儕」，「那裡」稱「kun^{55}位」，「那邊」稱「kun^{55}片」，都是核心詞彙，顯得非常特殊。

桃園觀音崙坪客家話
的語言歸屬[1]

1 　本文為中華民國聲韻韻學會主辦之第二十二屆全國聲
　　韻學學術研討會後論文，2004年5月臺北市立師範學院
　　主辦，刊載於《聲韻論叢》第十五輯，頁219-246，中
　　華民國聲韻學會出版（2007）。

摘　要

　　桃園觀音崙坪地區的羅姓家族，自稱説「饒平客家話」。其音韻雖極似新屋鄉犁頭洲陳姓家族所説的饒平客家話，卻又在入聲的分化上有些不同。再經過深入調查，發現和桃園、新竹、苗栗的饒平客家話存在一些差異。尤其在「入聲」的聲調特點上，較似詔安客家話。如：陰入，饒平客家話調值是低降促調的 <u>2</u>，陽入則是高平促調的 <u>5</u>；崙坪客家話的陰入和陽入則各分兩套，似詔安客家話，卻又有些不同。要求其出示族譜，在手抄本中發現，原來羅姓家族來自舊福建省漳州府平和縣大埔祖庵邊老厝下，經比對也和現存的平和縣客家方言有稍許出入，如：古三等韻，大都沒有[i]介音。「扁」讀 pen^{31}、「前」讀 ts^{h}en^{53}、「連」讀 len^{53}、「面」說 men^{31}等是其較大特色。本文就透過實地訪查所得，從聲、韻、調或詞彙等描述該方言的語言特點，並與詔安、饒平，和現有的平和客家話文獻做一對比，看桃園觀音崙坪地區客家話的語言特點，以及此方言的歸屬。

關鍵詞：崙坪客家話、平和、饒平、詔安、超陰入、超陽入

一、前言

　　住在觀音鄉崙坪地區的羅姓家族，據其族譜記載來自舊福建省漳州府平和縣大埔祖庵邊老厝下（發音人把「厝」說成客語的「屋」）。該族豫章堂族譜記載，永達、永逐兄弟開基福建平和庵邊老厝下，永達之十四世又居（乾隆六年生，即西元1741年）、又明（乾隆十一年生，即西元1746年）來臺開基，先住五塊厝，再遷崙坪老屋下（今忠愛莊營區後），墓葬下大堀（今新坡附近）[2]，至今到發音人已二十世。族人自稱說的是「饒平客家話」（發音人簡介見附錄一，族譜節錄見附錄二）。經調查其音韻雖極似新屋鄉犁頭州陳姓家族所說的饒平客家話，因為新屋饒平客家話也有「超陰入」調，有學者[3]以為新屋的饒平客家話是詔安客家話，可是很明顯地：新屋的饒平客家在地理上來自饒平縣的上饒嶺腳村，和福建平和縣只有一山之隔，所說的客話屬兩親屬方言的接觸地帶。在入聲的表現上，「陰入」韻尾只有-p、-t而缺-k，-p、-t的調值和饒平客家話的調值相同，是低降短調

---

[2]　發音人自述：來臺祖先住五塊厝，再遷崙坪老屋下，仍以原鄉舊地名命名，地在今「忠愛莊」後面。

[3]　此所謂學者是筆者和多位研究詔安客家話者交談時談到，並未有論文發表。

的2；梅縣客家話有-k尾的，新屋饒平客家話都缺-k韻尾，聲調為中升的24舒聲調，這點和「詔安」相同。陽入則是-p、-t、-k韻尾俱全，調值同於高平促調的5，而和詔安截然不同；陽入也無詔安客家話「超陽入」的變異現象，所以仍認定新屋仍屬饒平客家話[4]。再經過深入調查，發現崙坪客家話和桃園、新竹、苗栗的饒平客家話在聲調上更存在一些差異，差異在「入聲」的聲調和一些音韻特點上。如：入聲，崙坪客家話不論陰入或陽入，只有-p、-t而沒有-k韻尾，以至於陰入和陽入各分兩套，可看做是閩南客家話的詔安音韻系統。因羅姓家族從未到過原鄉尋根，也不知舊地名今屬行政區。根據《平和縣志》羅姓以長樂鄉居多[5]，正好位於平和與廣東饒平縣上饒客家話區的交界區，本來閩南平和、詔安、南靖、雲霄四縣的客家話和饒平客家話就有頗多音韻特點相同處，如：「聽」讀t^hen^1、「水」說fi^2、「鞋」說he^5，而和梅縣系統的四縣話相差甚多。目前平和縣客屬移居臺灣後裔能說平和客家話的已是鳳毛麟角，加上《平和縣志·方言》（1994：849）也載明閩南客話三個點之一的九峰鎮接近饒平腔，說不定當地人也認為自己說的是饒平客話。觀音鄉崙坪地區周圍，過去說四縣客家話較多，也有一部分的閩南話，說饒平話者，僅存很少的詹姓家族而已，加上發音人之一配偶娶自中壢過嶺許姓饒平家族，所以長期以來，可能是族人無法清楚自己的語言歸屬，所以認為自己所說的話是和四縣、海陸不同的饒平客家話。

二、調查緣起、經過和方法

　　桃園縣觀音鄉崙坪地區，地當中壢往觀音112號公路中心點上，南臨中壢市大崙地區，北接觀音鄉新坡地區。住民以梁、江謝（複姓）、羅等三姓為主，還有一些如詹、陳、張等較小姓家族。梁、陳、張姓家族說四縣客家話，江謝家族說閩南話，詹姓家族說饒平客家話。據發音人說：「早期當地通行四縣客家話，可是光復後於〔民國〕四十年間，在公路旁建造一座軍營，名為『忠愛莊』，建成街道，遂成地名沿用至今，崙坪地名漸被外界遺忘，代之而起的是『忠愛莊』。由於兵營中多外地軍人，工商日漸繁盛，居民經過婚姻和語言融合，逐漸通行閩南話，客家話只在宗族與家庭間使用，

---

[4] 參見徐貴榮（2003），〈桃園新屋陳姓饒平客家話的「超陰入」〉，第八屆國際暨第二十一屆全國聲韻學學術研討會論文，修訂後刊入《聲韻論叢》十四輯，頁163-185（臺北：中華民國聲韻學學會出版，2006）。

[5] 參見《平和縣志·第五章姓氏》，頁131，羅姓人數在長樂鄉有四千五百人，占第二位，其他各鄉鎮都未見有羅姓為大姓者。

詹姓人家大致已經不會說饒平客家話，改說四縣話或閩南語，梁姓家族甚至已經說閩南話居多，羅姓家族在這種環境中，也說四縣話和閩南話，因此母語在詞彙或語音上，漸次退卻，向國語、閩南話靠攏。」

本文之完成，得感謝時任大崙國中之校長詹智源先生（饒平裔）介紹及發音人的合作。2002年春，筆者將完成《臺灣桃園饒平客話》碩士論文時，詹校長告知該地有饒平點，於是趕忙前往採訪，雖發音人說自己是饒平人，但聽其語音認為不是饒平客家話，於是並未在論文中載入，只簡略提及。為更詳盡了解，次年7月博士入學考試完畢後，再度前往調查、錄音，更覺其語音似「詔安」，並告知筆者之想法。2004年3月再度前往詳細記音，族人已有疑惑，開始思考自己的語言歸屬，到底是「饒平」或「詔安」。為了調查更為詳細，以北京中國社會科學院語言所制定的《方言調查字表》為基礎，依中古聲類韻攝制定一般詞彙（如：多少、經過、國家、名譽等）共一千八百五十餘條詞目，加上筆者所訂定的詞目三千餘條生活詞彙分項調查，並用對比語言的方法，參閱《臺灣漳州客話——以詔安話為代表》、《平和縣志·方言》、《客贛方言調查報告》、《苗栗卓蘭客家方言詞彙對照》、《臺灣中部地區客家方言詞彙對照》、《臺灣客家話同義詞比較研究》、《臺灣饒平方言》、《臺灣桃園饒平客話研究》等文獻資料對照，並訪查卓蘭（饒平）、雲林（詔安）兩位受訪人，以茲比對。

調查結果發現，觀音崙坪的客家話音韻特點確屬和詔安話相同的閩南客家話系統，只有極些微之差異，因此可能是現在臺灣只存鳳毛麟角的平和客家話。崙坪客家話有其獨自的特點，也有和四縣客語接觸的影子，以及不少閩南語借音、借詞，形成「疊置」的多元語言風貌。

三、聲韻調

1. 聲母：二十一個（含無聲母ø）

發音方法 發音部位	塞音		塞擦音		鼻音	擦音		邊音
	不送氣	送氣	不送氣	送氣		清	次濁	次濁
	清	次清	清	次清	次濁	清	次濁	次濁
雙唇　重唇	p比	pʰ婆			m買			
雙唇　輕唇						f睡	v雨	
舌尖　舌尖前			ts姊	tsʰ泉		s字		
舌尖　舌葉音			tʃ章	tʃʰ唱		ʃ商	ʒ醫	
舌尖　舌尖	t丁	tʰ聽			n泥			l羅

發音方法 發音部位	塞音		塞擦音		鼻音	擦音		邊音
	不送氣	送氣	不送氣	送氣	次濁	清	次濁	次濁
	清	次清	清	次清	次濁	清	次濁	次濁
舌根	k果	kʰ褲			ŋ鵝			
喉	ø矮					h蝦		

說明：

(1) v屬濁擦音，擦音的成分輕微。

(2) tʃ-、tʃʰ-、ʃ-、ʒ-屬舌葉音，後接洪音大部分發音部位已經向前，接近舌尖前ts-、tsʰ-、s-；接細音[i]則部分產生顎化的tɕ-、tɕ-、ɕ。濁擦音ʒ-，大都輕微到接近半元音j-，類似無聲母，接近四縣。

(3) ts-、tsʰ-、s-後接細音[i]產生顎化，和tʃ-、tʃʰ-、ʃ-接細音[i]合流成為舌面音tɕ-、tɕ-、ɕ。而k-、kʰ-、h-後接細音[i]不產生顎化，只有ŋ後接細音[i]才形成顎化ɲ。因語言在過度未穩定時際，所以本文不把tɕ-、tɕ-、ɕ、ɲ另列為一個音位。

2. 韻母（含成音節鼻音二個）：五十四個，有i、u兩個介音，沒有撮口y，有一個鼻化韻î鼻

(1) 陰聲韻：十八個

韻母 呼	開尾韻母 （十個）				元音尾韻母 （八個）			
開口	ï子	a打	o禾	e鞋	ai帶	oi愛	au包	eu樓
齊齒	i徐	ia謝	io靴	ie雞	iau秒	iu劉	ieu狗	
合口	u烏	ua瓜			uai歪	ui去		

(2) 陽聲韻：二十二個

韻母 呼	雙唇鼻音尾韻母 （六個）			舌尖鼻音尾韻母 （九個）				舌根鼻音尾韻母 （七個）		
開口		am 擔	em 森	an 單	on 斷		en 扁	aŋ 彭	oŋ 忙	
齊齒	î鼻	im 林	iam 尖	iem 弇	in 珍	ion 全	iun 軍	ien 勸	iaŋ 青	ioŋ 娘	iuŋ 宮
合口					uan 灌		un 滾		uaŋ 梗	uŋ 窗

(3)入聲韻：十四個（少數字有-k尾）

韻母 呼	收p尾 （五個）			收t尾 （九個）				收k尾 （二個）	
開口		ap 答	ep 澀	at 罰	ot 割	et 八	（ak壢）		
齊齒	ip 汁	iap 接	iep 激	it 筆	iot 吮	iet 缺		（iuk） 局	
合口				uat 刮	uet 國	ut 掘			

(4)成音節鼻音：2

m女	n你

說明：

(1)/e/有兩個實際音質，[e]只在元音或元音韻尾；[ɛ]位置較低，在u、m、n、ŋ、p、t韻尾前，無變異作用，故歸為一個音位。

(2)入聲有一個應列入超陰入（壢）和少數超陽入（局、陸）有-k尾，懷疑是受到四縣的影響，本文不列為韻母。

(3)中古止、咸、臻、曾等攝開口少數字主要元音有ï，如：真tʃïn，疑是受到四縣的影響，本文不列為韻母。

3.聲調

調類	陰平	上聲	陰入		陽平	去聲	陽入	
			陰入	超陰入			陽入	超陽入
調號	1	2	4	9	5	7	8	10
調值	12	31	24	24	53	33	43	3
例字	公	妹	鐵	屋	婆	舊	疾	藥

說明：

(1)陰平為低升調，有若四縣的陰平調稍低。

(2)超陰入讀中升的舒聲調，不短促；超陽入較去聲短促，已和去聲合併無別，且變調和去聲無別，可併入去聲，為能使讀者能分辨其來源，調值記為3。

(3)超陽入有少數-k韻尾，如四縣讀高促調5，如：局kʰiuk⁵、陸liuk⁵，字數不多，疑是受到四縣的影響，不另列聲調。

四、連讀變調

　　連讀變調是一種語流音變現象，由於人們對發音動作簡便的要求，語流中相鄰音節的聲調在調型調值方面發生一種相互協調的變化，因此產生了變調（王福堂1999）[6]。連讀會產生變調的現象，漢語方言絕大多數都有。如「國語」只在「上聲」連讀才產生「前字變陽平」的連讀變調。漢語方言中，吳、閩兩方言的變調最爲複雜。在客語中，臺灣四縣客語最爲簡單，只發生在陰平接陰平、去聲、陽去等三聲調，前字陰平變調爲陽平；饒平客語最爲複雜，且各地大不相同[7]。觀音崙坪客話的連讀變調也非常豐富，不亞於饒平客家話，兩字連讀變調分述於下：

1. 陰平，在「各調」前都產生前字變調，都變成新聲調11。

2. 陽平，只在陽平調前產生前字變調，成爲去聲33，在其他調前都不產生連讀變調。
   紅毛 fuŋ⁵³ mu¹²、紅粄 fuŋ⁵³ pan³¹、茶罐 tsʰa⁵³ kuan³¹、黃豆 voŋ⁵³ tʰeu³³、圓桌 ven⁵³ tso²⁴、長襪 tʃoŋ⁵³ mat²⁴、成立 ʃin⁵³ lip⁴³、銅鑊 tʰuŋ⁵³ vo³³

$$陽平(53) \rightarrow 去聲調(33) / + 陽平(53)　銀行 ŋuŋ^{53\text{-}33} hoŋ^{53}$$

3. 上聲，在「各調」前都產生前字變調，變成去聲調33。

6　參閱王福堂，《漢語方言語音的演變和層次》（北京：語文出版社，1999），頁154。

7　請參閱呂嵩雁《臺灣饒平方言》頁101-124、徐貴榮《臺灣桃園饒平客話研究》頁51-61的連讀變調篇。

上聲(31)→(33) / ─
- 陰平(11) ── 洗衫se³¹⁻³³ sam¹¹
- 陽平(53) ── 枕頭tʃim³¹⁻³³ tʰeu⁵³
- 上聲(31) ── 水果fi³¹⁻³³ ko³¹
- 去聲(33) ── 寫字sia³¹⁻³³ sï³³
- 陰入(2) ── 過失ko³¹⁻³³ ʃit²
- 超陰入(24) ── 面目men³¹⁻³³ mu²⁴
- 陽入(43) ── 老實lo³¹⁻³³ ʃit⁴³
- 超陽入(3) ── 化學fa³¹⁻³³ ho³

4. 去聲33，在「各調」前都不產生連讀變調。
外甥ŋuai³³ sen¹¹、地球tʰi³³ kʰiu⁵³、父子fu³³ tsï³¹、順利ʃun³³ li³³、道德tʰo³³ tet²⁴、大約tʰai³³ ʒio²⁴、閏月vin³³ ŋiet⁴³、道學tʰo³³ ho³

5. 陰入，在「各調」前都產生前字變調，變成新聲調5。

陰入(24)→(5) / ─
- 陰平(11) ── 結冰kiet²⁴⁻⁵ pen¹¹
- 陽平(53) ── 出門tʃʰut²⁴⁻⁵ mun⁵³
- 上聲(31) ── 缺貨kʰiet²⁴⁻⁵ fo³¹
- 去聲(33) ── 發病put²⁴⁻⁵ pʰiaŋ³³
- 陰入(2) ── 一節ʒit²⁴⁻⁵ tset²
- 超陰入(24) ── 割肉kot²⁴⁻⁵ ŋiu²⁴
- 陽入(43) ── 結舌kiet²⁴⁻⁵ ʃet⁴³
- 超陽入(3) ── 鐵鑊 tet²⁴⁻⁵ vo³

6. 超陰入，在「各調」前都產生前字變調，變成新聲調55。

超陰入(24)→(55) / ─
- 陰平(11) ── 伯公pa²⁴⁻⁵⁵ kuŋ¹¹
- 陽平(53) ── 腳盆kio²⁴⁻⁵⁵ pʰun⁵³
- 上聲(31) ── 桌布tso²⁴⁻⁵⁵ pu³¹
- 去聲(33) ── 木匠mu²⁴⁻⁵⁵ sioŋ³³
- 陰入(21) ── 拆掉tsʰa²⁴⁻⁵⁵ tʰet²¹
- 超陰入(24) ── 叔伯ʃu²⁴⁻⁵⁵ pa²⁴
- 陽入(5) ── 篤實tu²⁴⁻⁵⁵ ʃit⁴³
- 超陽入(3) ── 竹蓆tsu²⁴⁻⁵⁵ tsʰia³

7. 陽入，在「各調」前均產生前字變調，和陰入調相同變成新聲調5。

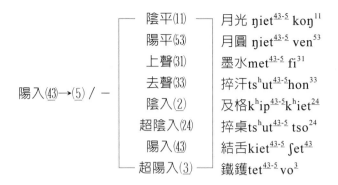

8. 超陽入**3**，和陽去調相同，在「各調」前均不產生前字變調。

　　讀書t^{h}u^3 ∫u^{11}、石頭∫a^3 t^{h}eu^{53}、學校ho^3 kau^{31}、白淨pa^3 ts^{h}iaŋ^{33}、落雪lo^3 set^{24}、白約p^{h}a^3 rio^{24}、學術ho^3 ∫ut^{43}、碌磚lu^3 ts^{h}u^3

五、語言歷時發展的特點

　　觀音崙坪地區羅姓的客家話，從中古演變到現代，語言歷時的發展，既有一般客家方言語音的共同特徵（見附錄三）和詔安客話相同的閩南客話特徵[8]，也有一些自己的語言特點；因地理之關係，受四縣和閩南的影響，表現在語音和詞彙上。

㈠ 閩南客話的語音共同特徵

1. 聲母

⑴古章組少數字讀f。

　崙坪客家話章系少數字讀f，亦即由擦音讀輕唇音，分布在船、書、禪三母。

船母：唇fin^{53}	船fen^{53}	書母：水fi^{31}	稅fe^{31}	禪母：睡fe^{33}

⑵古影組曉母少數字梅縣讀[s]的讀f，如：血fet^{24}。梅縣讀s的讀s-，如：兄saŋ^{12}。

⑶古見組溪母今讀k^h，不同於四縣、海陸客語讀f或h。

褲k^{h}u^{31}	窟k^{h}ut^{24}	起k^{h}i^{31}	殼k^{h}o^{24}	客k^{h}a^{24}	去k^{h}ui^{31}

8　參考陳秀琪，《閩南客家話音韻研究》（國立師範大學中國文學系博士論文，2006）。

(4) 古「云母」遇攝、山攝及「以母」山攝，四縣讀無聲母（海陸讀ʒ），部分讀v。

雨vu³¹	圓ven⁵³	遠ven³¹	勻vin⁵³	鉛ven⁵³	緣ven⁵³

(5) 古效攝四等泥母（娘）讀n，如：尿neu³³ 年nen⁵³。

4. 韻母

(1) 止攝開口三等「鼻」字讀鼻化韻pʰĩ³³。
(2) 古遇攝合口三等魚、虞影組云母少數字讀合口呼。如：
　　雨vu³¹、芋vu⁵⁵
(3) 古遇攝少數精組字讀ui，如：去kʰui³¹ 渠kʰui⁵³。
(4) 效攝四等端精組（含效攝二來母）讀eu，和流攝一等侯韻混，如：鳥teu¹²、料leu³³、蕭seu¹²、條tʰeu⁵³。
(5) 少數山攝開口二等字元音讀e，不讀a，如：八pet²⁴、莧hen³³。
(6) 山攝合口一等桓韻曉、影組，讀an，不讀on。如：
　　歡fan¹² 碗van³¹、腕van³¹
(7) 山攝合口一等桓韻見組讀合口韻uan，不讀on，比四縣、海陸客語更多合口韻。如：

官kuan¹²	寬kʰuan¹²	罐kuan³¹	闊kʰuat²⁴

(8) 山攝三等仙韻章組和日母部分字讀e，不讀on或ion，如：
　　磚tsen¹² 軟ŋien¹²
(9) 蟹攝二等皆佳二韻「並匣影」母字讀e，如：

排pʰe⁵³	牌pʰe⁵³	稗pʰe⁵⁵	鞋he⁵³	蟹he³¹	矮e³¹

(10) 蟹攝二等明母和蟹攝四等讀i。如：

埋mi⁵³	買mi¹¹	賣mi⁵⁵	泥ni⁵³

(11) 蟹、梗二攝四等端組部分字及梗攝二等少數字，其主要元音為e，不讀ai、aŋ。

底te³¹	啼tʰe⁵³	弟tʰe¹²	犁le⁵³	聽tʰen¹¹	廳tʰen¹¹	冷len¹¹

⑿果攝、效攝少數字讀u，如同遇攝：

挪nu⁵³磨～石mu⁵³ ～刀nu³³毛mu¹²帽mu³³

⒀m、n、ŋ等鼻音韻尾齊全；但p、t、k等塞音韻尾不全，古宕、江、梗、通四攝舒聲讀ŋ，入聲沒有k-韻尾，陰入變成中升舒聲韻，陽入變成中短調，讀如去聲。如：宕、江、梗、通四攝舒聲、入聲的對應。

朗loŋ³³　　腳kio²⁴　　江koŋ¹²　　桌tso²⁴　　驚kiaŋ¹²　　石ʃa³³　　馮pʰuŋ⁵³　　竹tsu²⁴

⒁遇攝合口一等摸韻見組疑母「吳、五、午」等字、三等魚韻泥母「女」、疑母「魚」、微母「毋」等字讀成音節聲母m-。

5.聲調

觀音崙坪客家話的聲調，和四縣話雖同樣有六個基本聲調，但從中古到現在的演變，平聲與四縣、海陸客家話分陰陽無別。但上、去、入三聲卻有不同的演變特徵。

⑴**古陰上和陰去合併為今讀上聲，如：**

苦kʰu³¹、褲kʰu³¹　　　　把pa³¹、霸pa³¹　　　　董tuŋ³¹、棟tuŋ³¹

⑵古濁上和濁去合併為今讀去聲，如：

杜tʰu³³、度tʰu³³　　　　市si³³、侍si³³　　　　道tʰo³³、盜tʰo³³

⑶古咸深兩攝舒聲韻尾讀m，入聲韻尾讀p：山臻曾三攝舒聲讀n，入聲韻尾讀t；宕、江、梗、通四攝舒聲韻尾讀ŋ，部分讀n；入聲韻尾部分讀t，卻沒有k-。有k尾的陰入變成中升舒聲「超陰入」，調值24；陽入變成中短調「超陽入」[9]。雖然「超陽入」，調值3，讀之有若「去聲」稍短促，但變調時和去聲相同，「可和去聲合併」，為表示其來源不同，仍另立一個聲調。如：

---

[9] 「超陰入」原見徐貴榮（筆者）（2002）碩士論文《臺灣桃園饒平客話研究》頁47。這個「陰入」聲調性徵超出了原來聲調的格局，故而稱之為「超陰入」，本文將之調號定為第9調。張屏生（2003）聲韻學會第二十一屆學術研討會論文〈臺灣客語次方言差異〉一文中首先提出「超陽入」這個名稱，本文定為第10調。「超陰入」「超陽入」在漢語入聲演變過程中扮演重要的語音特色，也提供研究漢語聲調演變的最佳語料。

宕		江		梗		通	
超陰入	超陽入	超陰入	超陽入	超陰入	超陽入	超陰入	超陽入
腳kio²⁴	落lo³	桌tso²⁴	學ho³	客kʰa²⁴	白pʰa³	穀ku²⁴	讀tʰu³

(二) 崙坪客家話的語音特點

1. 效攝三等分讀iau(au)、eu、iu。

　　精見影組大部分讀iau，如：消siau¹²、秒miau³¹；少部分讀iu，如蕉tsiu¹²、笑siu³¹。

　　幫見組讀iu和流攝三等尤韻混，部分讀iau如：廟miu³³、橋kʰiu⁵³、貓ŋiau³³。

　　知章組大部分字讀eu，如：趙tʃeu³³、燒ʃeu。

2. 古山攝三、四等韻字，幫端精曉組沒有[i]介音。如：

銀ŋun⁵³	節tset²⁴	先sen¹²	錢tsʰen⁵³	雪set¹²	圓ven⁵³	鐵tet²⁴	連len⁵³

(三) 崙坪語音特點試析

1. 聲母

　　古章組少數字讀[f]在閩西、閩南和饒平客家話，甚至贛語、近贛語區的少數湘語、陝西、山西南部都有章組字擦音（包含船、書、禪）聲母讀輕唇音f的現象。以「水」為例：客語秀篆ᶜfi、武平ᶜfi/sɛi、寧化ᶜfi，贛語吉水ᶜfu、宜豐ᶜfi、修水ᶜfi、建寧ᶜfi[10]，西北官話西安ᶜfei，在漢語方言的演變中獨樹一格。有學者認為這些是客家先民自中原南遷的存留痕跡[11]。但是，本文以為陝西、山西南部讀f的方言點，除了章組合口字全部外，還包含莊組字全部，例如西安帥生fæ霜生faŋ刷生fa。另外，在西北方言還有一套pf、pfʰ聲母出現。袁家驊（2001：31）認為按其來源可分兩種情況：一是幫組來源的pf、pfʰ，分布在陝西寶雞市麟游縣等地，u韻和o韻之前沒有p、pʰ，只有pf、pfʰ。如「跛」pfo、「坡」ofʰ、「布」pfu、「樸」pfʰ[12]。二是

---

10 此七個方言點參見李如龍、張雙慶主編（1972）《客贛調查報告》，頁57。

11 見張光宇（1996）《閩客方言史稿》，頁79、246。文中舉出客贛地區及山西汾河片水字讀f的方言點。

12 見袁家驊，《漢語方言概要》頁31引白滌洲、喻世長《關中方音調查報告》（中國科學院出版，1954），頁6。

知照組，包含知、莊、章組聲母合口字都發pf、pf^h。如：西安豬知pfu、追知pfei、初初pf^{h}u、春昌pf^{h}ẽ，而這些塞擦音的重要音韻變化特徵都未出現在客贛區，客贛地區只有少數章組擦音，也沒有任何莊組擦音字讀f。所以，本文以爲這可能是客贛地區和西北漢語方言的共同平行變化，客家先民南下的殘存仍有待研究。

　　至於古曉、匣、云、以母今讀v，如血、縣、園、緣是保留古合口的殘存[13]。同時，古溪母字完全讀k^h，不同於廣東系統客語部分讀f或h，是受粵語的影響[14]。

2. 韻母

　　知章組大部分字讀eu，應是是受了四縣話語言接觸的影響。如：趙tʃ^{h}eu^{33}，聲母tʃ^{h}讀如ts^h，韻母應是iau讀eu。

　　徐通鏘（2004：151）引鄭張尙芳（1933）〈雲南白語與上古漢語的音韻、詞彙、語法聯繫看其系屬問題〉一文，提出「漢語中古音的三等字在白語中的反映基本上沒有i介音，多屬開口韻，這可證明我們關於『中古的三等韻字在上古沒有i介音的假設』」，說明漢語中古沒有i介音。

　　另外，徐通鏘（1997：178）根據李榮（1952：104-108）「從反切、音理、梵漢對音等證明四等韻的元音爲e，沒有i介音。近年來，尉遲治平（1982：25-26）、施向東（1983:36）又根據漢梵對音的材料，也認爲四等韻無i介音。現代方言也爲此提供了有力的支持」。所以，他認爲：「切韻時期四等韻的主要元音是e，它最早與三等韻合流，在現實方言中已難以見到三四等的區別，舌位愈高產生i介音的可能性就愈大。」[15]

　　如此看來，崙坪客家話這項特點，是保存漢語上古三等韻沒有i介音和四等韻的主要元音是e的上古音韻留存，是相當寶貴的現實方言證據。

5. 聲調

　　少數陽入字有-k韻尾的聲調，調値是2，如：壢；或5，如：局，受四縣話的影響無疑。

---

[13]　參見羅美珍、鄧曉華（1995:37-38）認爲匣母演變的途徑應當是ɦu→u→v，首先是全濁輔音*ɦ脫離，然後u介音由於唇音緊化作用變爲摩擦音v，客話小部分匣母合口字唸v，僅僅反映曉峽一種不規則的歷史音變現象。

[14]　見羅肇錦〈梅縣話是粵化客語的說略〉，第四屆客方言研討會論文，收錄於謝棟元主編《客家方言研究》（暨南大學出版社，2002），頁34-50。

[15]　見徐通鏘，《語言論——語義型語言的結構原理和研究方法》頁178、168。另見徐通鏘，《漢語研究方法論初探》，頁155。

六、重要詞彙

　　觀音崙坪的客家話有其特殊的詞彙，在語言接觸的多元地帶，更具特殊的「疊置」風貌。舉隅如下：

1. 和梅縣不同，和詔安較爲接近的詞彙（注本調，＊記號爲和梅縣相同，讀音和梅縣相同，※記號爲崙坪的特殊詞彙）

崙坪詞彙	音讀	國語	崙坪詞彙	音讀	國語
講事	kon^{31} si^{33}	說話	天崠	t^hien^{11} tun^{31}	天上
電事	t^hien^{55} si^{33}	電話	※打攝光	ta^{31} $niap^{24}$ kon^{12}	閃電
食晨早	$\int et^{24}$ $t\int^hin^{53} tso^{31}$	吃早餐	※七色穹	$tsit^{24}$ set^{24} kun^{12}	彩虹
映	ian^{31}	看	灰泥	foi^{12} ni^{53}	陶土
疾	ts^hit^{5}	痛	草堆	ts^ho^{31} toi^{12}	稻草堆
嗳	vo^{31}	哭	掃刀	so^{31} to^{12}	長劈草刀
卵崽	lon^{31} tse^{31}	絲瓜	縈草縈	vin^{12} $ts^ho^{31} vin^{12}$	綁草結
擔穀擔	tam^{12} ku^{24} tam^{12}	挑稻穀	＊禾串	vo^{53} ts^hen^{53}	稻穗
供豬	$kiun^{12}$ $t\int u^{12}$	養豬	＊打鱗	ta^{31} len^{53}	刨除魚鱗
※蟪	fen^{31}	蚯蚓	※牛扚外	niu^{53} tak^{43} $nuai^{33}$	牛犁
棟脊	tun^{31} $tsit^{24}$	屋脊	雞竇	kie^{12} teu^{31}	雞舍
煎匙	zen^{12} $\int i^{53}$	鍋鏟	※屏針	pin^{31} $t\int in^{12}$	別針
滴搭仔	tit^{24} tap^{24} e^{31}	零食	挽頸	ven^{31} $kian^{31}$	上吊
腹臍	pu^{24} ts^hi^{53}	肚臍	歪樣	vai^{12} $zion^{33}$	醜
笠婆	lip^{24} p^ho^{53}	斗笠	伯嬭	pa^{24} mi^{12}	伯母
阿子	a^{12} $ts\ddot{i}^{31}$	兒子	阿女	a^{12} m^{31}	女兒

2. 閩南語借音、借詞

崙坪詞彙	音讀	國語	崙坪詞彙	音讀	國語
溪	k^hie	河流	番貝	fan^{11} bue^{33}	玉蜀黍
墓仔埔	mun^{33} e^{31} p^hu^{12}	墳地	白龍	pe^{33} $lion^{33}$	菠菜
龍眼	lin^{11} gin^{53}	龍眼	茼蒿	tan^{11} o^{33}	茼蒿
田仔	ts^han^{11} e^{55}	蜻蜓	手巾	siu^{33} kun^{12}	手巾

崙坪詞彙	音讀	國語	崙坪詞彙	音讀	國語
薰	fun^{12}	煙	雨幪	ho^{33} muã^{55}	雨衣
阿嬤	a^{11} ma^{53}	祖母	阿公	a^{11} koŋ^{55}	祖父
阿嬸	a^{11} zim^{53}	叔母	條阿子	tiau^{24} a^{55} tsi^{31}	青春痘
賺錢	t^{h}an^{31} ts^{h}en^{53}	賺錢	賺食	t^{h}an^{31} ʃit^{43}	謀生

3.你我他代詞

我	你	他
㧡ŋai^{53}	你n-^{53}	佢kui^{53}

4.詞綴

⑴有前綴「阿」，後綴「頭」、「牯」、「嬤」、「公」、「仔尾詞」
等，和一般客家話相同，但「仔」尾詞讀「e^{31}」，使用範圍「窄
化」，應是受到四縣話的影響。因爲當地「仔」讀音還有少數和平和
縣志讀「tsï」一樣，如：腰子（腎臟）ieu^{12} tsï^{31}、蜗子kuai^{31} tsï^{31}（青
蛙）。「仔」尾詞讀「e^{31}」應是受到四縣話的植入。

⑵沒有中綴「晡」，「今天」說成「今日」，而不是「今晡日」；「昨
天」說成「謝日」而不是「昨晡日」。

⑶沒有後綴「哥」、「姑」
臺灣四縣客語稱「蛇」爲「蛇哥」，但崙坪客話只稱「蛇」而已，變
成單音詞，沒有後加成分「哥」。臺灣四縣、海陸客語稱女性「胸
部」爲「奶姑」，崙坪客話不論「胸部」或「乳汁」都只說「奶
nen^{31}」而已。

七、語言的歸屬

　　無可否認，崙坪客家話爲數甚少，只有一大家族來臺兩兄弟所傳後裔。
據發音人表示，過去家族在家中、社會上交際一定說母語。後來，由於周圍
地理方言的接觸、時代的洪流、婚姻的影響[16]、工商業的發達、人口快速的
增加等多重原因，母語快速消失，最後只在家族中溝通而已，家中甚至已多

---

[16] 發音人之一之配偶娶自觀音鄉藍埔村高姓說豐順客家話，她表示自己所說的是另一種四縣話，父親
從小並未告訴她說的是豐順話，直到筆者告知，她才打電話回去詢問確定。

用四縣、閩南語溝通。所以，該家族的客家話，除了自有的語音特點外，還具有一些臺灣四縣語音特徵。例如部分舌葉音tʃ-組改說舌尖前塞擦音ts-組，濁擦音ʒ-大部分丟失，如：冬至tsï[31]、番油iu[53]。另外，如前節所述，詞彙和語音也有一些閩南話的反映。儘管如此，崙坪客語自己的語音特點，仍然保留在自己的語言裡。

「語言之間的關係，除了血緣與地緣之外，還可以從他們共處的社會背景來界定」（何大安1996）[17]。從周長楫、林寶卿（1994）〈平和縣九峰客話初探〉、莊初升、嚴修鴻（1994）〈閩南四縣客家話的語音特點〉[18]以及《平和縣志方言客語篇》、陳秀琪（2006）《閩南客家話的音韻研究》看來，和詔安、饒平客家話都屬同一系統的客家話，可以把這一大片爲分區的客家話成立一個「漳潮片客語」[19]。

爲了要釐清其語言歸屬，有極度的困難，在本文中使用對比的方法。語言對比可從語音、詞彙、語法、語用、篇章等多方面實施[20]，但本節只從語音的對比來比較語音的差異，已可見其梗概。因爲根據研究，在語言的接觸中，在語言較弱勢或被邊垂地帶，詞彙的變動比語音快速[21]。以桃園、苗栗、屏東代表臺灣北中南的四縣話而言，桃園四縣話被新竹海陸話相隔兩處，而與海陸較相往來，於是語音與苗栗雖一致，但詞彙則傾向海陸的說法。就以日常生活的菜類爲例[22]，如：

國語詞彙	梅縣客話	屏東四縣	苗栗四縣	桃園四縣	新竹海陸	崙坪	平和
花生	番豆	番豆	番豆	地豆	地豆	地豆	涂豆
南瓜	番瓜	番瓜	番瓜	黃瓠	黃瓠	黃瓠	金瓜
茄子	吊菜仔	吊菜仔	吊菜仔	茄／吊菜仔	茄仔	茄	

---

[17] 參閱何大安，《聲韻學的觀念與方法》，頁161。

[18] 九峰客話及閩南四縣客話都在《客家縱橫・首屆客家方言學術討論會專集》（福建龍岩：閩西客家學研究會）。

[19] 閩南四縣客家話（古屬漳州），和廣東饒平、大埔、豐順（古屬潮州）在音韻上有相同的演化和發展，可建立一個「漳潮片客家話區」，相關論文請見徐貴榮〈漳潮片客家話的分區芻議──以臺灣饒平客家話音韻談起〉，原是第五屆客家方言暨首屆贛方言研討會論文，2002年7月南昌大學承辦，會後論文收錄於《客贛方言研究》，頁14-26。

[20] 請參閱許余龍，《對比語言學》（上海外語出版社，2002），頁261-270。

[21] 根據鄧勝有，《臺灣四海話的研究》（新竹師範臺灣語言與語文教育研究所碩士論文），頁406。在四縣、海陸混雜的區域，以四縣爲底層的演變，詞彙〉語音，以海陸爲底層的語音〉詞彙。

[22] 客家同義詞參考徐光榮《臺灣客家話義詞比較研究》（輔仁大學中文研究所碩士論文，1997）和《客贛調查報告》（1992）。

國語詞彙	梅縣客話	屏東四縣	苗栗四縣	桃園四縣	新竹海陸	崙坪	平和
韭菜	韭菜／快菜	快菜	快菜	韭菜	韭菜	韭菜	
蘿蔔	蘿蔔	蘿蔔	蘿蔔	菜頭	菜頭	菜頭	菜頭

　　桃園四縣話說的大都是海陸客語的詞彙，同理，在苗栗的海陸人也說苗栗四縣的詞彙，如「番瓜」。相反地，根據鄧勝有（2000）海陸客家話較爲集中的新竹地區，海陸人說四縣話首先受影響的是語音而不是詞彙。

　　下列各表爲根據《平和縣志》（九峰鎮客話），同時參考〈平和縣九峰客話初探〉代表平和客家話、《客贛調查報告——秀篆》及《臺灣漳州話客話研究——以詔安爲代表》代表臺灣雲林詔安話[23]、《饒平縣志・方言——上饒客家話》、《臺灣饒平方言》和《臺灣桃園饒平客話研究》代表饒平話等文獻資料，和觀音崙坪客家話的參照，再比照，饒平客家話的詞彙[24]，但詞彙不列入本文對比，本文謹以前節所列「自己獨特的特點」語音部分，逐項加以比對（相同者畫＋，部分相同者畫＋／－，臺灣詔安以雲林崙背爲代表，臺灣饒平以芎林上山村林姓爲代表，上饒饒平話以饒洋鎮爲代表）。

1. 聲母

項目	觀音崙坪	福建平和話	臺灣詔安話	臺灣饒平話	上饒饒平話	例字
(1) f	＋	＋	＋	＋	＋	水睡
(2) f	＋	＋	＋	＋	＋	血
(3) k^h	＋	＋	＋	＋	＋	褲客
(4) v	＋	＋	＋	＋	＋	園勻
(5) n	＋	＋	＋	＋	＋	尿年
(6) s	＋	－	＋	－	－	兄
(7) dz	－	＋	－	－	－	夜影

說明：

甲、第2項，臺灣饒平卓蘭點「血」讀 fet^2，竹北六家點讀 $fiet^2$。

乙、第4、5兩項，臺灣饒平各地聲母不一致。

---

[23] 臺灣詔安話現存雲林崙背相較多，本文參考陳秀琪《臺灣漳州話客話研究——以詔安為代表》（新竹師範臺灣語言與語文教育研究所碩士論文）。

[24] 主要參照《饒平縣志・方言篇》、呂嵩雁《臺灣饒平方言》、筆者《臺灣桃園饒平客話研究》，主因是詞彙在各次方言間變異較大。

丙、第6項崙坪、平和、詔安秀篆、臺灣詔安、饒平各讀saŋ、hiã-、hiuŋ、saŋ、hiuŋ/hiang。

丁、第7項平和有dz聲母，而臺灣崙坪、詔安、饒平都是ʒ聲母。

由聲母的比較，崙坪客家話和平和、詔安客家話相近度較高。

2. 韻母

項目	觀音崙坪	福建平和話	臺灣詔安話	臺灣饒平話	上饒饒平話	例字
(1)ĩ	+	+	+	+ / －	－	鼻
(2)u	+	+	+	+	+	雨芋
(3)ui	+	+	+	－	－	去
(4)iau/eu/iu	+	+	+	－	－	秒燒橋
(5)eu	+	+	+	+ / －	+	鳥料
(6)e	+	+	+		+	八覓
(7)an	+	+	+	+	+	碗腕
(8)en	+	+	+	+ / －	+	磚轉
(9)uan	+	+	+	+	+	官罐
(10)e	+	+	+	+	+	牌鞋
(11)i	+	+	+	+	+	買埋
(12)e	+	+	+	+	+	聽弟
(13)u	+	+	+	+ / －	+	毛糯
(14)無k入聲韻尾	+	+	+	－		桌石
(15)m-	+	+	+	－	+ / －	女五
(16)山攝三等無介i音	+	+ / －	+ / －	+	+	節前
(17)撮口y	－	+	+ / －	－	－	去豬

説明：

(1) 第1項，鼻化音崙坪和部分臺灣饒平只剩「鼻」一字，分布在少部分地區。福建平和有七個，饒洋沒有鼻化音，新豐則有多個鼻化音。

(2) 第3項，福建平和讀撮口y，饒平讀iu。

(3) 第4項，臺灣詔安讀iu/io，詔安秀篆讀iau（au）/iu、臺灣饒平全讀iau（au）。

⑷ 第1、5、8、9四項，臺灣饒平都有兩種讀法：an/en、uan/on、u/o。

⑸ 第15項，秀篆詔安「女」讀撮口y，臺灣詔安讀m-（文讀y）、饒平讀成音節鼻音 ŋ，上饒客家話「女子」（女兒）白讀成音節鼻音ŋ，文讀「子女」讀ŋiu，「五」 則讀成音節鼻音m。

⑹ 第16項，古三等字，崙坪和平和大部分沒有[i]介音，饒平只有臺灣卓蘭和八德兩 方言點沒有介音，詔安沒有規則。

⑺ 第17項，平和、詔安有撮口韻，崙坪、詔安、饒平客語都沒有撮口韻。

　　由韻母的比較，崙坪客家話和平和、詔安客家話相近度雖較高，相差的 程度極細微，崙坪≒平和≒詔安〉饒平。

3. 聲調

項目	觀音崙坪	平和	詔安	臺灣饒平	上饒饒平話	例字
⑴陰上、去合	＋	＋	＋	＋	＋	苦褲
⑵陽上、去合	＋	＋	＋	＋	＋	道盜
⑶有超陰、陽入	＋	＋	＋	－	－	腳白

說明：

⑴ 第3項，只有臺灣新屋陳姓、八德袁姓家族饒平話有「超陰入」，沒有「超陽 入」，他們兩姓都來自饒平縣元歌都嶺腳鄉嶺腳村，今上饒鎮嶺腳村。

⑵ 若從調值判斷，或受發音人、記音人影響，除饒平較易分辨外，其他差異不大。 列表於下：

調類			陰平	陽平	上聲	去聲	陰入		陽入	
							陰入	超陰入	陽入	超陽入
調號			1	2	3	6	7	9	8	10
調值	崙坪		12	53	31	33	<u>24</u>	24	<u>43</u>	<u>3</u>
	平和		22	254	31	55	<u>132</u>	214	<u>43</u>	
調值	詔安	秀篆	13	54	51	33	<u>24</u>		<u>3</u>	
		雲林	11	53	31	55	<u>24</u>	⑳	<u>43</u>	⑤⑤
	饒平	桃園、卓蘭	11	53	31	55	<u>21</u>		<u>5</u>	
		新竹、上饒	11	55	53	24	<u>21</u>		<u>5</u>	
例字			公	婆	妹	舊	鐵	屋	疾	藥

備註：

(1) 臺灣詔安超陰入、超陽入為筆者依發音人、資料添加。

(2) 桃園饒平除中壢過嶺外各點，包含桃園縣內、苗栗卓蘭地區的聲調。新竹饒平為新竹各地以及中壢過嶺、廣東上饒的聲調，不過新竹紙寮窩、屏東枋寮的陽去為中平調55。

4.代詞及「仔」尾詞

項目	觀音崙坪	平和	臺灣詔安	桃園饒平	新竹饒平
(1)我	ŋai^{53}	ŋai^{53}	ŋai^{53}	ai^{53}	ŋai^{55}
(2)你	n-^{53}		hen^{53}	ŋi^{53}	ŋi^{55}
(3)他	kui^{53}	ky^{53}	kui^{53}	ki^{53}	ki^{55}
(4)仔	e^{31}	tsï^{3}	tsï^{3}	e^{31}	ə^{32}

說明：

(1) 《平和縣志》沒有「你」的記音。

(2) 饒平客語「仔」尾詞的有無，在各地區使用不同，可能受語言接觸而有所影響。

八、結語

崙坪發音人自說：「我們講的是饒平客家話。」可能是長期以來，羅姓族人處在多元語言「疊置」的環境裡，無法清楚自己的語言歸屬，況且《饒平縣志》也說九峰鎮客語近於饒平話。可是觀音崙坪羅姓可能來自九峰鎮北的長樂鄉，所以認為自己所說的話是和周圍四縣不同的饒平客家話。因要分辨該家族自稱自己所說的是否為饒平客家話，本文透過實地調查，訪查兩位發音人，對其語音透過歷時和共時的面貌，發現該語言除了呈現多元風貌，既有一般客家話的特點，有詔安話的表徵，又參雜了一些閩南詞彙和語音，以及自己一些重要的特徵。分析比較結果如下：

1. 崙坪的客家話大都無[i]介音，和福建平和客話、苗栗卓蘭饒平相同，同是上古音韻的留存。

2. 聲調的分化上，和詔安話幾無區別，顯然不是饒平客家話。不過「仔」尾的使用上和福建平和類似，但發音改為和四縣相似，與詔安不同。

3. 處於多元語言地區，易受他語的入侵，有四縣客語的語音特徵，少數古精庄知、章組聲母混合讀如精組，如：莊tsoŋ、張tsoŋ。開口止攝三等精知莊章組和深、臻、曾、梗等四攝知莊章組，主要元音今讀舌尖前元音

ï。如：止tʃï，針tʃïm，可能受地理方言四縣話的影響。

4. 崙坪客家話的閩南語語音及詞彙使用，應是源自原鄉，現受電視媒體及周遭環境普遍使用及通婚的影響，再加上國語強勢入侵，該地客話，包含四縣，也已岌岌可危。

5. 福建平和和詔安客話秀篆都有撮口呼y，如：豬tʃy，可是臺灣的崙坪客話和臺灣詔安客話沒有撮口呼y，分別讀合口呼或齊齒呼tʃu、tʃi。

6. 福建平和和饒平客話原　都有數個的鼻化音，崙坪、臺灣詔安只剩「鼻」pʰĩ⁵⁵一字，臺灣饒平只剩中壢芝芭里劉姓、中壢市興南里詹姓、卓蘭詹姓家族家族有「鼻」pʰĩ⁵⁵一字而已。

　　觀音崙坪羅姓家族所說的客家話，從音韻的比較上，最大的差別在於「入聲的分化」，其他和詔安系統的閩南客家話，並無很明顯的特徵，況且來臺已經歷八代，約有二百多年的歷史，而原鄉平和縣志語音九峰鎮爲記錄語音，與記載必有出入，要從音韻的特徵上很難斷定其語言的歸屬，但從細微的「入聲」來看，同屬閩南客話的同一系統，絕非饒平客話。其他只能尋求旁證，若從族譜的記載，固然來自福建閩南就漳州府平和縣地區，但小地名「大埔祖庵邊老厝下」已無法從今日《平和縣志》古今地名沿革去對照，族人又不曾回原鄉尋根，在地圖上和饒平只一線之隔，無怪乎說自己的話是饒平話。閩南四縣的客家話來自閩西，當屬閩西客話體系，其實不然；由於歷史、地理、社會的原因，平和縣的客話既不屬於閩西長汀的客家話，也跟廣東梅縣一帶的客家話有別[25]。平和客話和詔安極其相似，又和相鄰的廣東省饒平客話相近，筆者也曾提出應分出一個「漳潮片客語」，但他們之間仍有極細微的差異。透過語言的調查與分析，觀音崙坪的客家話雖大都無[i]介音和苗栗卓蘭饒平話類似，但聲調上顯然不是饒平客家話。和詔安話幾無區別，可列爲同一系統，但在古三等字有無[i]介音和「仔」尾的使用上，崙坪的客家話歸之詔安話，仍覺不妥。將之歸於閩南客家話系統之下的方言點——平和客家話較爲妥當，也符合族譜來源，在「社會語」[26]的洪流下，替其在臺灣留下一點寶貴的蹤跡。

---

[25] 參見《平和縣志》頁849，〈卷四十三．方言〉，客家話地區分成九峰、長樂、大溪等三個點。平和講客話的地區只有九峰鎮陳坑、福山、新山，其他其他客家話地區閩客兩方言都通行。

[26] 社會語，指流通於現實社會的共同語。客家人語言的流失，有很多也因為「婚姻」關係，放棄「家訓」，在家庭改以閩南語或國語等社會語溝通。饒平話只有在宗族之間溝通，最後客家話在家庭中消失，龍潭三坑子、銅鑼圈的小方言區饒平話就是如此消失的。其實，整個客家話變成福佬客的過程也是循著這個過程進行的，崙坪地區的客家話，包含平和、四縣，已經在淹沒進行式中。

附錄一

1. 發音人

⑴羅添財，1931年生，務農，世居觀音崙坪，日據時期公學校畢，通日、閩、國、四縣客語。

⑵羅清強，1947年生，商業，世居觀音崙坪，專科畢，通閩、國、四縣客語。

2. 受訪人

廖偉成，1978年生，教育，世居雲林崙背，說詔安話，師範學院畢，通閩南語。

附錄二　崙坪羅姓族譜手抄本

族譜序

福建漳州平和一世開基祖

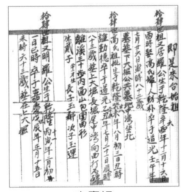

來臺祖

附錄三　崙坪地區羅姓客話具有一般客家方言的共同音韻特徵

1. 聲母方面

(1) 古全濁聲母不分平仄，今讀爲送氣清聲母。如：

婆並平pʰo⁵³	白並仄pʰa³	除澄平tsʰu⁵³	箸澄仄tsʰu³³	蹄定平tʰe⁵³　及群入kʰip⁴³

(2) 輕唇白讀　部分今讀保存重唇音，豐富地反映了古無輕唇聲母的特色。如：

幅pu²⁴	斧pu³¹	蜂pʰuŋ¹²	飛fui¹²/pui¹²	發fat²⁴/put²⁴　分fun¹²/pun¹²

(3) 知系少數字今白讀保留端系，是古無舌上音的殘存。如：

文白兩讀：	知tsï¹²/ti¹²	啄tuk²⁴	展tsan³¹/tien³¹	中tsuŋ¹²/tu¹²

(4) 章母少數字讀[k]、[kʰ]和崇母「柿」讀kʰi³³。
章母字「枝、支、肢」都讀ki¹²，「脧」讀kʰin¹²。

(5) 鼻音聲母有m、n、ŋ。如：馬ma¹²、泥ni⁵³、瓦ŋua³¹。

(6) 唇齒擦音有清（f）、濁（v）之分。
古曉、匣合口字多讀爲f，混同非、敷、奉母。如：

火曉果－fo³¹	歡曉山－fan¹²	華匣假二fa⁵³	惠匣蟹四fui³³

古微、影、匣、云及少數曉、以母合口都有讀v聲母。如：

舞微遇vu³¹	晚微山van³¹	窩影果vo¹²	腕影山van³¹
禾匣果vo⁵³	鑊匣宕vo³	歪曉蟹vai¹²	維以止vui⁵³

2. 韻母方面

(1) 四呼不齊，沒有撮口呼y。
古合口遇攝三等魚、虞的來、精、日、見、曉、影組讀齊齒呼。如：

呂li¹²	徐tsʰi⁵³	如ʒi⁵³	居ki¹²	虛hi¹¹　　於ʒi⁵³

合口山攝三等仙元、四等先，精見等組；臻梗二攝三等諄文，見曉影等組讀齊齒呼。如：

宣sien^{12}	圈k^{h}ien^{12}	（山仙）	勸kien^{31}	月ŋiet^{24}	（山元）
犬k^{h}ien^{31}	決kiet^{24}	（山先）	橘kit^{24}	勻vin^{53}	（臻諄）
韻ʒiun^{33}	勳hiun^{12}	（臻文）	瓊k^{h}iuŋ^{53}	榮ʒiuŋ^{53}	（梗庚清）
宮kiuŋ^{12}	熊him^{53}	日ŋit^{24}	（通東鍾）		

(2)效攝一等大部分與果攝一等混讀o。如：
　　保po^{31} 桃t^{h}o^{53} 曹ts^{h}o^{53} 高ko^{12}
(3)江攝讀如通攝。如：窗ts^{h}uŋ^{12} 雙suŋ^{12}。

3.聲調方面

(1)古上聲次濁聲母部分今讀陰平。如：
　　馬ma^{12} 尾mui^{12} 暖non^{12} 里li^{12} 軟ŋien^{11}等數十字。
(2)古上聲全濁聲母部分今讀陰平。如：

簿並p^{h}u^{12}	伴並p^{h}an^{12}	被並p^{h}i^{12}	辮並pen^{12}	斷定t^{h}on^{12}
淡定t^{h}am^{12}	弟定t^{h}e^{12}	丈澄ts^{h}oŋ^{12}	重澄ts^{h}uŋ^{12}	舅群k^{h}iu^{12}

(3)有一些古上聲清母字今讀陰平。如：

普p^{h}u^{12}	匪fui^{12}	埔pu^{12}	鳥teu^{12}	組tsu^{12}

客語「漳潮片」的分片芻議──以臺灣饒平客家話音韻談起[1]

1 本文為「第五屆客家方言和首屆贛方言研討會」會後
論文，2002年7月於江西南昌大學舉行，收錄於劉綸
新主編《客贛方言研究》（香港：靄明出版社出版，
2004年），頁14-26。

摘　要

　　黃雪貞先生根據客家話的分布及語音特點，把客家話分成若干片，並在「片」下分成若干「小片」，文中沒有把廣東饒平和閩南的客家話列入分片中。過去有學者認爲應將此一廣大地區分片。本文根據臺灣的饒平客家話語音特點，嘗試研究其原鄉與周邊客家話，包括福建今漳州市屬詔安、平和、南靖等縣；廣東省梅州市屬大埔、豐順等縣，提出古章組少數聲母讀 f-，如：水 fi^2；古蟹攝開口二等幫組部分字讀 e，如：排 p^he^5，四等字部分讀 e，如：弟 t^he^1；古陰上和陰去合流而成上聲的共同現象做一比較。以爲這一地區客家話來自閩西，但和閩西客家話有不同的語音特徵，又有和梅縣不同的重要差異，根據這一共同語音特徵和不同的地理位置，應該給予分片。詔安、平和、南靖等縣今屬漳州市，饒平屬潮州市，並加舊潮州屬大埔、豐順等縣，故本文將此一地區的客家話定名爲「漳潮片」。

關鍵字：漳潮片　分片　饒平客家話　韻攝

一、客家話的分片

　　1987年《中國語言地圖集》問世，將漢語方言分成官話、晉語、吳語、徽語、贛語、湘語、閩語、粵語、平話、客家話等十區，客家話區人口三千五百萬（李榮1989：11）。

　　根據客家話在廣東、福建、臺灣、江西、湖南的分布及其語言特點，按省區把客家話分爲若干片[2]（黃雪貞1987：81-96）。其中廣東省與臺灣省的客家話區分爲粵臺、粵中、惠州、粵北等四片，其中粵臺片包括廣東省東部二十個縣市、北部三個縣市以及臺灣省西北部三個縣、南部二個縣。同時把本片分爲四個小片：

1. 嘉應小片八個縣市：梅縣市、蕉嶺、平遠、苗栗、新竹、桃園、屏東、高雄。
2. 興華小片五個縣市：興寧、五華、大埔、豐順、紫金。
3. 新惠小片十二個縣市：新豐、惠陽、惠東、寶安、龍門、佛岡、清遠、

---

[2]　參見黃雪貞，〈客家話的分布與異同〉，《方言》1987年第二期。此文中黃雪貞將粵、閩、臺、贛、湘等地的客家話分片，把廣東和臺灣的客家話分成粵臺、粵中、惠州、粵北等四片，其中粵臺片又區分成四小片：福建西部的客家話稱爲汀州片，江西、湖南的客家話分成寧龍、于桂、銅鼓等三片。沒有把四川、廣西、閩南的客家話列入，形成一大片未分區的客家話區。

從化、增城、海豐、陸豐、東莞。
4. 韶南小片三個縣市：韶關市、曲江、英德（部分地區）。

二、臺灣的饒平客家話

1. 臺灣客家話五大系統

臺灣客家話來自大陸廣東、福建，分為五大系統：

⑴ 四縣話：原嘉應州屬鎮平（蕉嶺）、平遠、興寧、長樂（五華）等四縣移民，今屬嘉應小片和興華小片。但臺灣四縣客家話乃是以「蕉嶺話」為主，而揉和其他各縣的客家話（羅肇錦1998：116）。

⑵ 海陸話：原惠州屬海豐、陸豐二縣移民，今屬「新會小片」。

⑶ 大埔、豐順、饒平話：原屬潮州移民，今大埔、豐順屬興華小片，饒平沒有分片。

⑷ 詔安話：原屬福建漳州移民，沒有分片。

⑸ 永定話：原屬福建汀州移民，今列閩西片。

饒平客家話被列入不分區的地帶，何以致此？根據《饒平縣志》[3]的記載：只有北部靠近大埔縣（純客家話地區），平和縣（閩方言、客家方言兼有地區）的上善、上饒、饒洋、九村、建饒等鎮及新豐鎮的大部分鄉村、韓江林場食飯溪村、漁村等地都說客家方言系統的客家話，使用人口十七萬多，約占全縣人口的19%。其他中部、南部約有80%都說閩南系統的潮汕話。因此，說饒平客話的人口少，也就不受世人注意，連《客贛方言調查報告》也未入調查點[4]。

2. 臺灣饒平客家話分布

根據族譜記載，臺灣饒平客家移民來自原饒平縣元歌都[5]（徐貴榮2002：20-23），分布在臺灣各地，甚至還有以饒平原鄉命名的地名，如彰化縣田尾鄉的「饒平厝」（洪敏麟1999：115），都是饒平的後裔；彰化市內有饒平賴、沈，員林鎮有張（最大）、黃、盧、朱、劉入墾，鎮內有「大饒」（大埔、饒平二縣合稱）等祖籍地名（吳中杰1996：18）。但這些分

3　《饒平縣志》1993年5月初稿，1994年5月修正稿，1994年12月廣東人民出版社出版。

4　李如龍、張雙慶主編的《客贛方言調查報告》（廈門大學出版，1992）調查了閩粵贛皖鄂湘等地客、贛方言共三十四個方言點，客、贛方言各十七點，詳細記錄三百二十個常用單字音和二十五類的常用詞彙。

5　根據桃園劉、詹、王、陳、許、邱等姓族譜記載，都是來自「元歌都」，今《饒平縣志》為「弦歌都」，為避清康熙帝之名諱而改。

布在臺灣北、中、南部的饒平客家人，現在幾乎都已成為福佬客，改說閩南話，甚至不知道自己是客家人了。只有散布在桃、竹、苗客家區的饒平人，目前還有相當數量的人說饒平客家話，但沒有形成一個較大的聚落。

楊國鑫（1993：139）記載「民國十五年時，臺灣漢人祖籍潮州府系的客籍居民有十三萬人，他們以當時的臺中州54700多人及新竹州51800多人為最多，高雄州12800人和臺南州11300人次之，其他廳州合起來只有4000多人。目前，除了新竹州，包含桃竹苗之外的這些饒平後裔，哪裡去了？只有在墓碑刻石上存有饒平字樣及地名、殘存的稱謂詞而已，全部都福佬化。在桃竹苗的饒平後裔，也多半四縣化或海陸化了。如此，臺灣現今會講饒平腔客家話的參考數為三至四萬人」。所以，目前僅存在桃園、苗栗的饒平人大部分改說四縣話，在苗栗卓蘭的饒平人說一種「卓蘭腔」，在新竹的改說海陸話，饒平客家話正快速的消逝之中，如今只在家中或宗族間使用而已，成了臺灣客家族群中的「隱形話」。

三、臺灣饒平客家話的音韻特點

呂嵩雁（1993）調查了臺灣桃園縣中壢市過嶺、新竹縣竹北市鹿場里、竹北市六家中興里、芎林鄉紙寮窩、苗栗縣卓蘭老庄、臺中縣東勢福隆里等五地的饒平客家話。筆者則在2001年4月開始調查了桃園縣內的中壢市芝芭里、興南、過嶺，平鎮市南勢、新屋鄉犁頭州、觀音鄉新坡、八德市霄裡等七個地區的饒平客家話，其音韻特徵除了有一般客語的特徵外，還有下列不同於臺灣四縣、海陸系統客家話的特徵如下：

1. 聲母

(1) 古輕唇聲母多讀重唇：除了斧、糞、腹、幅、孵、蜂、馮、芙、肥、輔、甫、飯、楓、吠、痱、芙等今只讀重唇外，還有墳 p^hun^5（新屋、新坡）、浮 p^ho^5（新屋、新坡）、峰 $p^huŋ^1$（過嶺）、覆 p^huk^4（新坡）等字，部分地區（ ）內方言點只讀重唇。以及飛、發、分、放、縫等字文白兩讀，白讀讀重唇，文讀輕唇。

(2) 云母遇攝合口三等虞韻「雨」，山攝合口三等仙韻「圓」、元韻「園、遠」等字，四縣無聲母字（海陸聲母讀ʒ）。饒平今讀v：

| 雨 vu^2 | 圓 $vien^5$ | 園 $vien^5$ | 遠 $vien^2$ |

(3) 古照三章組聲母少數讀輕唇 f-：
饒平客語章系少數字讀 f-，亦即擦音讀輕唇音，分布在船、書、禪三母

5字，相當特殊，也具有相當的歷史和價值[6]：

唇船fin⁵	脣船fin⁵	水書fi²	稅書fe²	睡禪fe⁷

⑷ 古見組溪母多讀k-：見組溪母今讀kʰ，不同於臺灣四縣（梅縣系統）、海陸客語讀f或h。如：

共同點：褲kʰu²、窟kʰut⁴、殼kʰok⁴

部分點：溪kʰie¹（新屋、新坡）、起（新屋kʰi²、興南kʰi²）、殼（kʰok⁴）、糠kʰoŋ¹（新屋、過嶺）、去（卓蘭、過嶺kʰi²，竹北、新屋、紙寮窩、興南kʰiu²）

⑸ 效攝四等泥母（娘）讀n，「尿」在芝芭里、興南、關西街上讀nau⁷，八德、新屋讀neu⁷。

2. 韻母

⑴ 止攝開口三等「鼻」字，芝芭、興南、卓蘭等方言點讀鼻化韻pʰĩ⁷，臺灣客語都沒有鼻化音，特別顯眼。

⑵ 古遇攝合口三等魚、虞影組云母少數字讀合口呼。如：

雨vu²、芋vu⁷

⑶ 山攝合口一等桓韻曉、影組、三等仙韻章組部分字，讀an，不讀on。如：歡fan¹、碗、腕van²；磚tsan¹（卓蘭讀tsen¹）。

⑷ 山攝合口一等桓韻見組讀合口韻uan，不讀on，比四縣海陸客語更多合口韻。如：官kuan¹ 寬kuan¹ 罐kuan² 灌kuan²。

⑸ 蟹攝二等皆佳二韻「並匣影」母字讀e，明母和蟹攝四等讀i。如：

排pʰe⁵	牌pʰe⁵	稗pʰe⁷	鞋he⁵	蟹he²	矮e²
埋mi⁵	買mi¹	賣mi⁷	泥ni⁵	冷len¹	

⑹ 果攝開口一等泥母、合口一等明母，效攝開口一等明母、流攝開口一等明母和三等奉母少數字，部分方言點如興南、平鎮、八德、新屋都讀如遇攝一等合口韻。

攝	果	遇	效	流

---

[6] 見張光宇《閩客方言史稿》頁79、246文中舉出客贛地區及山西汾河片水字讀f-聲母的方言點，王福堂《漢語的語音演變和層次》頁71、侯精一《現代晉語的研究》頁37、40、81、85、94都有水字讀f-聲母的方言點。

字	挪	磨~刀	磨~石	補	盧	毛	帽	冒	母	婦
音	nu	nu	mu	pu	lu	mu	mu	mu	mu	fu

(7) 蟹、梗二攝四等端組部分字及梗攝二等「冷」字，其主要元音為e，不讀ai、aŋ。

低te¹　　　　底te²　　　　啼tʰe⁵　　　　弟tʰe¹　　　　犁le⁵

聽tʰen¹　　　廳tʰen¹　　　頂ten²　　　　冷len¹

3. 聲調

饒平客語聲調與一般客家話最大的不同特徵，在於古陰上聲與陰去聲的合併成上聲；古陽上聲與陽去聲的合併成去聲。

上聲：補pu²＝布pu²、頂ten²＝凳ten²、景kin²＝敬kin²

去聲：部pʰu⁷＝步pʰu⁷、道tʰo⁷＝盜tʰo⁷、受ʃiu⁷＝壽ʃiu⁷

4. 和上饒客家話比較

上饒客家話[7]和臺灣饒平客家話各方言點的音韻特色的比較，大致大同小異。不過從聲母方面而言：古精莊、知章分讀ts-和t-兩套聲母，和桃園縣中壢市過嶺、新屋鄉頭洲、觀音鄉新坡、新竹縣竹北市六家、芎林紙寮窩和臺中縣東勢相同；中壢市芝芭里、興南、平鎮市、八德市、苗栗縣卓蘭等五個方言點，卻合併成為一套聲母，讀如精組ts-。在韻母和聲調調值方面，上饒只和過嶺、新坡、六家、紙寮窩相同；和中壢市芝芭里、興南、平鎮市、新屋鄉、八德市、苗栗縣卓蘭、臺中縣東勢等七個方言點不同[8]。不過上饒客家話ã夏、ĩ鼻、ũi跪、ãĩ好（喜～）等四個鼻化韻母，在臺灣只在芝芭里、興南兩方言點存留「ĩ鼻」一個鼻化韻母，其他地區完全不見。另外，還有很多詞彙不同。

若把中壢芝芭里、興南、平鎮、東勢、卓蘭、八德列為A組，新屋列為

---

[7]　上饒客家話請參閱詹伯慧，〈饒平上饒客家話語言特點說略〉，《中國語文研究》第十期（香港，1992年5月），或饒平縣地方志編纂委員會編《饒平縣志‧方言》（廣東人民出版社，1994），及本書第十篇〈以饒洋為中心的饒平客話語言特徵〉。

[8]　桃園中壢市芝芭里、興南及新屋鄉、平鎮市、八德市，和臺中東勢、苗栗縣卓蘭鎮的聲調相同，新屋、八德點多出一個「變陰入」（見表），新屋的饒平客家話的四等韻主要元音為ε，而不是e，如：鐵tet⁷、年nen²、鳥teu¹。新竹縣六家的去聲調值55，東勢石腳的去聲調值33，而和紙寮窩的調值24都不同。

B組，過嶺、新坡、六家、芎林紙寮窩列為C組，則臺灣和上饒的饒平客家話聲調、調號、調值如下：

調類	陰平	上聲	陰入	陽平	去聲	陽入	超陰入
調號	1	2	4	5	7	8	9
A	11	31	2	53	55	5	
B	11	31	2	53	55	5	24
C	11	53	2	55	24	5	
上饒	11	53	2	55	24	5	
例字	圈	犬	缺	拳	健	杰	屋

四、分片原因

　　福建詔安縣屬閩南漳州，西臨廣東饒平縣。平和縣在詔安縣北，西與廣東大埔縣接壤，也有部分與饒平相鄰。在漳州市所轄的南靖、平和、雲霄和詔安四個縣境內，有部分地區說客家話。饒平客家話和這些地方的客家話具有一些共同的語音特徵。在1987年《中國語言地圖集》問世時，黃雪貞（1987）根據客家話在廣東、福建、臺灣、江西、湖南的分布及其語言特點，按省區把客家話分為若干片，並沒有把閩南四個縣和廣東饒平的客家話的這些地區分片。所以，筆者根據下列饒平和鄰近的客家話音韻現象等各項條件，提出給予本地區獨立分片。

1. 地理因素
　　饒平地處廣東省東南潮州市，不屬粵東梅縣系統；詔安、平和、雲霄、南靖在閩南漳州市，不屬閩西汀州系統。

2. 學者專家的意見
　　過去雖有學者提出分片主張，莊初升、嚴修鴻先生（1994：86）以為「這些說客家話的鄉鎮，儘管歷史上都多有聯繫，這帶的客家話顯然是閩西客家話，廣東客家話的延伸」。周長楫、林寶卿先生（1994：92）則認為「這些地方有自己的特色，它可以跟長汀話一樣，另立一個閩南客話。其理由是從地理位置而言，它在閩南不在閩西。就歷史來看有其特殊之處，從語言材料來看，閩南客話和閩西客話、梅縣客話都有重要差異。應該給予分片，以突顯本方言的特點……平和這些地方的客話，既不同於閩西長汀的客話，也跟廣東省梅縣的客家話有差別，平和這些地方的客話有它自己的特

點，它可以跟長汀話一樣，另立一個閩南客話。」劉鎮發（1998：52）也在〈客家人的分布與客語的分類〉中提到：「在福建南部和廣東南部的客家話，如連平、詔安、饒平等地，稱爲閩粵次方言。」但到目前，還沒有把閩南四縣客家話和饒平客家話這些地區確定分片確定名稱。

3.語音的共同特徵

語言的分片最重要的是「語音」，本文透過語音的比較，由臺灣饒平客語音韻與上饒周圍大埔[9]、豐順、閩南詔安，以及臺灣四縣、海陸等客語次方言的比較：（以下臺灣饒平客家話點依上文簡稱A、B、C）

(1)**聲母**

①古見組溪母讀k^h-：褲、溪、起、窟、糠、殼、客、坑，有別於四縣系統讀f-或h-，而與東勢大埔、詔安相同。

②章組合口少數字讀f-及遇攝合口云母「雨」讀vu^2，明顯與四縣系統不同，與東勢詔安相同。

	水	稅	睡	唇	脣	圓	雨
A	fi^2	fe^2	fe^7	fin^5	fin^5	ven^5/ien^5	vu^2
B	fi^2	fe^2	fe^7	fin^5	$\int in^5$	$vien^5/ven^5$	vu^2
C	fi^2	fe^2	fe^7	$\int un^5$	$fin^5/\int un^5$	$vien^5/ʒien^5$	vu^2
詔安秀篆	fi^2	fe^2	fe^7	fin^5	fin^5	$vien^5$	vu^2
大埔東勢	$\int ui^2$	$\int ioi^5$	$\int ioi^5$	$\int iun^5$	$\int iun^5$	$ʒion^5$	$ʒi^2$
海陸竹東	$\int ui^2$	$\int oi^5$	$\int oi^5$	$\int un^5$	$\int un^5$	$ʒian^5$	$ʒi^2$
四縣苗栗	sui^2	soi^5	soi^5	sun^5	sun^5	ien^5	i^2

(2)**韻母**

①蟹攝開口二等，與詔安相同，大埔部分同，與四縣不相同

	排	牌	稗	擺～地攤	篩	鞋	蟹	矮	買	賣	埋
A	p^he^5	p^he^5	p^he^7	pe^2/pai^2	$tsh^{h}i^1$	he^5	he^2	e^2	mi^1	mi^7	mi^5/me^5
B	p^he^5	p^he^5	p^he^7	pe^2	ts^he^1	he^5	he^2	e^2	mi^1	mi^7	mi^5

9　本文以臺灣東勢大埔話為基準。據發音人徐登志老師表示，東勢大埔話音近豐順客家話。另根據吉川雅之（1998）的報告，大埔縣最接近豐順的方言點為「高坡」。到臺灣又接觸閩南語、四縣客語及其他客語次方言融合，至今東勢話已成為以大埔話為主的一種客家方言。

C	p^he^5	p^he^5	p^he^7	pe^2	ts^he^1	he^5	he^2	e^2	mi^1	mi^7	mi^5
詔安秀篆	p^he^5	p^he^5	p^he^7	pe^2	ts^he^1	he^5	he^2	e^2	mi^1	mi^7	mi^5
大埔東勢	p^hai^5	p^hai^5	p^he^5	pai^2	ts^hi^1	he^5	hai^2	e^2	mai^1	mai^5	me^5
海陸竹東	p^hai^5	p^hai^5	p^hai^7	pai^2	ts^hi^1	hai^5	hai^2	ai^2	mai^1	mai^5	mai^5
四縣苗栗	p^hai^5	p^hai^5	p^hai^5	pai^2	ts^hi^1	hai^5	hai^2	ai^2	mai^1	mai^5	mai^5

②蟹攝開口四等韻端組，與詔安相同，與東勢大埔絕大部分相同

	低	底	弟	犁	泥	蹄	啼	體
A	te^1	te^2	t^he^1	le^1	ni^5	t^he^5	t^he^5	t^hi^2
B	te^1	te^2	t^he^1	le^1	ni^5	t^he^5	t^he^5	t^hi^2
C	te^1	te^2	t^he^1	le^1	ni^5	t^he^5	t^he^5	t^hi^2
詔安秀篆	$t\varepsilon i^1$	$t\varepsilon i^2$	$t^h\varepsilon i^1$	$l\varepsilon i^1$	ni^5	$t^h\varepsilon i^5$	$t^h\varepsilon i^5$	t^hi^2
大埔東勢	te^1	te^2	t^he^1	le^1	ne^5	t^hai^5	t^hai^5	t^hi^2
海陸竹東	tai^1	tai^2	t^hai^1	lai^1	nai^5	t^hai^5	t^hai^5	t^hi^2
四縣苗栗	tai^1	tai^2	t^hai^1	lai^1	nai^5	t^hai^5	t^hai^5	t^hi^2

③效、咸、山、梗等攝四等韻，與東勢大埔、詔安絕大部分相同

攝、字、音例字　方言點	效		咸		山		梗		梗二
	鳥	尿	店	跌	先	鐵	聽	糶	冷
A	$tiau^1$	nau^7	$tiam^2$	$tiet^4/tet^4$	sen^1	t^hiet^4/t^het^4	t^hen^1	t^hak^8	len^1
B	$t\varepsilon u^1$	$n\varepsilon u^7$	$t\varepsilon m^2$	$t\varepsilon t^7$	$s\varepsilon n^1$	$t^h\varepsilon t^4$	t^hen^1	$t^h\varepsilon t^8$	$l\varepsilon n^1$
C	$tiau^1$	nau^7	$tam^2/tiam^2$	$tiet^4$	$s\varepsilon n^1$	t^hiet^4	t^hen^1	$t^hak^8/t^h\varepsilon t^8$	len^1
詔安秀篆	$t\varepsilon u^1$	$n\varepsilon u^7$	$t\varepsilon m^2$	$t\varepsilon t^4$	$s\varepsilon n^1$	$t^h\varepsilon t^4$	t^hen^1	$t^h\varepsilon t^8$	$l\varepsilon n^1$
大埔東勢	$tiau^1$	ηiau^7	$tiam^5$	$tiet^4$	sen^1	t^hiet^4	t^hen^1	t^hak^8	len^1
海陸竹東	$tiau^1$	ηiau^7	$tiam^5$	$tiet^4$	sen^1	t^hiet^4	$t^ha\eta^1$	t^hak^8	$la\eta^1$
四縣苗栗	$tiau^1$	ηiau^5	$tiam^5$	$tiet^4$	sen^1	t^hiet^4	t^hen^1	t^hak^8	$la\eta^1$

④饒平和詔安、平和的音韻

以平和縣的蘆溪鎮為界，自然地分南北兩片，南片包括平和、雲霄、詔安的十三鄉鎮，內部有一些差異，但總體上與粵東饒平縣一帶的相接近；北片指的是南靖縣的梅林鄉和書洋鄉，這一片的客家話內部也不完全一致，各個村落的口音稍有不同，但總體上與閩西片，特別是永定的湖坑、古竹和下洋一帶的客家話較為接近。就以南片而言，詔安縣北部秀篆鄉客家話較接近平和九峰鎮上坪村客家話，詔安縣南部太平鎮白葉村客家話較近廣東饒平縣客家話（莊初升、嚴修鴻1994：86）。詔安縣南北兩地音韻最重要的差異在於遇攝合口三等讀y、ɯ，有無撮口、咸攝合口三等讀n/t、m/p，有無收-k尾、聲化韻等[10]。

攝　　方言點	遇攝		撮口		咸攝		有無-k尾		聲化韻
字例	女	去	豬	出	犯	法	腳	麥	五
平和九峰	ŋy²	khy²	tʃy¹	tʃhyt⁴	fat⁴	fat⁴	kioʔ⁴	maʔ⁸	m²
詔安白葉	ŋ²	khɯ²	tʃu¹	tʃhut⁴	fam⁴	fap⁴	kiok⁴	mak⁸	ŋ²
A	ŋ²	hi²	tsu¹	tshut⁴	fam⁴	fap⁴	kiok⁴	mak⁸	ŋ²
B	ŋ²	khi²	tʃu¹	tʃhut⁴	fam⁴	fap⁴	kio⁹	ma⁹	ŋ²
C	ŋ²	khi²	tʃu¹	tʃhut⁴	fam⁴	fap⁴	kiok⁴	mak⁴	ŋ²

〈平和〉一文沒有舉例，在〈閩南四縣客家話〉一文之例：

	薄	落	削	腳	角	麥	壁	谷
平和九峰	phoʔ⁸	loʔ⁸	sioʔ⁴	kioʔ⁴	koʔ⁴	maʔ⁸	piaʔ⁴	kuʔ⁴
詔安白葉	phok⁸	lok⁸	siok⁴	kiok⁴	kok⁴	mak⁸	piak⁴	kuk⁴
A	phok⁸	lok⁸	siok⁴	kiok⁴	kok⁴	mak⁸	piak⁴	kuk⁴
B	pʰok⁸	lok⁸	sio⁹	kio⁹	kio⁹	mak⁸	pia⁹	ku⁹
C	phok⁸	lok⁸	siok⁴	kiok⁴	kok⁴	mak⁸	piak⁴	kuk⁴

B組「超陰入」調號9，調值24，與平和相當，平和「中陰入」本文稱為「超陰入」，不取「中」，乃因取「中」或許有「下」，「超陰入」由陰

---

[10]　表中平和、詔安資料取自莊初升、嚴修鴻《閩南四縣客家話的語音特點》，頁87。

入演變而來，有其特殊情況[11]。

⑶ **聲調**

　　古陰上和陰去合併成上聲，古陽上和陽去合併成去聲的方言地理特色。

① **大埔的上、去調**

　　據《饒平縣志》的記載，是明成化十三年（1477）置縣，縣城設於弦歌都下饒堡（今三饒鎮）。本縣原有巒洲、清遠、弦歌、宣化、信寧、秋溪、隆眼城、蘇灣等八都，嘉靖五年（1526），本縣析出巒州、清遠二都置大埔縣。所以，廣東饒平縣北臨的大埔縣，原是從饒平縣分出的，大埔今日為純客家話區，其語音系統應與饒平有密切之關係。「吉川雅之」（1998：158-173）在〈大埔縣客家話語音特點〉中，把大埔的客話依語音差異分成六區。各區古上、去的演變相當複雜，大致而言，縣城的胡寮、鄰梅縣的銀江、傍豐順的高陂、桃源等四區，大部分古清上成為上聲31、大部分古濁上及去聲不分陰陽成去聲52，和梅州市城區相當。近南部饒平縣的雙溪、平原地區，大部分古全濁、次清併入陽仄33、35，44，古清上及部分次濁上併入陰仄21，和饒平相當。靠近福建的茶陽、西河、大東，清上31，清去52，部分全濁上和次清去、全濁去併入上聲，較為複雜，較近於永定。由此可見，和饒平接壤的區域，上去陰陽的合流字有其地理因素。

② **詔安客家話的上、去調**

　　詔安的官陂、秀篆通行客家話，在饒平上饒的東部，與饒平相鄰，目前雖沒有確切的資料，但從李如龍、張雙慶主編的《客贛方言調查報告》秀篆點做一比對，詔安的客家話的聲調，也是「古陰上和古陰去合併成上聲，如瓦鎖果陰上課霸補陰去；古濁上和古濁去合併成去聲，如杜自市陽上豆袖尿陽去」，和饒平客家話相同。

③ **豐順客家話的上、去調**

　　高然（1999：78）調查：豐順縣湯坑，在縣的中南部，總人口二十五萬，講客家話的約有十七萬，湯坑片客語的聲調，平聲與入聲各分陰陽，古陰上和古陰去合併成上聲（使陰上、試陰去），調值53；古濁上和古濁去合併成去聲（是陽上、事陽去），調值21，也和饒平客家話、閩南客話相同的聲調演變[12]。

---

[11] 臺灣饒平B組的「超陰入」只有分布在古梗、宕、通等攝字，收-k尾陰入字，k消失演變而來，聲調變成中升調24，收-k尾陽入字，k沒有消失，故與上坪、詔安的收-k尾全消失有所不同。

[12] 高然，《語言與方言論稿》頁78〈廣東客豐順客家話的語音特點〉，湯坑片客語語言上多受潮州話影響，因此，被縣北客家人稱為「半山客」。

五、結論

　　從臺灣饒平語音現象及上饒客家話的特徵比較，並根據〈閩南四縣客家話初探〉（莊初升、嚴修鴻1994：86）所分的兩片，〈平和縣九峰客話初探〉（周長楫、林寶卿1994：92）和劉鎮發〈客家人的分布與客語的分類〉（1998），以及詔安、大埔、豐順的語音特徵，可把「興華小片」的「豐順、大埔」分列出來。大埔、豐順今雖屬梅州，但古屬潮州；和饒平今屬潮州可共成一體；閩南四縣客家話今古皆屬福建漳州。所以，本片客家話雖原自閩西，但根據其聲韻調等語音特徵，加上地理的特色，可自成一片，命爲「客語漳潮片」，並依其地理位置和語音內部差異，本片分爲四小片。

1.漳北小片，只有南靖一縣。
2.漳南小片，含平和、雲霄、詔安三縣。
3.饒平小片，饒平全縣和詔安南部太平鎮。
4.埔順小片，含大埔、豐順二縣。

　　如此，長期以來不受重視的粵東南、閩南一大片的客家話──「客語漳潮片」，才能彰顯其特色，受人重視。

以饒洋鎮為中心的饒平客家話語音特徵[1]

1　本論文為「第七屆國際客方言研討會」論文 2007年1
月20-21日於香港中文大學召開，會後論文收錄於張雙
慶、劉鎮發主編《客語縱橫》（香港中文大學中國文
化研究所吳多泰中國語文研究中心出版，2008），頁
150-160。

摘　要

　　廣東省饒平縣從北部的新豐鎮南部以下，一直到縣城黃岡鎮，有80%的人口說閩南系統的潮汕話。說饒平客家話的只占20%，分布在三饒鎮以北的新豐、饒洋、上饒、上善、九村、建饒等幾個鎮，及東部其他鄉鎮和福建詔安縣接壤的幾個村落。詹伯慧（1992）根據其家鄉新豐鎮的語言，寫成了〈饒平上饒客家話語言特點說略〉，其後出版的《饒平縣志・語言篇》有關客家話的記載也以此爲根據擴充而成，成爲饒平客家話較爲完整的紀錄。

　　筆者調查、研究臺灣饒平客話，2002年完成碩士論文《臺灣桃園饒平客話研究》之後，發覺饒平客話和梅縣客話相差甚多，而和鄰近的閩南客話相近，旋於南昌大學舉辦之第五屆客方言研討會中發表〈客語「漳潮片」的分片芻議——由臺灣饒平客話談起」〉一文，並刊載於《客贛方言研究研究》一書中，爲這塊未分片的客家話做有系統的歸納。近年繼續調查臺灣其他饒平客家聚落，出版《臺灣饒平客話》一書，是一本有關臺灣饒平客話較有系統的呈現。

　　詹先生於該文說上饒客家話受潮汕話的影響而有鼻化音。2005、2006兩年，筆者赴上饒地區，並以饒洋爲中心，到新豐、上善、上饒、建饒等鎮六個方言點，訪查較廣泛的上饒地區客家話。結果發現新豐鎮在語音的表現，確實有較多的鼻化音，其他地區卻少有此種現象。事實上，整個上饒客話個別區仍有少許的語音差別。饒洋鎮有藍屋畬族，現也全說客話，已難尋畬族的語音遺跡及畬客對比。

　　上饒客話語音的主要特點，詹先生於該文中和《饒平縣志・語言篇》已有顯示。所以，本文主要目的透過實際的田野調查，參考既有文獻，以呈現饒洋鎮的語音特徵，並利用語音分析以及對比的方法去探討、研究，呈現上饒各地區的差異，並期望將來加上詞彙和語法，和臺灣散落的饒平客話做一比較的藍本，必能找出饒平客話的源流及變遷軌跡。

關鍵字：饒平客話　聲韻調　攝等　語音特徵　對比

一、前言

　　廣東省饒平縣，在漢族人口中，縣志記載：「由於饒平地處客家方言和閩方言的交界地帶，全縣通行兩類不同的方言，中部、南部均說閩方言系統的饒平潮汕話，使用人口六十多萬，約占全縣人口的80%。北部靠近大埔

縣（純客家話地區），平和縣（閩方言、客家方言間有地區）[2]的上善、上饒、饒洋、九村、建饒等鎮及新豐鎮的大部分鄉村、韓江林場食飯溪村、漁村等地都說客家方言系統的客家話，使用人口十七萬多，約占全縣人口的19%。另外還有兼說『雙方言』地區的人口，大約占全縣人口的1%。」[3]由此看來，客語在原鄉實屬少數的弱勢語言，而且僻處北方山區。全縣從北部的新豐鎮南部以下，一直到縣城黃岡鎮，有80%的人口說閩南系統的潮汕話。能說饒平客家話的只占20%，分布在三饒鎮以北的新豐、饒洋、上饒、上善、九村、建饒等幾個鎮，以及東部其他鄉鎮和福建詔安縣接壤的幾個村落。詹伯慧（1992）根據其家鄉新豐鎮的語言，寫成了〈饒平上饒客家話語言特點說略〉，其後出版的《饒平縣志·語言篇》有關客家話的記載也以此爲根據擴充而成，成爲饒平地區客家話較爲完整的紀錄。

詹先生於該文說上饒客家話受潮汕話的影響而有鼻化音。2005、2006兩年，筆者於得臺灣許時烺及廣東饒平四中副校長詹春潮兩先生之助，赴上饒地區，並以饒洋爲中心，赴新豐、上善、上饒、建饒等鎮六個方言點，訪查較廣泛的上饒地區的客家話。結果發現新豐鎮在語音的表現，確實有較多的鼻化音，其他地區卻少有此種現象。事實上，整個上饒客話個別區仍有少許的語音差別，如：「去」，大部分地區都說kʰiu⁵³，唯獨建饒說kʰɯ；「徐」，饒洋、上善、嶺腳說tsʰiu⁵⁵，上饒有說tsʰiu⁵⁵也有說siu⁵⁵，新豐有說tsʰiu⁵⁵也有說tsʰu⁵⁵，建饒只說tsʰu⁵⁵；「王」各點都說voŋ⁵⁵，唯獨新豐王姓家族說自己姓hen⁵⁵。而饒陽鎮有藍屋畬族，現也全說客話，已難尋畬族的語音遺跡。

上饒客話的主要特點，詹先生於該文中和《饒平縣志·語言篇》已有呈現。所以，本文主要目的在透過實際田野調查的方式，並參考既有文獻，呈現語音特徵，利用語音分析以及對比的方法，呈現上饒各地區的差異，探討、研究語音的差異，並期望將來加上詞彙和語法的對比，和臺灣散落的饒平客話做一比較的藍本，必能找出饒平客話的源流及變遷軌跡。

本文得以完成，要感謝臺灣許時烺及廣東饒平四中副校長詹春潮、新豐中學校長劉鎮定三位先生之助，尋著發音人，並特別要感謝發音人的合作，他們分別是饒洋鎮的邱坡、邱堯斌、詹國勝，新豐鎮的王順浪、王浪，上饒

2　根據地圖顯示，應該還有詔安縣的秀篆、官陂等閩南漳州客家話區，一般人較不注意，以致這一地帶的客家話，也被列入不分區地帶。《平和縣志》、周長楫、林寶卿〈平和縣九峰客話初探〉、《南靖縣志》、李如龍、張雙慶《客贛方言調查報告》等都有詔安秀篆、平和、南靖客家話的記載，臺灣目前在雲林崙背、二崙，桃園縣的大溪鎮南興黃姓、八德鄉霄裡邱姓、中壢市三座屋邱姓有說詔安話家族。

3　參閱1993年版《饒平縣志》，頁1004。

鎮的許應集、許武器、劉信陽、劉耿偉，上饒嶺腳村的袁軍、袁倫勝，上善鎮的盧南海，建饒鎮的劉漢洋、劉醇玉等先生。

二、饒洋鎮的客家話語音系統

㈠ 聲母：總數二十一個（含零聲母）

發音方法		塞音		塞擦音		鼻音	擦音		邊音
		不送氣	送氣	不送氣	送氣				
發音部位		清	次清	清	次清	次濁	清	濁	次濁
雙唇	重唇	p杯	pʰ牌			m買			
	輕唇						f水	v屋	
舌尖	舌尖前			ts左	tsʰ坐	(ȵ娘)	s雙		
	舌尖	t膽	tʰ糖			n泥			l羅
	舌尖面			tʃ張	tʃʰ潮		ʃ屎	ʒ油	
舌根		k哥	kʰ褲			ŋ瓦			
喉		ø安					h鞋		

説明：

1. ts、tsʰ、s後接細音，產生顎化，變成tɕ、tɕʰ、ɕ，如：酒、秋。

2. k、kʰ、h後接細音，不會產生顎化，如：基、奇、去。

3. ŋ後接細音，產生顎化，讀舌面音ȵ，本文不記作一個音位，如：娘。

㈡ 韻母總數：五十三（陰聲韻十七個、陽聲韻十七個、入聲韻十七個、成音節聲化韻二個）

1. 陰聲韻：十七個

韻尾＼韻頭	無韻尾韻母				有韻尾韻母			
開口	i師	a話	o歌	e弟	ai帶	oi愛	eu豆	au鬧
齊齒	i徐	ia借	io靴	ie雞			iau笑	iu去
合口	u雨				uai外	ui罪		

2.陽聲韻：十七個

韻尾／韻頭	雙唇鼻音尾韻母			舌尖鼻音尾韻母					舌根鼻音尾韻母		
開口		am柑	em森		an單	on肝	en面		aŋ彭	oŋ斷	
齊齒	im音	i a m兼		in兵			ien眼	iun銀	iaŋ青	ioŋ娘	iuŋ龍
合口								un滾			uŋ東

3.入聲韻：十七個

韻尾／韻頭	雙唇塞音尾韻母			舌尖塞音尾韻母					舌根塞音尾韻母		
開口		ap甲	ep澀		at滑	ot渴	et北		ak伯	ok索	
齊齒	ip入	iap接		it筆			iet月	iut屈	iak額	iok略	iuk六
合口								ut骨			uk谷

4.成音節鼻音：二個

m毋	ŋ魚

說明：

1. 四呼不齊，只有開口、齊齒、合口等三呼，共五十三個韻母。

2. 陽聲韻有on、in、en，沒有om、iŋ、eŋ；入聲韻有ot、it、et，沒有op、ik、ek。

3. 沒有鼻化音

(三) 聲調：總數六個

調類	陰平	陰上	陰去	陰入	陽平	陽去	陽入
調號	1	2	3	4	5	7	8
調值	11	53		2	55	24	5
例字	圈	犬	勸	缺	權	健	杰

說明：陰上和陰去合併成為上聲，去聲只存陽去。

㈣ 連讀變調

　　臺灣饒平客家話的連讀變調非常複雜[4]，而且各方言點之間不盡相同。饒洋鎮的客家話亦是非常複雜，不過較爲有規則。只有陰平、陽入兩個聲調不發生連讀變調，其他四個調都產生前字連讀變調，沒有後字變調，兩字連讀的變化如下：

1. 陰平：不產生連讀變調，在任何調前都維持11調值。
   西瓜se^{11}ka^{11}、光榮koŋ^{11}ven^{55}、開店k^{h}oi^{11}tem^{53}、衫袖sam^{11}ts^{h}iu^{24}、中國tsuŋ^{11}kut^2、三月sam^{11}ŋiet^5

2. 陰上（去）聲：分成兩組，第一組在陰平、上聲、陰入之前變成新調值33，第二組在其他三調前變成與陰平調值相同的11。

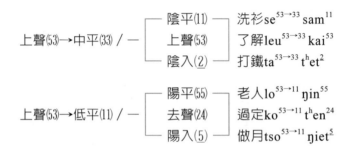

3. 陰入：在任何調之前變成與陽入調值相同的5。

4. 陽平：分成兩組，第一組在陰平、上聲、陰入之前變成與上聲調值相同的53，第二組在其他四調前變成與陰平調值相同的11。

陽平(55)→高降(53) ／ ─
　　　┌ 陰平(11) ─ 良心lioŋ$^{55→53}$ sim^{11}
　　　├ 上聲(53) ─ 牙齒ŋa$^{55→11}$ tʃ^{h}i^{53}
　　　└ 陰入(2) ─ 圓桌vien$^{55/33}$ tsok^2

4　請參閱徐貴榮，《臺灣饒平客話》，頁261-293。

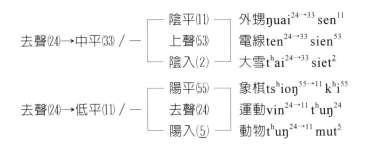

$$陽平(55)→低平(11)\ /\ —
\begin{cases}
陽平(55) & 銀行\ \eta iu\eta^{55→11}\ ho\eta^{55}\\
去聲(24) & 零件\ len^{55/11}\ k^hen^{55}\\
陽入(5) & 郵局\ \mathfrak{z}iu^{55→11}\ k^hiuk^5
\end{cases}$$

5.（陽）去聲：分成兩組，第一組在陰平、上聲、陰入之前變成新調值33，第二組在其他三調前變成與陰平調值相同的11。

$$去聲(24)→中平(33)\ /\ —
\begin{cases}
陰平(11) & 外甥\ \eta uai^{24→33}\ sen^{11}\\
上聲(53) & 電線\ ten^{24→33}\ sien^{53}\\
陰入(2) & 大雪\ t^hai^{24→33}\ siet^2
\end{cases}$$

$$去聲(24)→低平(11)\ /\ —
\begin{cases}
陽平(55) & 象棋\ ts^hio\eta^{55→11}\ k^hi^{55}\\
去聲(24) & 運動\ vin^{24→11}\ t^hu\eta^{24}\\
陽入(5) & 動物\ t^hu\eta^{24→11}\ mut^5
\end{cases}$$

6. 陽入：在任何調前都維持5調值。
讀書t^{h}uk^{5}ʃu^{11}、白菜p^{h}ak^{5}ts^{h}oi^{53}、及格k^{h}ip^{5}kak^2、
月圓ŋiet^{5}vien^{55}、綠豆liuk^{5}t^{h}eu^{24}、碌磚luk^{5}ts^{h}uk^5

說明：在本方言點六個單字調中：
⑴共36個組合關係中，陰平、陽入等二調的十二個組合關係不產生連讀變調，上聲、陰入、陽平、去聲等四調二十四個組合關係產生連讀變調。
⑵無後字變調，變調產生變調新中平調值33。
⑶高平的陽平，在「陰聲調」前變成高降的「上聲」；在「陽聲調」前產生新低平的「陰平」，呈現互補現象。
⑷高降調的上聲、中升的去聲，在「陰聲調」前變成中平的「新調值33」；在「陽聲調」前產生低平的「陰平」，亦呈現互補現象。
⑸低短促調的「陰入」，變調時成為高短促調的「陽入」。
⑹變調組合可歸納如下表：

	陰平11	上聲53	陰入21	陽平55	去聲24	陽入5
陰平11	—	—	—	—	—	—
陽平55	53—	33—	53—	11—	11—	11—
上聲53	33—	33—	33—	11—	11—	11—
去聲24	33—	33—	33—	11—	11—	11—
陰入21	5—	5—	5—	5—	5—	5—
陽入5	—	—	—	—	—	—

三、饒洋客家話的語音特徵

　　這裡指的語音特徵，是指和一般所謂的客家話代表──梅縣系統的客家話有差異之處做對比，以及和中古音的聯繫，可分成聲母、韻母、和聲調三方面來觀察。

㈠ 聲母

1. 章組少數字讀f，梅縣讀s。
  唇船fin^{55}、水書fi^{53}、稅書fe^{53}、睡禪fe^{24}
2. 溪母字讀送氣k^h，梅縣讀f或h。
  褲k^{h}u^{31}、窟k^{h}ut^2、去k^{h}iu^{53}、起k^{h}i^{53}、殼k^{h}ok^2、闊k^{h}at^2、坑k^{h}aŋ^{11}、客k^{h}ak^2。
3. 古曉匣合口字比梅縣較多讀f、v。
  血曉fiet^2、縣匣vien^{24}
4. 云母字多讀v，梅縣讀無聲母。
  冤vin^{11}、雲vin^{55}/vun^{55}、云vin^{55}、運vin^{24}、韻vin^{24}、榮vin^{55}/ven^{55}、永vin^{53}、園vien^{55}、遠vien^{53}
5. 心、邪、從、崇母讀塞擦音，梅縣讀擦音s。
  碎心ts^{h}ui^{53}、醒心ts^{h}iaŋ^{53}、象邪ts^{h}ioŋ^{24}、字從ts^{h}ɿ^{24}、牸從ts^{h}ɿ^{24}、愁崇ts^{h}eu^{55}
6. 濁塞音、塞擦音聲母大部分今讀送氣塞音、塞擦音聲母，但也有一部分讀不送氣聲母。
  辦並pen^{11}、幣並pi^{24}、備並pi^{24}、稻定tau^{24}、導定tau^{24}、杜定tu^{24}、待定tai^{24}、電定ten^{24}、召澄tiau^{24}、兆澄tiau^2、住澄tʃu^{24}、集從tsip^8、妓群ki^{11}、拒群kiu^{24}、距群kiu^{24}、巨群kiu^{24}
7. 端組仍讀舌尖音，梅縣讀塞擦音ts^h。
  隊定t^{h}ui^{24}、賺定t^{h}an^{24}
8. 知組字今讀端組字比梅縣多。
  摘知tiak^2、展知ten^{53}、珍知tin^{11}、診知tin^{53}、鎮知tin^{53}、召澄tiau^{24}、兆澄tiau^{24}、宙澄tiu^{24}

㈡ 韻母

1. e元音特別豐富：饒平客家話的語音特點，即是有豐富的e元音，從中古音的對照上而言，他們和梅縣不同處分布於：
  (1) 蟹開二精組少數字：釵ts^{h}e11、篩ts^{h}e11、街ke11
    蟹攝二等皆佳二韻「並匣影」母字讀e，如：

排pʰe⁵、牌pʰe⁵、稗pʰe⁷、鞋he⁵、蟹he²、矮e²

(2)蟹開三章組少數字：世ʃe⁵³、勢ʃe⁵³。

(3)蟹開四端精見組多數字：低te¹¹、弟tʰe¹¹、剃tʰe⁵³、犁le⁵⁵、西se¹¹、雞ke/kie¹¹、溪kʰie/kʰe'¹¹。

(4)蟹合三精章組少數字：歲se⁵³、稅fe⁵³、睡fe²⁴。

(5)止合三章組少數字：吹tʃʰe¹¹、炊tʃʰe¹¹。

(6)效開四端組：鳥teu¹¹、跳tʰeu⁵³、糶tʰet⁵、條tʰeu⁵⁵、尿neu²⁴、料leu²⁴。

(7)咸開二匣母部分：咸hem⁵⁵、鹹hem⁵⁵、狹hep⁵。

(8)咸開四端組全部：點tem⁵³、店tem⁵³、跌tet²、甜tʰem⁵⁵、疊tʰep⁵、碟tʰep⁵。

(9)山開二見及幫影組部分：簡ken⁵³、間ken¹¹、奸ken¹¹、姦ken¹¹、閒hen⁵⁵、慢men²⁴、八pet²、瞎het²。

(10)山開三幫知章組及部分幫組：展ten⁵³、纏tʃʰen⁵⁵、戰tʃen⁵³、舌ʃet⁵、扇ʃen⁵³、善ʃen²⁴；鞭pen¹¹、辨pʰen²⁴、滅met⁵。

(11)山開四端組及部分幫組：癲ten¹¹、典ten⁵³、天tʰen¹¹、田tʰen⁵⁵、鐵tʰet²、電ten²⁴、年nen⁵⁵、邊pen¹¹、片pʰen⁵³、辮pen¹¹。

(12)山合三知章組：磚tʃen¹¹、穿tʃʰen¹¹、船ʃen⁵⁵、串ʃen⁵³、說ʃet²。

(13)曾開一端見組部分：特tʰet⁵、騰tʰen⁵⁵、肯kʰen⁵³、刻kʰet²。

(14)曾開三章、影少數字：食ʃet⁵、應en⁵³。

2. 古合口見組今讀沒有u介音：古合口見組今讀在新豐及建饒兩鎮都有u介音，饒洋則有兩讀，但饒洋以北四個方言點都沒有u介音。

(1)蟹一：外ŋai²⁴（ŋuai²⁴）

(2)蟹二：掛ka⁵³、快kʰai⁵³

(3)山一：官kan¹¹、管kan⁵³、觀kan¹¹、刮kat²、闊kʰat²

(4)山二：關kan¹¹、頑ŋan⁵⁵

(5)假二：瓦ŋa⁵³、瓜ka¹¹

3. 流攝一等見組沒有i介音：古流攝一等見組今讀在梅縣及新豐鎮都有i介音，但饒洋以北的四個方言點沒有i介音。

狗keu⁵³溝keu¹¹藕ŋeu⁵³、口kʰeu⁵³、扣kʰeu⁵³

4. 臻攝開口主要元音為u。

巾kiun¹¹、斤kiun¹¹、筋kiun¹¹、勤kʰiun⁵⁵、芹kʰiun⁵⁵、近kʰiun¹¹

5. 遇攝一等疑母讀「成音節雙唇鼻音」m：五m⁵³、午m⁵³；三等則讀「成音節舌根鼻音」ŋ：魚ŋ⁵⁵、女ŋ⁵³白/ŋiu⁵³文。

6. 遇攝三等見影精組大部分極少數泥來母今讀iu。

居kiu¹¹、鋸kiu⁵³、去kʰiu⁵³、距kiu¹¹、語ŋiu⁵³、徐tsʰiu⁵⁵、鬚siu¹¹區kʰiu¹¹；呂liu²⁴、旅liu⁵³

7. 山攝三、四等部分沒有i介音。

(1)開三幫組：鞭pen¹¹、辨pʰen²⁴、滅met⁵

(2)開四端組：癲ten¹¹、典ten⁵³、天tʰen¹¹、田tʰen⁵⁵、鐵tʰet²、電ten²⁴、年nen⁵⁵、邊pen¹¹、片pʰen⁵³、辮pen¹¹

8. 山合口一等桓韻曉、影組、三等仙韻章組少部分字讀an：歡fan¹¹、碗van⁵³、腕van⁵³。

9. 遇合三今讀無聲母字讀u：如ʒu⁵⁵、儒ʒu⁵⁵、乳ʒu⁵³、于ʒu⁵⁵、喻ʒu²⁴、愈ʒu⁵³。

10. 遇合三精見組讀ien：全tsʰien⁵⁵、軟ŋien¹¹。

11. 蟹開一主要元音為a，較少o：才tsʰai⁵⁵、財tsʰai⁵⁵、該kai¹¹、礙ŋai⁵³、哀ai¹¹、待tai²⁴。

12. 蟹攝二等明母和蟹攝四等泥母少數字今讀讀i。如：埋mi⁵、買mi¹、賣mi⁷、泥ni⁵。

13. 效攝一等部分字讀au，不讀o：島tau⁵³、導tau²⁴、稻tau²⁴、腦nau⁵³、逃tʰau⁵⁵、靠kʰau⁵³。

14. 效攝一等明母部分字讀u：毛mu¹¹、帽mu²⁴。

15. 通攝明母少數字元音為o：蒙moŋ⁵⁵、夢moŋ²⁴。

（三）聲調

1. 陰上和陰去合併成為上聲，去聲為陽去。
   苦kʰu⁵³、褲kʰu⁵³，把pa⁵³、霸pa⁵³，董tuŋ⁵³、棟tuŋ⁵³
   杜tu²⁴、度tʰu²⁴，市ʃi²⁴、侍ʃi²⁴，道tʰo²⁴、盜tau²⁴

2. 古次濁上今讀陰平字很少：古次濁上今讀陰平為客家話最大特色，但是饒平話卻表現不出色。除了少數常用字，如：
   (1)「癢、有、買、拈、兩、奶、軟、毛、養、癢」仍讀陰平。
   (2)「演、呂、露、染、朗」讀去聲。
   (3)其他「魯、鹵、旅、每、裡、禮、理、里、卯、某、母、免、勉、滿、往、領、嶺」等都讀成上聲。

3. 古全濁上今讀陰平字讀去聲，古全濁上今讀陰平最要特色，饒平話少數歸去聲。
   簿pʰu²⁴、伴pʰan²⁴

4. 古清、次清聲母去聲應歸上聲，今讀去聲。
   據見kiu²⁴（收據）、趣清tsiu²⁴（興趣）、俱見ki²⁴、靠溪kʰau²⁴（依靠）、較見kau²⁴（比較）、增精tsen²⁴（增加）、興曉hin²⁴（高興）

㈣ 特殊的文白異讀

　　一般所謂的文白異讀，客語聲母大都集中在古非組和知組，譬如：「飛、放、墳、覆……」及「知、中、擇」等字，但饒洋饒平客語有些沒

有文白異讀，如：墳、覆、楓。韻母大宗分布在梗攝和少數止攝及其他[5]，如：「營、清、明、命、輕、跡、惜……」及「齊、細、計……」等字。同樣，饒洋饒平客話也有一些沒有文白異讀，如：「營、輕、齊、細、計」都只有一讀。甚至還有一些保留中古的梗攝收-ŋ/-k尾的特色。如：「席、昔、宅、策」等都收-ŋ/-k。而文白異讀有時是固定讀法，不過大多數是白讀是口語的語音，如「乳」、「杜」；文讀是文字的讀音，由表中可知韻母的變化占了大宗。

1. 聲母

字	白	備註	文	備註
肯	hen^{53}	肯無？	K^{h}en^{53}	林肯
浮	p^{h}o^{55}/p^{h}u^{55}	浮起來、牙齒浮浮	feu^{55}	牙齒浮浮
住	tʃ^{h}u^{24}	住房	tʃu^{24}	居住
謝	ts^{h}ia^{24}	姓	sia^{24}	多謝

2. 韻母

字	白	詞例	文	詞例
賒	tʃ^{h}a^{11}	賒數	tʃ^{h}u^{11}	賒帳
梳	sɿ^{11}	梳頭	so^{11}	梳子
女	ŋ^{53}	女子（女兒）	ŋiu^{53}	子女
排	p^{h}e^{55}	一排	p^{h}ai^{55}	排長
牌	p^{h}e^{55}	打牌	p^{h}ai^{55}	牙牌將
埋	mi^{55}	埋伏	mai^{55}	掩埋
買	mi^{11}	買賣	mai^{11}	（讀書音）
賣	mi^{24}	賣東西	mai^{24}	（讀書音）
密	mit^5	密密	met^5	（讀書音）
蜜	mit^5	蜂蜜	met^5	（讀書音）

5　請參閱徐貴榮（2002）〈臺灣客語的文白異讀研究〉，第四屆臺灣語言及其教學國際學術研討會論文集，中山大學中文系主辦，收錄於臺灣語文協會主編《臺灣語文研究》第二期（2004年1月），頁125-154，文鶴出版社出版。

字	白	詞例	文	詞例
雲	vun^{55}	白雲	ven^{55}	孤雲獨去閒
毛	mu^{11}	雞毛	mau^{11}	姓毛
帽	mu^{24}	戴帽	mau^{24}	人不可貌相
賺	t^{h}an^{24}	賺錢	ts^{h}on^{24}	（讀書音）
刻	kat^2	刻樹頭	k^{h}et^2	雕刻
衰	sui^{11}	還衰（好倒楣）	sai^{11}	衰敗
糕	ko^{11}	米糕	kau^{11}	（讀書音）
兄弟	hiaŋ^{11} t^{h}e^{11}	兄弟	hiuŋ^{11} t^{h}e^{24}	（讀書音）

3. 聲調

字	白	詞例	文	詞例
領	len^{11}	一領	len^{53}	領導
鹵	lu^{11}	鹵物件	lu^{53}	（讀書音）
杜	tu^{24}	姓杜	tu^{53}	杜絕

4. 聲韻調皆異

字	白	詞例	文	詞例
乳	nen^{53}	食乳	ʒu^{53}	豆腐乳
唇	fin^{55}	嘴唇	ʃun^{55}	（讀書音）
睡	fe^{24}	睡忒	ʃoi^{24}	（讀書音）
歲	se^{53}	兩歲	soi^{53}	（讀書音）
柿	pi^{11}	柿子	sii^{24}	西紅柿
摘	tiak^2	摘菜	tsak^2	摘要

四、上饒客家話的語音比較

　　上饒客家話區以饒洋鎮爲中心，往南穿過新豐鎮即到三饒鎮，是1950年以前的縣城，現在通行閩南系統的潮汕話，事實上，現在新豐鎮東的大徑、埔尾地區已是通行潮汕話的雙方言區域，所以新豐鎮民也多通曉潮汕

話。往西的九村鎮已併入新豐鎮，此次沒有實地採訪。新豐鎮往東的建饒鎮，是一個山區，分成幾個聚落，我們所採訪的上城劉姓家族，是從大徑、埔尾地區遷徙過去的，今日和新豐音有甚多出入。從饒洋鎮往北則是上饒鎮，因是平地相連，語音相近。從上饒鎮康東往東，則到嶺腳村，即是筆者在臺灣桃園採訪的新屋鄉陳姓百九公及八德市袁姓來臺原鄉，語音也有些微差異，在往北則與大埔現交接的上善鎮，因人口太少，現也已經併入上饒鎮。

1. 下表為以饒洋鎮為中心的各地語音呈現。

字＼方言點	上善	嶺腳	上饒	饒洋	新豐	建饒
者	$t\int a^{53}$	$t\int a^{53}$	$t\int a^{53}$	$t\int a^{53}$	$t\int e^{53}$	
五	m^{53}	η^{53}	η^{53}	η^{53}	η^{53}	m^{53}
午	m^{53}	η^{53}	η^{53}	η^{53}	η^{53}	m^{53}
魚	η^{53}	η^{53}	η^{53}	η^{53}	η^{53}	m^{53}
誤	ηu^{24}	ηu^{24}	ηo^{24}	ηo^{24}	$\eta i u^{24}$	ηu^{24}
徐	$ts^h i u^{55}$	$ts^h i u^{55}$	$ts^h i u^{55} / s i u^{55}$	$ts^h i u^{55}$	$ts^h i u^{55} / ts^h u^{55}$	$ts^h u^{55}$
去	$k^h i o^{53}$	$k^h i u^{53}$	$k^h i u^{53}$	$k^h i u^{53}$	$k^h i u^{53}$	$k^h ɯ^{53}$
鋸	$k i o^{53}$	$k i u^{53}$	$k i u^{53}$	$k i u^{53}$	$k i u^{53}$	$k ɯ^{53}$
舉	$k i o^{53}$	$k i u^{53}$	$k i u^{53}$	$k i u^{53}$	$k i u^{53}$	$k ɯ^{53}$
許	$s u^{53}$	$s u^{53}$	$s u^{53}$	$s u^{53}$	$s u^{53}$	$s u^{53}$
余	$ʒ i u^{55}$	$ʒ i u^{55}$	$ʒ u^{55}$	$ʒ u^{55}$	$ʒ u^{55}$	$ʒ i u^{55}$
譽	$ʒ i u^{24}$	$ʒ i u^{24}$	$ʒ u^{24}$	$ʒ u^{24}$	$ʒ u^{24}$	$ʒ i u^{24}$
黏	$\eta i a m^{55}$	$n e m^{55}$	$n e m^{55}$	$n i a m^{55}$	$n i a m^{55}$	$n i a m^{55}$
賺	$ts^h o n / t^h a n^{24}$	$ts^h o n / t^h a n^{24}$	$ts^h o n / t^h a n^{24}$	$ts^h o n / ts^h a n^{24}$	$t^h a n^{53}$	$t^h a n^{53}$
官、關、觀	$k a n^{11}$	$k a n^{11}$	$k a n^{11}$	$k a n^{11}$	$k u a n^{11}$	$k u a n^{11}$
慣、管、灌	$k a n^{53}$	$k a n^{53}$	$k a n^{53}$	$k a n^{53}$	$k u a n^{53}$	$k u a n^{53}$
闊	$k^h a t^2$	$k^h a t^2$	$k^h a t^2$	$k^h a t^2$	$k^h u a t^2$	$k^h u a t^2$
刮	$k a t^2$	$k a t^2$	$k a t^2$	$k a t^2$	$k u a t^2$	$k u a t^2$
閩	$m e n^{55}$	$m a n^{55}$	$m a n^{55}$	$m e n^{55}$	$m a n^{55}$	$m a n^{55}$
敏	$m i n^{53}$	$m i n^{53}$	$m i n^{53}$	$m i n^{53}$	$m i e n^{53}$	$m i e n^{53}$

方言點 字	上善	嶺腳	上饒	饒洋	新豐	建饒
王姓	$voŋ^{55}$	$voŋ^{55}$	$voŋ^{55}$	$voŋ/$ hen^{55}	$voŋ/$ hen^{55}	$voŋ^{55}$
兄白	$hiuŋ^{11}$	$hiaŋ^{11}$	$hiaŋ^{11}$	$hiaŋ^{11}$	$hiuŋ^{11}$	$hiuŋ^{11}$
榮	$ʒiuŋ/$ ven^{55}	vin/ven^{55}	vin/ven^{55}	vin/ven^{55}	$ʒiuŋ/$ ven^{55}	$ʒiuŋ/$ ven^{55}
卜	p^huk^2	p^huk^2	p^huk^2	p^huk^2	$p^huk/$ pok^2	pok^2
馮	$p^huŋ^{55}$	$p^huŋ^{55}$	$p^huŋ^{55}$	$p^huŋ^{55}$	$p^huŋ/$ p^hin^{55}	$p^huŋ^{55}$
斧	p^ho^{53}	p^ho^{53}	p^ho^{53}	p^ho^{53}	p^hu^{53}	p^hu^{53}
巫	mo/vu^{55}	vu^{55}	vu^{55}	mu^{55}	vu^{55}	mu^{55}
雞、街	ke^{11}	ke^{11}	ke^{11}	kie^{11}	kie^{11}	kie^{11}
外	$ŋai^{24}$	$ŋai^{24}$	$ŋai^{24}$	$ŋuai/ŋai^{24}$	$ŋuai^{24}$	$ŋuai^{24}$
掛	ka^{53}	ka^{53}	ka^{53}	ka^{53}	kua^{53}	kua^{53}
舐（用舌舔）	lem^{11}	ti^{53}	le^{11}	le^{11}	$lem^{11}/ʃe^{11}$	lep^2
毛	m^{11}	m^{11}	m^{11}	mu^{11}	mu^{11}	mu^{11}
帽	m^{24}	m^{24}	m^{24}	mu^{24}	mu^{24}	mu^{24}

2. 建饒鎮遇攝合口三等見組韻母為ɯ，上善為io，其他點為iu：居$kɯ^{11}$、舉$kɯ^{53}$、句$kɯ^{53}$、拒$kɯ^{11}$、矩$kɯ^{11}$。

3. 建饒鎮效攝三等幫精組組韻母為io，其他點為iau：票p^hio^{53}、秒mio^{53}、蕉$tsio^{11}$、小sio^{53}。

4. 新豐鎮有豐富的鼻化音，其他點除建饒鎮有少數外，都沒有訪查到鼻化音。

   詹伯慧先生舉出的四個鼻化韻ã（下）、ĩ（鼻）、ũĩ（跪）、ãũ（好喜～）之外，還有ŋũã（瓦）、õĩ（愛）、ãĩ（哀、挨）、hõ（好～無？）、hĩũ（虛）、$p^hê$（稗）等六個。建饒鎮因訪查時間短，無法做全面記錄，查到的則有õk（惡）、ŋũã（瓦）兩個。

5. 詹伯慧先生「上」一文中聲母有濁塞擦音z，例字為「而」，屬少數字，出現地點在其家鄉新豐鎮，此次查訪並未尋得，新豐之外的饒洋等地亦無，同聲母中的「兒」字讀ʒi，是否因發音人口音之差異，或者兩者之間互補，仍須深入調查，本文未將其列入。不過筆者在臺灣苗栗卓蘭詹

姓饒平話調查中發現z的存在，它只出現在日母或以母止攝部分只接i韻母，如：「兒、衣」時，和ʒ呈現互補的現象。

五、以饒洋為中心的語音特點分析

　　位居上饒的饒平客家話，北鄰大埔，東與福建的詔安、平和兩縣交界，西與豐順、潮安縣交界，南緊鄰講潮汕話的鄉鎮，形成了饒平客家話語音的特色，它既有客家話的特色，又有閩南潮汕話的影子，又和客家話的代表梅縣系統的客家話有別，充分表現出地理方言的特徵，於是被稱為「半山客[6]」。針對此項特徵，筆者在第五屆客方言研討會時提出〈客語「漳潮片」的分片芻議〉[7]，即是重視這塊地理方言的重要性而言。由這些特徵可歸為如下數點：

1. 少數章母讀f及溪母全讀kʰ，如：褲、坑等，為閩西客語的傳承，反映語言歷史及其源流。梅縣系統溪母今讀f或h為受粵語的影響[8]。
2. 古曉匣合口字比梅縣較多讀f、v及云母字多讀v，反映中古甚至上古合口的殘存，如：縣。
3. 心、邪、從、崇母梅縣讀擦音s，饒平客話讀送氣塞擦音，反映古南方漢語的特色，如：象。
4. 塞擦音聲母，有一部分讀不送氣聲母，大部分受潮汕話的影響，反映出語言接觸的現象。e元音特別豐富，山合口一等桓韻曉、影組、三等仙韻章組少部分字讀an，如：歡fan[11]；古次濁上今讀陰平字很少；通攝明母少數字元音為o，如：夢；新豐、建饒等地鼻化音多，都是「半山客」的表徵。
5. 知組字今讀端組字比梅縣多，反映知組上古屬端組殘存，一方面與潮汕語言接觸有關，在此得到固化。
6. e元音特別豐富，尤其是古四等韻，和朝汕話相同，而古四等韻元音為

6　參閱吳金夫，〈半山客埔寨鎮風情錄〉，《潮汕文化探索》頁217-218，稱客潮方言交會處者為半山客。

7　參閱徐貴榮，〈客語「漳潮片」的分片芻議——由臺灣饒平客家話語言特點談起〉，2002年7月第五屆客方言暨首屆贛方言研討會論文，江西南昌大學主辦，刊載於劉綸鑫主編《客贛方言研究》（香港：靄明出版社，2003），頁14-26。

8　參閱羅肇錦，〈梅縣話是粵語的說略〉，2000年11月第四屆客方言研討會論文，梅州嘉應大學主辦，刊載於謝棟元主編《客家方言研究》（廣州：暨南出版社，2003），頁34-50。

e（徐通鏘1997：168；潘悟云2000：66）[9]，充分表示古漢語四等的特徵，在此得到一個例證。

7. 古合口見組今讀沒有u介音及三、四等沒有i介音，是否反映古漢語三等沒有i介音和合口是後起的語音轉變（徐通鏘 1997），提供極佳的研究語言素材。

8. 效攝一等部分字讀au，不讀o，如：島；疑似受近代北方言的影響。

9. 陰上和陰去合併成爲上聲，去聲只剩陽去；e元音特別豐富，如：弟、犁、蹄，和大埔、詔安相同，正是反映地理方言的特色，與周遭詔安、平和、大埔、豐順都有同樣的特色，就是「客語漳潮片的分片」最好的例證。

10. 特殊的文白異讀，如：毛、排、買、賣、蜜等，大部分受近代北方方言的影響；他如：賺，大埔客話的影響；還有少數是受南方方言朝汕話的影響，如：摘。

六、結語

　　以饒洋爲中心的客家話，歷來研究者不多，能見度不強，在大陸有詹伯慧先生開啓，在臺灣有呂嵩雁先生完成論文，近來筆者繼之研究，使有數篇有關臺灣饒平話的研究，並出版《臺灣饒平客話》一書。近來在臺灣，饒平客話已逐漸獲得學術界重視，在臺灣注重母語傳承，文化留根的潮流下，由行政院客家委員會辦理的客語認證，已把饒平腔列爲考試腔調之一。由饒平客家話的語音特徵來看，以及和梅縣系統的客家話對比，有相當多的閩南語言接觸和滲入，遂被戲稱爲「半山客」，但無妨於他對古音的保留，可看出語言的傳承和變遷，可說是一塊語言的活化石。

　　此次在饒平縣上饒地區做五個鄉鎮六個方言點的調查，雖未能盡查每個方言點的細部，還有靠近詔安縣的漁村鎮及靠近豐順的九村鎮未調查，但大都已涵蓋上饒大部分區域。由各地語音的呈現來看，南北雖有差異，但相異不大，一般人如果沒有細聽加以分辨，不容易分出差異所在。如果和臺灣相較，臺灣饒平話歷經兩三百年在語言接觸下，已經有所不同，而原鄉也歷經和朝汕話及北方方言的入侵下，也應有所變遷。所以，如果能夠把此次調查的語音特徵和臺灣饒平客話的特徵加以對比，日後加上詞彙和語法的對照，應能找尋出饒平話的源流和變遷，此也是筆者調查之目的。

---

[9]　陸志書（1947）和邵榮芬（1982a）則定作。書中頁66李榮（1956）舉中古的四等字只用來對譯梵文的-e-。

竹北饒平客家話陽平與陽去聲調合併之探討[1]

---

1 本文為「第五屆臺灣客家語文學研討會」會後論文，
2017年6月28日於中央大學客家學院舉行，臺灣客家語
文學會主辦，收錄於《臺灣客家語文輯刊》第五輯，
預計2018年10月出版

摘　要

　　竹北的饒平客家話，從六家連到新埔枋寮一帶，主要是林姓，與周邊芎林林姓、湖口周姓、關西鄭姓、中壢過嶺許姓的饒平客家話的聲調特徵有些微不同，主要表現於陽去聲調調值上。竹北饒平客家話陽平與陽去調值都是55，形成聲調只有5個本調的型態，有別於所有饒平客家話都是六個聲調的特殊樣貌，但竹北饒平客家話陽平連讀變調和陽去連讀變調又不相同，似乎隱約顯示出原本應與所有饒平客家話一樣，應有六個聲調。到底原貌爲何？本文嘗試以連讀變調的條件音變原理、方言地理等兩個方向去探討。探討結果卻有異於一般人思維，竹北陽平調值原應是53，今日之調值55，是受到周邊饒平多數腔調的陽平同是55及「優勢海陸腔」的影響，逐漸變成55。

關鍵詞：竹北饒平客家話　陽平　陽去　方言地理

一、前言

　　「聲調是漢語重要的外顯韻律特徵，如果説語音是語言的物質外殼，那麼，聲調就是漢語這一物質外殼的最外層包裝。」（劉俐李 2004：1）因此，聲調在漢語的研究中，占非常重要的地位。「在漢語整個音節結構中，它屬於超音段的地位。」（何大安 1998：37）在漢藏語系各語言裡，不同的音高升降起伏變化，往往有區別詞義的作用，早在1930年代趙元任就指出，「聲調這種東西是一種音位」，只是沒有詳細論證[2]。經過1955年到1960年在《中國語文》登載了一批討論漢語聲調音位問題的爭論[3]，到1978年後，學術界普遍接受聲調是一種音位的觀點（劉俐李2004：20）。

　　古聲母經過濁音清化，清者今音歸爲陰調類，濁音歸爲陽調類。但漢語聲調的演變，各有不同，今日客家話聲調一般以六調居多[4]，饒平客家話聲

2　平山久雄，〈從聲調調值演變史的觀點論山東方言的的輕聲前變調〉，《方言》1998年第一期。

3　登載《中國語文》上的論文當時主要有三個觀點：(1)聲調隸屬於音節，是一種獨立的音位，有徐世榮（1957年第六期）、史存直（1957年第九期）等人。(2)聲調附屬於元音，不是獨立的音位，是區分元音音位的成分，有傅懋勣（1955年第九期）、周耀文（1958年第二期）、程祥徽（1957年第六期）等人。(3)聲調是整個音節的音高，但只是識別音位變體的一種條件，不能獨立成爲音位，有尹仲賢（1957年第六期）。

4　粵東北客話平、入各分陰陽，上去不分陰陽，如梅縣、邵武。但閩西客話聲調較少，只有上杭保留

調經歷時的發展，和其他客家話聲母的發展，內部有一致性，古次濁上部分今讀陰平[5]，如：馬ma¹、咬ŋau¹、美mui¹等；古全濁上部分今讀陰平，如：舅kʰiu¹、動tʰuŋ¹、弟tʰe¹等；古濁上和濁去合併為今讀陽去，如：部pʰu⁷、步pʰu⁷；市ʃi⁷、侍ʃi⁷；道tʰo⁷、盜tʰo⁷。饒平客家話雖和四縣話同樣有六個聲調，演變卻有不同，即是古清上、去二聲演變，最大的特徵在於古「陰上和陰去」合併為今讀上聲，與詔安客家話相同。

　　如：苦kʰu²、褲kʰu²⁽³⁾，把pa²、霸pa²⁽³⁾，董tuŋ²、棟tuŋ²⁽³⁾。

　　去聲只存陽去，如：稗pʰe⁷、轎kʰiau⁷、豆tʰeu⁷。

　　但在聲調的類型上，竹北林姓只有五個聲調，陽去和陽平同為一聲調，調值為55，只在連讀變調時，前字變調分別產生不一樣現象。此種現象，呂嵩雁（1993）調查：在二字組的連讀變調，上聲、陽平、陽去等三調有前字變調、後字變調、前後字都變調等三種複雜的連讀變調型態。其實這是尚未釐清竹北林姓饒平客家話目前已是陽平、陽去的調值已經合併，只有在連讀變調時兩個聲調才明顯不同的現象，這現象與臺灣其他各地饒平客家話不同，這是原鄉即有的現象？還是來臺之後，語言接觸才產生的現象？是本文要探討的主要目的。

　　（本文聲調調號為陰平1、陰上2、陰去3、陰入4、陽平5、陽上6、陽去7、陽入8、超陰入9）

二、竹北饒平客家話陽平與陽去調值特色

　　依照族譜和《饒平縣志》的記載，粵東南的饒平和閩南詔安、南靖、平和、雲霄等四縣的客家祖先，都在宋末元初從閩西遷徙而來[6]，到清初方由饒平縣元歌都上饒地區播遷來臺。竹北六家饒平客家主要為林姓，他們來自饒平個老屋、東山、斗屋、大埔、藤皎嶺、扶陽樓、長樂等六個地區，原稱「六屋[7]」，筆者曾於2005、2006年兩度前往饒平調查，林姓居民以饒洋鎮居多。

　　以饒洋鎮為中心的饒平客家話聲調，包括新豐、九村、上饒、建饒、上善等六鎮，單字調六調分明，陽平調值55（口語中有部分已變為45），陽

陰入、陽入兩個入聲調，其他如長汀、連城、清流等地都沒有入聲，只剩五個聲調（詹伯慧 1997：156）。其實，客話也有七調的，如臺灣的海陸話，仍依古聲母清濁演變而分為陰去、陽去（羅杰瑞 1995、詹益雲 1998、鄧盛有 2000）。梅縣、臺灣四縣話、東勢話等，陰去、陽去已合併，成為六調。

[5]　本文聲調調號。

[6]　見各姓氏族譜。

[7]　根據六家耆老林○木、林○連口述。

去調值24，兩類聲調調值差異甚大。但是，臺灣新竹的竹北林姓饒平客家話單字調只剩五個，和同是林姓的芎林饒平客家話仍有六個不同。其不同點在於竹北的饒平客家話陽平與陽去調值相同，同讀55，只有在連讀變調時，才可分辨出兩調的不同，暗顯出分辨六個調的跡象，其單字調如下：

1. 單字調

調名		陰平	上（併陰去）	陰入	陽平	去（陽去）	陽入
調號		1	2	4	5	7	8
方言點、調值	竹北林姓	11	53	2	55		5
	芎林林姓	11	53	2	55	**24**	5
例字		圈	犬勸	缺	權	健	杰

2. 竹北連讀變調
(1) 陽平連讀變調

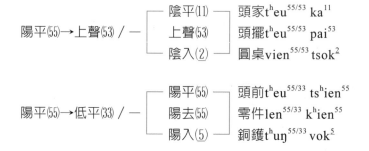

陽平(55)→上聲(53) / —
- 陰平(11) — 頭家 $t^heu^{55/53} ka^{11}$
- 上聲(53) — 頭擺 $t^heu^{55/53} pai^{53}$
- 陰入(2) — 圓桌 $vien^{55/53} tsok^2$

陽平(55)→低平(33) / —
- 陽平(55) — 頭前 $t^heu^{55/33} ts^hien^{55}$
- 陽去(55) — 零件 $len^{55/33} k^hien^{55}$
- 陽入(5) — 銅鑊 $t^hun^{55/33} vok^5$

(2) 陽去連讀變調

陽去(55)→中平(33) / —
- 陰平(11) — 電毛 $t^hien^{55/33} mu^{11}$
- 陽平(55) — 舊年 $k^hiu^{55/33} \eta ien^{55}$
- 上聲(53) — 市長 $\int i^{55/33} t\int o\eta^{53}$
- 陽去(55) — 地豆 $t^hi^{55/33} t^heu^{55}$
- 陰入(2) — 第一 $t^hi^{55/33} \mathfrak{z}it^2$
- 陽入(5) — 閏月 $vin^{55/33} \eta iet^5$

可歸納如下表：

前字／後字	陰平11	上聲53	陰入2	陽平55	陽去55	陽入5
陽平55	53—	53—	53—	33—	33—	33—
陽去55	33—	33—	33—	33—	33—	33—

明顯看出陽平連讀變調與陽去不同，主要在陽平後接陰類調時前字成聲調爲53的上聲調。

三、竹北饒平客家話陽平與陽去聲調與饒平其他點的比較探討

要比較這兩聲調與饒平其他點的比較，筆者研究饒平客家話，將之分爲ABC三組，大陸饒平縣上饒地區（以饒洋鎮爲代表）六個點聲調本調跟臺灣C組一致[8]，所以列入C組。

1.饒平ABC三組分組條件及方言點

分組的條件首重聲調，饒平ABC三組陰平、陰入、陽入的聲調調值相同，不同的有陽平、上聲、陽去；其次爲聲母，A組古精莊知章聲母合併成精組，BC精莊、知章分立；韻母則大致相同，屬內部變化或語言接觸而導致的影響。

A組：中壢市芝芭里劉屋（以下本文稱「芝芭里」）、中壢市興南詹屋（以下本文稱「興南」）、平鎮市南勢王屋（以下本文稱「平鎮」）、卓蘭鎮老庄詹屋（以下本文稱「卓蘭」）等四個方言點，此組方言點聲調陽平53、上聲31、陽去55，聲母古精莊知章聲母合併成精組，韻母各點有些微差異，連讀變調各點亦不相同。

B組：新屋鄉犁頭洲（今稱頭州）陳屋（以下本書稱「新屋」）、八德市霄裡官路缺袁屋（以下本文稱「八德」）等兩個方言點，此組方言點聲調陽平53、上聲31、陽去55與A組相同外，還多了一個「超陰入[9]」24。聲母精莊、知章分立；韻母與C組大致相同。

C組：中壢市過嶺許屋（以下本文稱「過嶺」）、觀音鄉新坡許屋（以下本文稱「觀音」）、竹北市六家林屋（以下本文稱「竹北」）、芎林鄉上山林屋（以下本文稱「芎林」）[10]等四個方言

8　大陸饒平縣上饒地區六個點的調查，本調與C組相同，連讀變調則各有不同，頗爲複雜，詳見徐貴榮，《臺灣饒平客話音韻的源與變》，頁188-191，廣東上饒客家話單字調和連讀變調。

9　徐貴榮（2006），〈桃園新屋陳姓饒平客家話的「超陰入」〉，刊載於《聲韻論叢》第十四輯，頁163-185。

10　芎林鄉饒平客家話有兩個方言點，除本文之「上山村」林姓之外，根據呂嵩雁《臺灣饒平方言》所載，尚有「紙寮窩」劉姓方言點，其音韻與上山大同小異，唯兩字組前字變調不同，本文以「上山」爲主。另中壢市有三個方言點，各有不同的方言特色，故以「里名」稱之。竹北林姓饒平語音，分散廣闊，來源也有不同，其內部有歧異，擴及新埔鎮枋寮，六家在歷史上具有特色，本不以鄉鎮名稱之，但竹北只此一方言點，也以「鄉鎮名」稱之。

點以及廣東省饒平縣上饒地區（以下本文稱「饒洋」），此組方言點聲調陽平55、上聲53、陽去24。

筆者研究結果，以為臺灣客家話呈現此種多元面貌，三組分立，除了來臺之後，受周圍強勢方言影響，在聲韻方面，包含閩南話、四縣客家話、海陸客家話、大埔客家話等的影響，都受到不同程度的影響，至於聲調調值的多元，是在大陸原鄉就已是不同的現象（徐貴榮 2007）。

一般而言，漢語方言接觸的影響，鄧盛有（2000）研究臺灣四海話的結果，「以為最不受影響的是聲調，尤其在調值的表現」。但竹北饒平客家話陽平與陽去同一調值，顯然是經過合併的過程，要研究究竟是何種聲調調值產生變化，本文採取連讀變調的條件音變原理、方言地理來觀察、研究。

2. 陽去與其他方言點的比較

有關陽去調的比較，本調方面，由前節顯示，芎林林姓與竹北林姓的陽去調值即不相同，再與其他方言點的比較，可能更為清楚。

(1)連讀變調（條件音變原理）

下表為ABC三組各代表點的連讀變調。

調名前字—後字 方言點	陰平	上聲	陰入	陽平	陽去	陽入
C饒洋	33—11	33—53	33—$\underline{2}$	11—55	11—24	11—$\underline{5}$
C芎林	33—11	33—53	33—$\underline{2}$	33—55	33—24	33—$\underline{5}$
C竹北	33—11	33—53	33—$\underline{2}$	33—55	33—55	33—$\underline{5}$
A平鎮	33—11	33—31	33—$\underline{2}$	33—53	33—55	33—$\underline{5}$
A卓蘭	33—11	33—31	33—$\underline{2}$	11—53	11—55	11—$\underline{5}$
B新屋	—	33—31	—	33—53	33—55	33—$\underline{5}$

由上表的連讀變調來看，變化的型態都一致，難以看出可分辨其差異，所以可以認定原來型態應該相同，也就是原來調值為24的即是24，55的原就是55，如此看來，竹北本應於AB組。

(2)本調（方言地理）

AB組分布在桃園、新竹，陽去調調值為55。C組分布在中壢過嶺到新竹縣，調值為24，C組竹北調值卻與AB組同為55。若以方言地理分布而言，竹北位於新竹縣樞紐地帶，居AB兩組之桃園與A組苗栗卓蘭之中，又被其他方言（主要為客家話之四縣與海陸，新竹市為閩南語）阻隔，古時往來不易，受AB兩組影響應較小。而其調值為55，異於周圍C組之24調值，若照方言地理論推測，55應是原有之調值。

3. 陽平與其他方言點的比較

⑴連讀變調（條件音變原理）

臺灣客家話的連讀變調，羅肇錦教授（1990：186）說過：「以饒平最複雜。」因此，散落在各地的饒平人，大都以氏族群居的方式，被他種方言圍繞在方言小島內。散布在各地的饒平客家話，內部存在著不少的語音差異，尤其在聲調調值的表現上，在現存的桃、竹、苗、中地區，陽平、上聲、陽去等三調調值，互有不同[11]，尤其是在連讀變調上，在已調查的十個方言點有九個方言點變調不同[12]，就連新竹縣芎林一個鄉鎮內，林、詹、劉三姓，單字調即有稍許不同，連讀變調也有差異[13]，呈現「百花齊放」的紛雜現象。

王士元認為合併的條件：「調型愈相似，就愈有可能合併。」[14]問題是竹北饒平客家話原來的陽平調值為何？約於何時合併？這是值得探討的研究課題，依照劉俐李（2004：120、242、95）《漢語聲調論》的理論。

「造成單字調和連讀變調差異的因素，和調類分化合併的步伐不同致異有關。單字調在靜態層，連讀變調在動態層；單字調是獨現調，連讀變調是組合調，二者既有聯繫又相對獨立。單字調變化快而連讀變調變化慢，或者單字調變化慢而連讀變調變化快（通常是前者）。於是單字調呈現的是變化後的模樣，而連讀變調呈現的是變化前的模樣。」

同時，王士元也認為：「連讀變調常常比較保守，因為其中保存了在單字調中已失去的差異。」[15]

這生活中的連讀變調，應是早期的語音形式。

方言點的連讀變調可分為三種形式：

一是不變式：C組含廣東上饒、臺灣饒平客家話的連讀變調型態，除了上饒新豐鎮「陰平＋陰類字」有變為新聲調31調，而A組平鎮王姓來自新豐鎮，其陰平變調也與新豐相同外，其他各地陰平不變調。

二是入聲「單向式」，即是陰入不管接任何調類，都變為高短調的陽入5，陽入接任何調類，除了A組卓蘭變為陰入2以外，其他點都不變調。

三是「陰陽反向」的型態，即是舒聲調上聲、陽平、陽去等三調後接陰聲調時，陽平變高降調53，陽平、陽去等兩調都變為中平調33；後接陽聲類變為陰平11或中平33。

---

[11] 呂嵩雁（2003）《臺灣饒平方言》、徐貴榮（2005）《臺灣饒平客話》，臺北：五南圖書公司。

[12] 徐貴榮，《臺灣饒平客話》，頁259-293第九章饒平方言點音韻略述的連讀變調部分。

[13] 林伯殷，《芎林腔饒平客語》，《新竹文獻》2005年二十三期，頁67-78。

[14] 李如龍、王士元言語引自劉俐李《漢語聲調論》，頁94-95。

[15] 以上三段文字，各出自劉俐李《漢語聲調論》，頁120、242、95。

其變調模式如下：

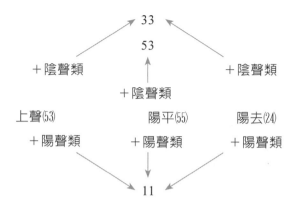

臺灣A、B組饒平客家話的變調原始型態，陽平本調53後接陰聲類、陽去後接陰平不變調外，其他調類的調值儘管和C組不同，變調模式基本上和臺灣C組、上饒的型態相同，其變調模式如下：

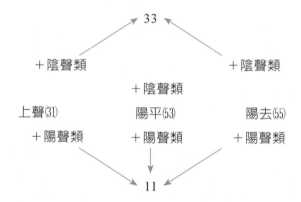

⑵本調（方言地理）

有關陽平調的比較，本調方面，芎林林姓與竹北林姓調值不相同，再與其他方言點的比較，可能會更爲清楚。由於B組與A只聲母不同與多一個超陰入調，其他聲調與A相同，所以列入同組比較。

陽平A組調值爲53，C組調值爲55，與臺灣海陸之陽平調值相同。若以方言地理來探討，竹北陽平55，又在新竹整體是C組的範圍，但陽去調值55，就不屬C組，若如其前述陽去調值確定爲55，就應屬於AB組，是否原是53與A組相同，現在調值55受周邊C組與海陸同屬調值爲55而影響改變？

4.比較結果探討

若從連讀變調觀之，下表明顯表現竹北饒平客家話陽平與陽去的連讀變調，前字的表現不同，而與A組「平鎮、興南」點、B組八德的連讀變調，

陽平遇「陰類字不變調」相同，這意味著什麼訊息呢？

前字／後字	陰平	上聲	陰入	陽平	陽去	陽入
C饒洋	53－11	11－53	53－2̲	11－55	11－24	11－5̲
C芎林	—	—	—	—	—	—
C竹北	53－11	53－53	53－2̲	33－55	33－55	33－5̲
A興南				11－53	11－55	11－5̲
A平鎮				11－53	11－55	11－5̲
A卓蘭	33－11	33－31	33－2̲	11－53	11－55	11－5̲
B新屋	—	33－31	—	33－53	33－55	33－5̲
B八德				11－53	11－55	11－5̲

　　如此看來，臺灣ABC三組和上饒客家話的原始型態，都呈現這種「入聲單向式」和「陰陽反向」的型態，符合這種型態者即是其原貌，反之即為其變化。

　　二三百年前，饒平和詔安兩地語音面貌非常接近，兩者有密不可分的關係，饒平與詔安客家話只差在入聲的調值不同而已，再進一步分化成陽平、上聲、陽去的調值不同，兩岸饒平客家話連讀變調比較，探究其聲調原貌，原本顯示不同（徐貴榮2007：187-206）。

　　前字變調為原來本調的方言點，以梅縣客家話為最明顯的例子。梅縣今去聲陰平調值55，去聲調值53，與北京話相同。但其連讀變調陰平成為24，去聲變調成為55，與臺灣四縣客家話本調相同，這說明什麼呢。臺灣四縣客家話約二百六十年前從梅縣等地隨移民語言來臺，至今未改變，兩相對照之下，極明顯可作為對照。

　　按照連讀變調音變原理來觀察，或許會懷疑：「北京話今上聲連讀變調，前字由變成315→11與315→35兩種現象，或是泉州話凡是陽聲調的前字變調都是低平調，難道北京話這兩種前字變化現象，及泉州話的前字變調都是早期的聲調？」聲調的分合與整併，聲調調值的變化，歷史語言史上一直在演變，例如古代漢語「入派三聲」，聲調有巨大改變，合併再整併的。方言常受方言地理的影響，饒平客家話在臺灣影響是最多的。

　　臺灣饒平各方言點，今A組卓蘭與B組精莊知章以合併成一套成為精組，只在A組卓蘭與B組新屋、C組過嶺等方言點殘存濁擦音聲母ʒ-。另A組芝芭里、平鎮、興南等方言點的知章聲母的止、深、臻、曾等攝韻母，也與周圍四縣客家話合流，顯然是來臺之後受周邊強勢方言的影響。

饒平各方言點聲母精莊知章合併表與其韻母分立表

方言點	豬知	遮章	遠云	池支	針深	濕緝	盡真	升蒸	直職
C饒洋	$tʃu^1$	$tʃa^1$	$vien^2$	$tʃ^hi^5$	$tʃim^1$	$ʃip^7$	$tʃ^hin^7$	$ʃin^1$	$tʃ^hit^8$
C苎林	$tʃu^1$	$tʃa^1$	$vien^2$	$tʃ^hi^5$	$tʃim^1$	$ʃip^7$	$tʃ^hin^7$	$ʃin^1$	$tʃ^hit^8$
C竹北	$tʃu^1$	$tʃa^1$	$vien^2$	$tʃ^hi^5$	$tʃim^1$	$ʃip^7$	$tʃ^hin^7$	$ʃin^1$	$tʃ^hit^8$
C過嶺	$tʃu^1$	$tʃa^1$	$ʒien^2$	$tʃ^hi^5$	$tʃim^1$	$ʃip^7$	$tʃ^hin^7$	$ʃin^1$	$tʃ^hit^8$
A芝芭里	tsu^1	tsa^1	ien^2	ts^hi^5	$tsɿm^1$	$sɿp^7$	$tsin^7$	$sɿn^1$	$tsɿt^8$
A平鎮	tsu^1	tsa^1	ien^2	ts^hi^5	$tsɿm^1$	$sɿp^7$	$tsin^7$	$sɿn^1$	$tsɿt^8$
A卓蘭	tsu^1	tsa^1	ven^2	ts^hi^5	$tsim^1$	sip^7	$tsin^7$	$ʃin^1$	ts^hit^8
B新屋	$tʃu^1$	$tʃa^1$	$ʒien^2$	$tʃ^hi^5$	$tʃim^1$	$ʃip^7$	$tʃ^hin^7$	$ʃin^1$	$tʃ^hit^8$
B八德	tsu^1	tsa^1	ven^2	ts^hi^5	$tsɿm^1$	$sɿp^7$	$tsin^7$	$sɿn^1$	$tsɿt^8$

　　從上表觀察，表中的字例雖然聲調都未曾改變，但聲母確有如次大的差異，同類型的聲調演變在無形中逐漸變化，所以，竹北林姓饒平客家話來自不同方言點，原始聲調即有差異，和苎林同是林姓本有不同，其陽平、陽去調值原是和AB相同，但在移居竹北兩三百年之後，就如同A組聲母，在桃園、苗栗周邊優勢語言四縣腔靠攏，逐漸變化。陽平53調值逐漸向周邊C組饒平與海陸陽平調值55靠攏、合併，上聲31逐漸與周圍C組饒平逐漸靠攏，只有陽去調值仍然還是55未曾改變，隱約仍是A組的隱形樣貌。

四、結語

　　經過比對研究探討，可以瞭解竹北陽去調55，和陽平同調值，但在連讀變調時，卻和陽平不同，反映竹北原本陽平、陽去分調，但是後來合併，合併的時機及條件，因林姓來臺號稱「六屋」等個不同宗派，分布在上饒各鄉鎮，所以同是林姓，在臺灣所呈現的語言聲調單字調也不同。一般認為陽去調55是後來合併的，但經過本文比對研究，加以探討，陽去調是原來調式，陽平調反而是合併變化的，至於變於何時，有待未來探討，本文以為是來臺之後才合併的。

1. 陽去55，本來調值。
2. 陽平55，由53逐漸向周邊C組饒平與海陸陽平調值55靠攏、合併。
3. A組在桃園、苗栗周邊優勢語言四縣腔靠攏，精莊知章以合併成一套成為精組，只在卓蘭殘存濁擦音聲母ʒ-。
4. 今日上饒：單字調逐漸向以饒洋維中心的在地優勢腔靠攏，原貌保留在各方言點連讀變調中。

饒平客家話中的畬話成分[1]

1 　本文為「第九屆客家方言學術研討會」論文，中國社
　　會科學院主辦，人類學與民族研究所，中國民族學學
　　會漢民族分會承辦，2011年10月發表於北京中央民族
　　大學。會後論文收錄於揣振宇主編《第九屆客家方
　　言研討會論文集》（北京：中央民族大學出版社，
　　2013），頁388-403。

摘　要

　　饒平客話分布於廣東省饒平縣北部的上饒地區幾個鄉鎮，人口約二十萬，以及在清初由這些地區移居臺灣及海外的後裔。他們的語音非常特別，既有一般客話的共同特徵，因近潮州，又有潮汕話的滲入，以爲是因爲滲有潮汕話的成分而和梅縣話不同。因此，大部分人把饒平客話稱爲「半山客」。其實據筆者的調查，饒平客話除有閩西的語音特點之外，還有不少的畬話成分。現在上饒地區還有數個畬族特有地名「輋」，饒洋鎮仍存有「畬族自治村」，可見饒平客話與畬話的關係密切。這些語音特點，有些還在臺灣現存的饒平客話保存著。本文透過田野的實際調查，經過語音分析與游文良所著《畬話》對比的方法，找出兩者共同的成分或相近的音。其畬話成分大致表現在古三等字沒有[-i-]介音，四等主要元音爲洪音，古遇攝字讀-iu等特點上，由此觀之，饒平客話與畬話關係密切，正也揭開饒平「半山客」的神祕面紗。

關鍵詞：饒平客話　半山客　畬話　韻等　介音

一、前言

　　饒平客話分布於廣東省饒平縣北部的上饒地區幾個鄉鎮，人口約十七萬[2]，以及在清初由這些地區移居臺灣及海外的後裔，臺灣的饒平後裔能說饒平客話的人口，根據楊國鑫（1993：138）的資料，大約只剩三到四萬人[3]。

　　饒平縣古屬潮州，位於廣東省東南部，在地緣上東與福建漳州府詔安、平和接壤，北與嘉應州府興寧、五華相鄰，西與潮州府潮州、豐順相接。其東南、南、西南部都與屬閩南系統的漳州話區和潮汕話區相連，只有北部和嘉應州系統的客話區以及閩南系統的詔安、平和客話相接。以致他們的語音非常特別，其特點與嘉應州系統（今梅縣）的客話有相當程度的差異。

---

[2]　參考《饒平縣志·語言篇》（廣東人民出版社，1994）。

[3]　楊國鑫（1993：123）記錄「民國十五年時，臺灣漢人祖籍潮州府系的客籍居民有十三萬人，他們以當時的臺中州54,700多人及新竹州51,800多人為最多，高雄州12,800人和臺南州11,300人次之，其他廳州合起來只有4,000多人」。目前，除了新竹州，包含桃竹苗之外的這些饒平後裔，哪裡去了？只有在墓碑刻石上存有「饒平」字樣及地名、殘存的稱謂詞而已，全部都福佬化。在桃竹苗的饒平後裔，也多半四縣化或海陸化了。如此，臺灣現今會講饒平腔客家話的參考數為三至四萬人（頁139）。根據筆者調查，現在的年輕輩，幾乎已不會說饒平客話。

　　饒平客話語音既有一般客話的共同特徵，也有閩西客話和閩南漳州客話的音韻系統，又還有潮州閩南語的滲透。例如：少數章組合口字，如「水、睡」讀f-，和詔安相同，卻不同於大埔讀ʃ-和梅縣讀s-；古見組溪母如「窟、褲」今讀k^h-和梅縣讀h- 或f-不同；蟹攝二、四等如「鞋、弟」字讀-e和梅縣、惠州讀-ai不同，卻和漳州詔安客話、閩南話相同；詔安、饒平、豐順和大埔南部等四地的聲調演變，陰去和陰上合流讀上聲調的特殊現象，是嘉應州和惠州系統客話沒有的現象；顯出饒平客話的特性。

　　饒平客話經過時間、空間的歷練，語言的接觸與演變，饒平和豐順的客話甚至被稱爲「半山客」。到底「半山客」的神祕面紗背後的真相是什麼？大部分的人都把「半山客」看成和梅縣不一樣的客話，是因爲有潮汕話語音或詞彙的客話稱之。其實不然，據筆者的調查，饒平客話除有閩西的語音特點之外，還有不少的畲話成分。

　　畲族是中國東南地區一個古老的少數民族，主要分布於福建、浙江、江西、廣東、安徽等省，據1990年人口普查統計，全國共有630,378人，其中福建省最多有309,052人，廣東省有26,511人，居第四位。畲族內部交際時，使用本族內部通行的語言。居住在廣東省羅浮山區的惠東、海豐和蓮花山區的博羅、增城四縣共一千二百人多自稱「活聶」（ho^{22} ne^{53}，山人）的畲族使用的是屬於漢藏語系苗瑤語族的一種語言，這種語言跟瑤族布努語炯奈話比較接近[4]。除了上述惠東四縣的畲族外，分布於福建、浙江、江西、安徽等省以及鳳凰山區的潮州、豐順等地，占全國畲族總人口99%多的畲族使用另一種語言，這種語言包含有古畲話成分（主要是壯侗語族語言成分和苗瑤語族語言成分）的底層，漢語方言客家方言成分的中層和現畲族居住地漢語方言成分的表層，共分爲九區。

　　畲族的粵東區，分布在潮州、豐順兩縣市，人口約有二千二百多人。本方言區畲族人口少，又分別在潮州漢語閩南話區和豐順客話區內，分別受兩種不同的漢語方言影響，但這兩地畲族語言共同點不少，形成一個小區域的特性。

　　宋代畲族有「畲」和「輋」的稱呼，在福建汀、漳的稱爲「畲」，在廣東潮州的稱爲「輋」（辛世彪2004：158）。饒平縣古屬潮州，現今還有以「輋」的地名，現在上饒地區還有四個畲族特有地名「輋」，分別是建饒鎮東的「大輋」，上饒鎮西北的「輋塘」，三饒鎮西北，韓江林場南的「老西輋」，新豐鎮東的「凹背輋」，分別都是現在客話的山區。饒洋鎮仍存有「畲族自治村」，可見饒平客話與畲話的關係密切。饒平縣西過潮安縣即到鳳凰山畲族自治區，饒洋鎮內的畲族自治村，如今雖已完全客化說客話，但

4　毛宗武、蒙朝吉，《畲語簡志》（民族出版社，1986）。

由此可知饒平和畬族語言有著密切的關係。本方言區在傳說的畬族發詳地鳳凰山區裡，因而，本區畬族方言更具有歷史和文化方面的研究價值[5]。在語言研究上令人驚訝地發現到，畬話和饒平客話的關係非常密切。到底饒平客話中含有多少畬話成分，正是本文研究的重點與目的。

二、饒平客話的語音特徵

　　饒平客話受潮汕閩南話的影響，據筆者研究，大都在詞彙方面，例如在上饒地區：稱「祖母」為「阿嬤」、「玩」說「爽」、「有趣」為「心色」、「河流」說「溪」、「早餐」說「早頓」、「菠菜」說「白龍菜」、「月亮」說「月娘」、「叔母」說「阿嬸」等都是借用閩南詞彙而以饒平客話發音或諧音。只有少數語音如：「西」讀「se1」、「劈」說「pʰut4」等。饒平客話具體的表現與梅縣客話不同的特徵，首先表現在有閩西語音特點上，其和隔鄰的閩南詔安客話相同，也與相鄰的大埔南部和西臨的豐順客話局部相同。筆者曾提出〈客話「漳潮片」的分片芻議——以臺灣饒平客話音韻談起〉一文，說明古漳洲所屬的詔安、平和、雲霄、南靖等四縣和古潮州所屬的饒瓶、大埔、豐順因其語音特點相似，可合為一片「客話漳潮片」分為「漳北、漳南、饒平、埔順」等四小片[6]。後來陳秀琪（2006）的調查[7]，閩南四縣客話特徵和筆者所調查的饒平客話相同特徵，具體表現在閩西客話音韻的特徵。重點分述如下：

1. 聲母
(1)章組擦音少數字讀f
　　項夢冰（1997：9）舉出連城（新泉）客話語音特點[8]，書船禪三母合口三等少數字今讀 [f-]，例如：誰垂尾～～fi｜水fi｜瑞fi｜術fiʔ｜船fie｜稅fie｜睡fie｜唇純feŋ｜順feŋ。

	連城	上杭	長汀	寧化	永定
水	ʃue	fei	ʃʉ	fi	fi
稅	fi	suo	ʃue	fie	

---

[5] 游文良，《畬族語言》（福建人民出版社，2002），頁2、31-35。

[6] 作者徐貴榮，第五屆客方言暨首屆贛方言研討會會議論文，2002年7月於南昌大學。會議後論文收錄於劉綸鑫主編《客贛方言研究》（香港：藹明出版社出版，2004），頁14-26。

[7] 見陳秀琪，《閩南客家話音韻研究》（國立彰化師範大學中國語文研究所博士論文，2006）。

[8] 本書以連城縣新泉鄉政府所在地新泉村客家話分析。

饒平客家話中的畬話成分　179

	連城	上杭	長汀	寧化	永定
順	feŋ		ʃeŋ	fiŋ	
船	fe		ʃũ	sẽi	

饒平客話唇fin⁵ 水fi² 稅fe² 睡fe⁷等字的聲母讀[f]，在此找到很好的承繼源頭。根據饒平各姓族譜記載，他們先祖大都於宋至元初，從閩西寧化、上杭、永定遷至饒平縣。

⑵v聲母豐富

饒平客話與中古音的對應，比一般客家更豐富，除了微母，如：文vun⁵、未vui⁷，和少數影母合口，如：v窩vo¹（合一） 彎van¹（合二） 委vui¹（合三）及少數以母合口。如：維vui⁵ 遺vui⁵ 惟vui⁵以外，還包括匣母部分字，如：禾vo⁵ 完van⁵ 換van⁷ 鑊vok⁸等。最重要的是云母（喻三）大部分字，凡北京讀「撮口y」的無聲母字，在梅縣客話讀齊齒呼-i-，在海陸客話讀濁擦音ʒ-，在饒平客話全讀v-，保留了古合口的特色。下表為云母北京及客話區的讀音。

字音 ＼ 方言點	雨遇	芋遇	衛蟹	胃止	遠山	圓山	運臻	王宕	域曾	榮梗
北京	y²	y³	uei³	uei³	yan²	yan⁵	yn³	uaŋ⁵	y³	uŋ⁵
寧化	iəɯ²		vi⁷	vi⁷	vieŋ²	vieŋ⁵	viŋ⁷	voŋ⁵		viŋ⁵
武平	i³		vi³	vi³	vieŋ²	vieŋ⁵	viŋ³	voŋ⁵		iəŋ⁵
秀篆	vu²	vu⁷	voi⁷	voi⁷	vien²	vien⁵	vin⁷	oŋ⁵	vet⁴	vin⁵
梅縣	i²	vu⁷	vi³	vi³	ian²	ian⁵	iun³	voŋ⁵	vet⁴	iuŋ⁵
饒洋	vu²	vu⁷	vui⁷	vui⁷	vien²	vien⁵		voŋ⁵	vet⁴	vin⁵/ven⁵
平鎮9	vu²	vu⁷	vui⁷	vui⁷	ien²	ien⁵	iun³	voŋ⁵	vet⁴	iuŋ⁵
竹北	vu²	vu⁷	vui⁷	vui⁷	vien²	vien⁵	iun³	voŋ⁵	vet⁴	ʒiuŋ⁵
卓蘭	vu²	vu⁷	vui⁷	vui⁷	ven²	ven⁵	vin⁷	voŋ⁵	vet⁴	ʒiuŋ⁵

由上表比較可以看出，客話云母合口今讀，分為兩個層次，廣東梅縣、江西寧都同一組，閩西、秀篆自成一組。饒平和閩南秀篆客話承襲江西、閩西而來，到了臺灣大都還非常保守地使用，只有個別點受到周圍方言的影響。梅縣、寧都、贛縣等地發展成兩部分，大都丟失v-的聲母成分，改讀i-的齊齒呼，只有部分的殘存，如：芋、域。

9　臺灣桃園地區的客家話及平鎮「王」姓自己亦稱己姓讀oŋ⁵。

例字	北京	梅縣、寧都、贛縣	閩西、閩南秀篆	饒平
胃衛	u-	v-	v-	v-
雨、芋 域、遠	y-	i- v-	v-	v-

(3)古「溪」字一律讀k^h

　　饒平話古「溪」字一律讀k^h，不若梅縣有少數讀f，如：「褲、苦、闊」等字；或讀h，如：「溪、殼、起、去、糠」等字。

方言點 / 字	溪	去	起	殼	褲	闊	糠	坑	客
閩西寧化		k^{h}iəɯ^2	k^{h}i^2	k^{h}o^4	fu^3	k^{h}a^4	k^{h}oŋ^1	k^{h}aŋ^1	k^{h}a^4
饒平饒洋	k^{h}ie^1	k^{h}iu^2	k^{h}i^2	k^{h}ok^4	k^{h}u^2	k^{h}uat^4	k^{h}oŋ^1	k^{h}aŋ^1	k^{h}ak^4
詔安秀篆	k^{h}ue^1	k^{h}ue^2	k^{h}i^2	k^{h}o^9	k^{h}u^2	k^{h}uat^4	k^{h}oŋ^1	k^{h}aŋ^1	k^{h}a^9
梅縣	hai^1	hi^2	hi^2	hok^4	fu^3	fuat^4	hoŋ^1	haŋ^1	hak^4

2.韻母
(1)蟹開二「皆佳」二韻部分字讀e

言點 / 字音	牌	稗	篩	鞋	蟹	街	矮
寧化	p^{h}a^5	pi^{7}p^{h}a^7	sɛi^1	ha^5	^{h}a^3	ka^1	ŋa^2
長汀	p^{h}e^5	p^{h}a^7	sai^1	hai^5	hai^2	tʃe^1	ai^2
秀篆	p^{h}ɛi^5	p^{h}ɛi^7	ts^{h}ɛi^1	hɛi^5	hɛi^2	kɛi^1	ɛi^2
饒洋	p^{h}e^5	p^{h}e^7	ts^{h}e^1	he^5	he^2	kie^1	e^2

　　梅縣話和饒平的對應：幫莊曉影ai—e，明母ai—i，而饒平話承自閩西讀e明顯。

(2)遇攝三等大部分精見影組、泥來母今讀iu

言點 / 字音	鋸	區	去	語	虛	徐	鬚	許	呂
寧化	kɤ^3	k^{h}iəɯ^1	k^{h}ɤ^3	ŋiəɯ^2	hiəɯ^2	ts^{h}iəɯ^5	siəɯ^1	hɤ^2	liɤ^2
秀篆	ky^2	k^{h}y^1	k^{h}y^2	ŋy^2	hy^1	ʃy^5	ʃy^1	ʃy^2	ly^7
饒洋	kiu^2	k^{h}iu^1	k^{h}iu^2	ŋiu^2	hiu^1	ts^{h}iu^5	siu^1	su^2	liu^7
竹北	ki^2	k^{h}i^1	k^{h}iu^2	ŋi^2	hi^1	ts^{h}i^5	si^1	hi^2	li^1

　　遇攝三等精見影組大部分、泥來母少數，北京讀y的韻母，饒洋地區客話除了來莊聲母，如：盧lu^5、初ts^hu，影組今讀無聲母讀ʒ、「許」讀su^2外，其他非常有系統地全讀iu。普通話不讀y的知章組字，饒洋也讀iu。再與臺灣今有讀iu的方言點比對，遇攝三等大部分精見影組、少數泥來母之源為iu，臺灣除了少數方言點的「去」仍讀iu之外，遇普通話讀y的字全讀i，已和四縣、海陸無別，顯示臺灣饒平客話的變。

⑶**四等韻元音讀e**

　　饒平客話和閩南的詔安秀篆只有一山之隔，同時反映了這個特點，它分布在蟹開四端精見組多數字、效開四及咸開四端組全部、山開四幫端精見組、梗攝端泥來組，也有畬話表徵，關係密切，以下是饒平四等開口洪音e的代表字。

①蟹開四端精見組多數字

端				精		見	
低	弟	剃	犁	西~片	洗	雞	溪
te^1	t^he^1	t^he^2	le^5	se^1	se^2	ke^1	k^he

②效開四端組

鳥	跳	條	調音~	尿	料
teu^1	t^heu^2	t^heu^5	t^heu^8	neu^7	leu^7

③咸開四端組全部，他組讀iam

點	店	跌	甜	念	疊	兼
tem^2	tem^2	tet^4	t^hem^5	nem^7	t^hep^8	$kiam^1$

④山開四幫端精見組

幫	端				精		見	
邊	片	天	田	鐵	年	千	先	肩	筧
pen^1	p^hen^2	t^hen^1	t^hen^5	t^het^4	nen^5	ts^hen^1	sen^1	ken^1	ken^2

⑤梗攝端泥來精組

端				泥	來	精
釘	聽	踢	糴	寧	零	星
ten^1	t^hen^1	t^het^4	t^het^8	nen	len	sen

四等讀e，饒平話明顯承自承自閩西。梅縣（臺灣四縣話）和饒平的對應：端組ai—e。例如：

字音＼方言點	低	弟	犁	西～片	洗	雞
閩西寧化	tie[1]	t^{h}i[7]/t^{h}ie[1]	lie[5]	si[1]	sie[2]	kie[1]
詔安秀篆	tεi[1]	t^{h}εi[7]	lεi[5]	sεi[1]	sεi[2]	kεi[1]
饒平饒洋	te[1]	t^{h}i[7]/t^{h}e[1]	le[5]	se[1]	se[2]	ke[1]

(4) 山開三幫精曉組讀en

＼聲母字＼方言點	幫			精			曉
	鞭	面	滅	煎	錢	線	獻
寧化	pieŋ[1]	mieŋ[7]	mie[8]	tsieŋ[1]	ts^{h}ieŋ[5]	sieŋ[3]	hieŋ[3]
秀篆	pieŋ[1]	mieŋ[2]	met[8]	tsiεn[1]	ts^{h}iεn[5]	siεn[2]	hiεn[2]
饒洋	pen[1]	mieŋ[2]	met[8]	tsien[1]	ts^{h}ien[5]	sien[2]	hien[2]
新屋	pen[1]	mieŋ[2]	met[8]	tsen[1]	ts^{h}ien[5]	sien[2]	hen[2]
卓蘭	pen[1]	men[2]	met[8]	tsen[1]	ts^{h}en[5]	sen[2]	hen[2]

　　經由上表的對比，饒平客話與閩西客話的主要元音e或ε相近，應是共同的來源，而各自發展不同。從寧都「獻」san[1]、閩西長汀「滅」me[8]、「舌」ʃe[8]、武平「扇」sɛŋ[3]等少數字沒有i介音的觀點，饒平客話和閩南秀篆客話大部分也是這樣的現象來看，饒平客話山攝開口三等沒有i介音，應是其原貌，增生i介音應是後來發展的結果。

3. 聲調

(1) 饒平客話聲調最大的特徵即是古陰上和陰去合併為今讀上聲。

　　苦k^{h}u[2]＝褲k^{h}u[3]　把pa[2]＝霸pa[3]　董tuŋ[2]＝棟tuŋ[3]

(2) 去聲只有古全濁去聲及大部分全濁上聲聲母及次濁去聲而來

　　稗p^{h}e[6]、號ho[6]、轎k^{h}iau[6]、豆t^{h}eu[6]、袖ts^{h}iu[6]

　　戶hu[6]、亥hoi[6]、罪tsui[6]、市ʃi[6]、造ts^{h}o[6]

　　麵mien[6]、類lui[6]、韌ŋiuŋ[6]、潤iuŋ[6]、嫩nun[6]

三、饒平客話的畬話成分及分析

　　饒平客話的畬話成分大都呈現在韻母部分，主要分布及分析如下：

1. 山攝三等沒有i介音

　　饒平饒洋鎮內有畬族自治村，如今已完全客化說客話，觀察游文良《畬族語言》頁145-148〈各代表點字（詞）音對照表〉中附近潮州、鳳凰山鳳坪，及福建福安等地畬話記音，山攝三等也沒有i介音，幫章曉組元音為e，如：鞭pen、棉men、連len（只有福安，其他lien）、舌tsʰet（福安）ʃet（鳳坪）、扇舌tsʰen（福安）ʃen（鳳坪），此與饒平客話完全無異，不過和饒平客話不同者為精組主要元音為a，如：剪tsan、錢tsʰan。饒平山攝三等讀e應是a元音高化的結果，畬話則保留大部分保留低元音a，一部分則高化為e元音。兩者類型相同，即是沒有i介音，饒平客話和畬族語言有密切的關係。

　　山攝三等沒有i介音，主元音為e，古十六攝除了「江」只有二等外，其餘都有三等。饒平客話其餘的十五攝三等以主要元音來分別，可以分為五組，列表如下：

　　三等各攝除了知章組聲母外，分組一覽表：（有該項條件則有+）

組別	甲[10]				乙[11]						丙[12]	丁[13]	戊[14]
攝	果效	假	咸	梗	蟹	止	流	深	臻	曾	山	宕	遇通
i介音	+				+／−						+／−	+	+
主要元音	a				i						e	o	u
一等主要元音	o	a	o	e			e		e		o	o	u

---

[10] 字例如：茄kʰiau、借tsia、表piau、尖tsiam、丙piaŋ。全組有文白讀的字，白讀仍為a，文讀主要元音變i，如：平pʰin、正tsʰin。

[11] 有介音i，字例如：祭tsi、知ti、九kiu、尋tsʰim、親tsʰin、直tʃit。又可分為三小組：⑴「蟹」攝章組少部分字為e，如：世ʃe。⑵「止」攝精莊組一部分字讀央高元音ï（ɿ），如：紫tsï、師ʃï；莊章見組少數字主要元音e，如：篩tsʰe、舐ʃe、蟻ŋie。⑶「流」攝幫組讀u，如：婦fu。⑷「深」攝莊組一部分字主要元音為央高元音e，如：森sem。⑸「臻」見組大部分為u，如：斤kiun。⑹「曾」攝幫莊章影少數字為e，如：冰pen、色set、食ʃet、應en。

[12] 字例如：鞭pen、煎tsen、獻hen。知章組全部沒有i介音，全部讀e，如：扇ʃen（列lat）。

[13] 有i介音，字例如：強kʰioŋ、象tsioŋ，知章莊則沒有i介音，如：張tʃoŋ、莊tsoŋ、章tʃoŋ。

[14] 有i介音，字例如：徐tsʰiu、居kiu；幫莊影組沒有i介音，如：父fu、初tsʰu、雨vu。

由表中透露一些什麼訊息呢？代表的什麼意義呢？

客話的元音系統a、i、u、e、o恰好分布在這五組攝的三等韻中，而有一等韻的「果蟹效流咸臻曾山宕梗通」沒有一個攝的主要元音i是很自然之事，因為i是細音，客話的主要元音i表現在「止深臻深流」及「蟹」幫組有三等的攝中。若從梅縣的元音系統中，除卻「流蟹」二攝，在「止深臻深」四攝的元音系統中產生了條件的音變，而這條件即是在舌尖前的古「精知章」聲母，這套聲母原有兩套塞擦音聲母的假設（陳秀琪2005：111），也就是現在舌尖前聲母和韻母的結合，可分為兩類：一類是只可以和洪音一起出現，那就是「知章」聲母，另一類是可以和洪細音結合，這就是「精」組，這兩組的聲母明顯的差異見於三等韻。於是梅縣話「止深臻深」四攝三等由於「知莊章」的舌位前化運動，由i元音為央化高元音 ï 再到央元音ə，如：子tsï、眞tsən，和北京平行的發展。饒平客話正介於這兩者之間，沒有像梅縣話元音央化的發展，「止深臻深」在「知章」組仍有i元音，如：周tʃiu；在「精莊」組則成央化高元音ï，如：子tsï、使sï。其他十一攝在「知莊章」則沒有i介音，則是因為舌尖前音的吞噬，會產生語音的多重層次，如：「重」有tʃʰuŋ，也有tʃʰiuŋ等。也沒有像閩南詔安客話由iu變為撮口y，充分地表現在遇攝合口三等。如：豬tʃiu，詔安則讀tʃy。這種現象，i在「止深臻深」四攝是主要元音，在其他攝則是變成i介音的成分。

拋開乙組的六攝，丙組的宕和戊組的遇通兩攝，都是一三等主要元音相同，只不過三等多加一個i介音而已。甲組的咸攝已經一二等合併，找不出一二等的痕跡，和假、梗攝沒有一三等對應，但果假攝古歌麻同韻，果攝三等只有「茄」一字，卻有梅縣讀kʰio、詔安讀kʰiu等多音（謝留文2003：39-40），可算是一三等同是主要元音同樣的對應類型。甲組效攝一三等對立，但三等有i介音明顯。只剩下山攝曖昧不明，除了知章組兩岸都沒有i介音，知組如：纏tʃʰen，章組如：舌ʃet外，臺灣卓蘭的饒平客話幫、來、精、知、章、曉組都沒有i介音，幫組如：鞭pen[11]、辨pʰen[24]、滅met[5]，來母如：連len，精組如：剪tsen、錢tsʰen、線sen、曉組如：獻hen等都沒有i介音，應該是較早的層次。上饒現存沒有i介音較只偏在於幫組，其他有i介音是晚近的增生現象。

在漢語音韻的結構上，元音i、u與介音i、u是有分別的，何大安（2004：26）認為：「元音i、u是單元音，介音i、u是上升複元音的起頭部分。單元音在一定時間長度內，舌頭位置大體不變，複元音則舌位有所移動。元音i、u與介音i、u發音上的區別就在這裡。這種發音上的區別，實在相當細微。但這種舌位是否移動的細微的區別，卻對前面的聲母會有不同的影響，從而具有音韻層面的重大意義。」

「作為韻頭時，-i-發音很短促、很緊，實際音質是j，如『邊』 ₋piɛn。在零聲母後面i-，帶有摩擦，實際音質是ji-，如『衣』 ₋i、煙 ₋ian。-i-使

聲母傾向於顎化，使k-、kʰ-在齊齒韻前面，發音部位從舌根移到舌面中，實際音質是c、cʰ，例如『基』ₗki[ₗci]、欺 ₗkʰi[ₗcʰi]。同樣道理，喉門清擦音h-，在齊齒韻的前面是 -，如『希』ₗhi[ₗ i]，是聲母形容性的附屬成分。但複元音iu中的i卻是主要元音，較強較重，而後隨的元音韻尾較鬆較輕。如『流』ₗliu、『九』ˇkiu、『求』ₗkʰiu、『修』ₗsiuº（袁家驊2001：149-150）同時，袁家驊（2001：151）認爲eu韻母和k-相拼時，有輕微的流音：i。「溝勾鉤」ₗkeu[ₗkⁱeu]、「狗苟」ˇkeu[ˇkⁱeu]、「購構夠」keuˎ[kⁱeuˎ]。事實上，這個流音在韻頭（介音）的位置上，不管它發音的長短，相等於介音，有沒有這個介音，梅縣、臺灣四縣客話有明顯的差別，無法將之等同視之。表領格的「个」（的），其讀音就不能有這個介音-i-，而eu韻母和k-相拼時，必須有這個韻頭-i-。个keˎ 和□（嘴骨頭）kʰieˎ 是不一樣的音值，ˇkieu和keu也是不一樣的音值。

山開三幫精知章曉組讀en的字例

聲母字　方言	幫			精		
	鞭	面	滅	煎	錢	線
寧化	pieŋ¹	mieŋ⁷	mie⁸	tsieŋ¹	tsʰieŋ⁵	sieŋ³
武平	piɛŋ¹	miɛŋ³	miɛʔ⁸	tɕiɛŋ¹	tɕʰiɛŋ⁵	ɕiɛŋ³
秀篆	piɛn¹	mien¹	met⁸	tsiɛn¹	tsʰien⁵	sien³
饒洋	pen¹	mien²	met⁸	tsien¹	tsʰien⁵	sien³
卓蘭	pen¹	men²	met⁸	tsen¹	tsʰen⁵	sen²

聲母字　方言	知			章		曉
	展	纏	戰	舌	扇	獻
寧化	tsɛ̃i²	tsʰaŋ⁵	tsaŋ³	sɤ⁸	sɛ̃i³	hieŋ³
武平	tsɛŋ²	tsʰɛŋ²	tsɛŋ³	sɛʔ⁸	sɛŋ³	ɕiɛŋ³
秀篆	tɛn²	tʃʰɛn²	tʃɛn²	ʃɛt⁸	ʃɛn²	hien³
饒洋	ten²	tʃʰen⁵	tʃen²	ʃet⁸	ʃen²	hien³
卓蘭	ten²	tsʰen⁵	tsen²	set⁸	sen²	hen²

　經由上表的對比，饒平客話與閩西客話的主要元音e或ɛ相近，應是共同的來源，而各自發展不同。從寧都「獻」san¹、閩西長汀「滅」me⁸、「舌」ʃe⁸、武平「扇」sɛŋ³等少數字沒有i介音的觀點，饒平客話和閩南秀篆客話大部分也是這樣的現象來看，饒平客話山攝開口三等沒有i介音，應是其原貌，增生i介音應是後來發展的結果。

徐通鏘（2004：151）引了鄭張尚芳（1933）〈雲南白語與上古漢語的音韻、詞彙、語法聯繫看其系屬問題〉一文：「漢語中古音的三等字在白語中的反映基本上沒有i介音，多屬開口韻，這可證明我們關於『中古的三等韻字在上古沒有i介音的假設』。」在梅縣有i介音的韻，在大埔頗多沒有介音。興寧、五華話則逢見組沒有i介音（袁家驊 2001：165-166）。饒平客話山攝三等沒有介音i，是否就是上古音的殘存？對照他攝大都有i介音，這種沒有i介音的類型，從秀篆、饒平、興寧、五華，到豐順，呈現一大片的地理分布，山攝沒有i介音疑是畲話。

2.四等韻元音e

四等韻元音讀e，閩南語大部分有如此語音特徵，如蟹四：題 ₌te、體 tʰê，山四：扁 ⁼pen、節tset 梗四：醒tsʰẽ、星tsʰẽ等，於是就把饒平客話有這種特徵的現象，指稱是受閩南話的影響。其實不然，閩南話只有「蟹山」兩攝四等元音是e，「效咸」並不讀e，況且「蟹山梗」兩攝也有「弟剃」、「面年」、「聽歷」等四等韻元音不讀e的。饒平客話和秀篆客話一樣，四等讀e的包含所有四等韻中大部分現象。其實不只饒平、秀篆地區有此現象，和饒平相鄰的大埔、五華等客家區也有這種現象，大埔話把古四等韻主要元音讀為（跳[tʰæu]店[tæm]帖[tʰæp]天[tʰæn]鐵[tʰæt]）（李如龍 2000：107），另外還有「鳥廖料」韻母æu，「添念」韻母æm，「點年連」韻母æn且沒有i介音。五華話則把山攝四等的「典天年鐵」讀成en/t。為何從秀篆到饒平、五華、東莞、香港這個大區塊會有此一現象，保留了中古的四等讀洪音e的特點？可能有一個共同的特徵。

觀察一下畲話，依游文良《畲族語言》〈各代表點字詞音對照表〉中古「蟹效咸山」等四攝，尚有咸攝「跌」字福安、福鼎、蒼南、麗水、潮州、豐順畲話讀tet，山攝「蓮」字福安讀len，「牽」字福安、羅源、順昌、華安、潮州、豐順等地讀kʰen（羅源讀kʰeŋ），還有一點遺跡存在。再觀察所有十三個點，除了逢見組聲母k、kʰ、極少數邊音聲母l-會產生i介音，主要元音會變成e外，其他絕大部分主要元音為a，蟹攝讀ai（「梯」除外），如：底tai細sai，效攝讀au，如：鳥tau尿nau，咸攝讀am/n，如：添，豐順tʰam、麗水tʰan、羅源tʰaŋ、福安tʰim（屬例外），都是讀洪音。徐貴榮（2008）曾提出〈由閩客方言及畲話論證古漢語四等為洪音a的擬測〉中古「蟹效咸山梗」的讀音如下：

(1)**蟹攝**

例字	米	帝	弟	犁	細	婿	洗	雞
福安	mi	tai	tʰai	lai	ai	ai	ai	kiai
華安	mai	tai	tʰai	lai	sai	sai	sai	kiai

例字	米	帝	弟	犁	細	婿	洗	雞
景寧	mai	tai	tʰai	lai	sai	sai	sai	kiai
麗水	mai	tai	tʰai	lai	sai	sai	sai	kiai
潮州	mai	tai	tʰai	lai	sai	sai	sai	kɛ
豐順	mai	tai	tʰai	lai	sai	sai	sai	kiai

(2) 效攝

例字地點	鳥	跳	條	尿	曉
福安	tau	tʰau	tʰau	nau	hieu
華安	tau	tʰau	tʰau	nau	heu
景寧	tau	tʰau	tʰau	nau	hieu
麗水	tau	tʰau	tʰau	nau	hieu
潮州	tau	tʰau	tʰau	nau	hieu
豐順	tau	tʰau	tʰau	nau	hiau

(3) 咸攝

地點	點	店	跌	甜	碟	疊	嫌
福安	tam	tiam	tet	tʰam	tʰap	tʰap	him
華安	tam	tiam	tiet	tʰam	tʰap	tʰap	hiam
景寧	tam	tiam	tiet	tʰam	tʰap	tʰap	hiam
麗水	tan	tian	tɛt	tʰan	tʰauʔ	tʰɒpʔ	hien
潮州	tam	tiam	tet	tʰam	tʰap	tʰap	hiam
豐順	tam	tiam	tet	tʰam	tʰap	tʰap	hiam

(4) 山攝

地點	邊	片	天	鐵	田	年	千	先	見	燕
福安	pan	pʰen	tʰan	tʰat	tʰan	nan	tsʰan	an	kian	an
華安	pan	pʰien	tʰan	tʰat	tʰan	nan	tsʰan	san	kian	an
景寧	pan	pʰien	tʰan	tʰat	tʰan	nan	tsʰan	san	kian	an
麗水	pan	pʰien	tʰan	tʰat	tʰan	nan	tsʰan	san	kian	an

地點	邊	片	天	鐵	田	年	千	先	見	燕
潮州	pan	pʰien	tʰan	tʰat	tʰan	nan	tsʰan	san	kian	ian
豐順	pien	pʰien	tʰan	tʰat	tʰan	nan	tsʰan	san	kian	ʒan

(5)梗攝

地點	壁	釘	聽	踢	定	星	醒	錫
福安	piaʔ	tiŋ	tʰaŋ	tʰeʔ	taŋ	aŋ	aŋ	aʔ
華安	piaʔ	tiŋ	tʰaŋ	tʰeʔ	taŋ	saŋ	saŋ	saʔ
景寧	piaʔ	tieŋ	tʰaŋ	tʰeʔ	taŋ	saŋ	saŋ	saʔ
麗水	piaʔ	tɛŋ	tʰaŋ	tʰɛʔ	taŋ	saŋ	saŋ	saʔ
潮州	piaʔ	teŋ	tʰaŋ	tʰeʔ	taŋ	saŋ	saŋ	saʔ
豐順	piaʔ	teŋ	tʰaŋ	tʰeʔ	taŋ	saŋ	saŋ	saʔ

　　由上列各表統計分析，分布在閩、粵、浙廣闊區域的畲話，「蟹效咸山梗」等五攝四等韻的讀音幾乎一致讀開口呼，元音為低元音a，只有極少數有i介音或是e，疑是與漢語（閩客話或華語）接觸後的產物。效、咸二攝現代漢語各方言，其韻母元音雖都仍是a，都已存在著i介音，但畲話仍沒有i介音，讀低元音a洪音。此一語言現象，與筆者調查得知部分從廣東饒平縣上饒地區移居臺灣的饒平客話，仍沒有i介音，客話和畲語的密切關係。

　　徐通鏘（2004：155）根據金有景（1964、1982）：「吳方言某些方言點提供的線索的線索，四等韻的元音低於三等韻，這一事實為我們理解《切韻》時期的三等韻何以早於四等韻而產生i介音的原因提供了一些重要的線索，四等韻*e應該是元音高化的結果。」如此，饒平客話四等韻今讀e是經過一次的音變，從低元音高化的結果，其原始讀*a是有可能的，饒平客話和畲話的關係密切自然不可言喻。

3. 「天、尿、寮、寮」讀tʰan、nau、lau、lau

　　畲話少數讀e的現象，是畲族從饒平客話學過去的？還是本來是讀e的，慢慢才轉變讀a？這可能從少數幾個字「天、尿、寮」來觀察。「尿」江西寧都讀nau、閩西武平讀nu，音值相近，都讀洪音。筆者到上饒沒有訪查到「天、尿、寮」讀tʰan、nau、lau的讀音。不過筆者卻在訪查從元歌都浮山峻鄉下田屋，今上饒鎮康西凹下搬來的中壢芝芭里劉姓，受訪者特別說明「尿、寮、料」要說nau、lau、lau，譬如：「小便」說「屙尿」o¹¹ nau⁵⁵，甚至客家人說「再見」曰「正來寮（嫽、嬲）」tsaŋ³¹ loi⁵³ lau⁵⁵，「要去哪裡玩？」說「愛去哪位寮？」去哪裡玩的「寮」說lau，「有好料」的

「料」也說lau。吳中杰（2004：111）也談到鳳凰山鳳坪畬話「尞、寮」也都說lau。除此之外，苗栗縣卓蘭鎮老庄詹姓饒平話和來自新豐鎮新葵鄉中壢市興南里的詹姓也是一樣，「小便」說「屙尿」o¹¹ nau⁵⁵，說「再見」也說「正來尞（嬲、嫐）」tsan³¹ loi⁵³ lau⁵⁵。受訪人都一致表示，現在很多都改說「尿」爲ŋiau⁵⁵，「料、尞」爲liau都是近來才學來的。

　　另外，桃園縣新屋陳姓饒平人來自元歌都嶺腳社嶺腳鄉（現在上饒鎮東北的嶺腳村），受訪人說「天、田」等字讀tʰan¹¹、tʰan⁵³，當時筆者即感覺非常訝異，在音韻上產生一些例外，經判斷並非舌位高的e，而是近舌位低的a，因是少數的幾字，後來在描述音韻時，把它記錄爲 ɛ，並說明和e不同（徐貴榮 2002b：34）。

　　兩百多年來，這些特徵並沒有因爲時間的流逝、空間的不同而消失，說明著饒平客話和畬話有著深厚的濃情密意。畬話大部分的見組都有i介音，就跟一般的客話一樣，不管一二等大都增生i介音，如一等「狗」由keu→kieu，二等「眼」由ŋan→ŋien，四等tem→tiam→tim（福安）。所以，畬話四等的i介音是後來增生的，現在畬話四等沒有i介音不是內部進行一種丟失介音的條件音變，而是增生的條件首先發生在舌根聲母，在擴及到其他聲母，終向其他漢語方言如客話看齊。

4. 遇攝三等泥精見影組讀iu

　　饒平客話是沒有撮口呼的方言，北京話讀y的韻母，除了無聲母的y韻，如：雨、譽之外，饒平客話都以iu來對應。遇攝三等泥精見影組北京讀y，梅縣客話幾乎都以i對應，上饒地區饒平客話讀iu，如：徐tsʰiu⁵、娶tsʰiu²、區kʰiu¹，隔鄉的詔安秀篆已經進一步讀撮口呼，如：去kʰy²，在客家方言中較爲特別。臺灣饒平客話讀iu的只剩幾字留存而已，如：去kʰiu²（有些地方讀hiu²）、佢（第三人稱）kiu⁵，鬚siu¹（芎林紙寮窩）。

　　這些特殊的讀法，頗具意義。對照附近鳳凰山鳳坪畬話，竟然關係甚深。

　　iu韻母是各地畬話共有的，如：州tɕiu¹、酒tɕiu³¹⁵。根據游文良《畬族語言》頁108-109，各代表點字（詞）音對照表，舉了十三個方言點來看，「女」有華安讀n̩iu²、豐順讀ŋiu²外，其他已經讀撮口呼y或ŋy；在客話方言區，從閩西寧化ŋiɤ到閩南秀篆ŋy、饒平ŋiu、粵中河源ŋy、粵北翁源ŋy、粵西連南ŋy、粵南陸河（河田）ŋiɤu，都是同一個類型。在這些十三個代表點中，沒有撮口呼的豐順、華安方言點，遇三非泥精見影組讀iu，如：「婦pʰiu、孵pʰiu、女ŋiu、鋸kiu、去hiu、魚ŋiu」等字，幾乎和饒平客話同

15　游文良，《畬族語言》，頁50。

一類型，已經讀撮口y的其他十一個方言點，則和詔安秀篆相同。儘管受訪人說饒平話「女」有兩讀，當「女兒」時讀作「女子」讀作「ŋ⁵³ tsï⁵³」，「子女」時讀作「tsï⁵³ ŋiu⁵³」，但中古遇三的字和附近鳳凰山等所有畬話的型態相同，必定有其共同的來源，亦即這些是畬族語言的表徵。由遇三讀iu（y）的音韻特徵，說明饒平話和詔安話，甚至閩西寧化、廣東中西南北的客家都跟畬族的密切關係。

　　另外，一些雙唇音的字，古遇三除粵語外，畬話也讀-iu。例如：如：廣州、陽江[16]，彪 ₌piu、票pʰiuᵓ、廟miu 。以及畬話遇攝三等幫組讀iu，如：「婦」讀pʰiu這樣的音節。今日漢語中有piu或是pʰiu音節的方言，只有在粵語古效攝三等幫組才有piu或是pʰiu，臺灣客話讀「piu²」的字，只有在口語中指「男性舉陰莖往上小便」稱「piu²尿」，或長出稻穗稱為「piu²串」外，不見其他字。在漢語中除粵語外，很少有這樣的音節，而這個客話或粵語語音極有可能是直接借自畬話。

5. 果攝歌韻與效攝豪韻讀合口u

　　語言的聲韻配合，常有平行的地方。這種平行的配合，使得整個結構的某些部分，呈現對稱的狀態。非平行演變會是一些原來平行的或對稱的結構關係改變。例如山攝開合口雲南易門的演變就不一致-an→ã（單）-uan→-uaŋ（端）-at→ɤ（舌）。平行結構的非平行演變，當然會破壞了原來平行分配或對稱關係，但卻也可能因此創造了新的平行分配或對稱關係（何大安2004：64）。客話曾臻二攝合流，效三與果三如：橋kʰiau、茄kʰiau，效一和果合一如：毛mu、磨mu、糯nu，又是否反映這種情形呢？這平行的結構非平行的演變，可能是一種局部的語言的接觸而留存的現象。

　　「伶話」是廣西龍勝縣北區太平塘村伶族使用的一種漢語方言，現在的伶話是一種雜染方言，以本族原有方言為主，夾染一些其他方言成分，人口有兩百餘人。此外，在龍勝東區有苗族一萬餘人，他們所使用的方言跟伶話基本上相同。伶話的特點是同一中古聲母或同一中古韻母往往有兩種讀法。如非奉微三母在口語常用詞中讀重唇音，在書面語或新詞中讀輕唇音。豪韻有u和ɔ兩種讀法，如：毛mu、帽mɔ。詳見王輔世《廣西龍勝伶話記略》（載《方言》1979年二至三期）。這兩種方言的雜染性質雖能確定，但由哪些方言混雜而成卻難以確定（游汝傑2000：173）。

　　雖然「毛」在畬話中讀mou不讀mu，但觀察廣西伶話有讀mu的機制，它一個雜染的方言，恰巧東鄰也有苗族說著同樣的方言，是否雜有苗傜語言不得而知。畬族與苗傜有密切關係，畬話果攝明泥曉匣母韻母一律作u，

16　材料取自《漢語方音字彙》，頁192-193。

如：磨mu糯nu過ku火fu（hu），其他聲母的韻母作ɔ，如：哥kɔ（ko）鵝ŋo婆pʰɔ坐tso，此與「伶話」相同，饒平客話和詔安客話都是同樣類型的讀法，可推知饒平、詔安客話和畬話的密切關係。這兩攝不像一般客話的少數字演變，或許是饒平和詔安客話中畬話的殘存，或是畬人學了客話的結果，不然無法解釋這種演變。

四、結語

由於本文的提出與分析，看出饒平客話和畬話的密切關係，也揭開半山客的神祕面紗，除了地名留下畬族的稱呼，主要在語音上的表現。

其特徵分別在遇攝三等除「幫」組之外的「泥精知章見曉影」所有的韻母都讀iu，以「女」讀ŋiu來代表。其次是三等山攝無i介音，臺灣的卓蘭饒平話保留最完整，畬話主要元音部分為a，一部分高化為e，和饒平一樣。例如：「面」men、「鞭」pen以及「舌」ʃet。三是古四等讀洪音，畬話元音讀a，有些高化和饒平客話讀e，如：「跌」讀tet、「蓮」讀len。更具體的是保留在臺灣中壢芝芭里、興南的「尿nau7、寮lau5、料lau7」韻母為au，是畬話的特徵。還有一些不規則的變化，如果攝「挪nu5、糯nu7」、效攝豪韻「毛mu」韻母都是u，推測是畬話的殘存。

畬話的聲調，與漢語中古聲調的比較，畬話的中古清去聲字歸到陰平，去聲只有主要是古全濁去聲字和大部分的次濁去聲、全濁上聲字（游文良2002：81），這和饒平客話去聲的來源相同，意味著兩著有共同的來源關係。

另外，在丘逢甲的詩中，尚可見當時饒平縣城三饒鎮還有畬族人穿著其服飾走在大街上。一百多年前，清光緒二十五年（1899），丘逢甲在臺灣失陷後，曾到內地周遊各地，抵饒平，作詩〈抵饒平作（二首）〉，收錄在《嶺雲海日樓詩鈔》卷六（己亥稿下）內：

鼓角聲何處？殘碑不可尋。田功迫秋急，山氣入城深。
舊俗仍高髻，遺民半客音。驅車來訪古，空作繡衣吟。

丘逢甲到山城的三饒（舊饒平縣治），看到婦女頭髮是梳著高高的「鳳凰髻」，所謂「舊俗仍高髻」指的是畬族婦女的「鳳凰髻」，丘逢甲當時看到三饒人這個打扮，直覺就認為三饒人是今畬族「遺民」[17]。而今饒平話

17　《嶺雲海日樓詩鈔》，丘逢甲所撰，其弟瑞甲、兆甲編輯，初印於1913年，1919年重版一次；1936

說「女」爲ŋiu²，「女兒」稱爲「ŋiu²」爲鳳坪畬話的說法（吳中杰 2004：97），即是畬話留下的一個證據。

　　總而言之，「半山客」的內涵包含兩個，饒平客話不只潮汕話的影響，還有畬族語言的內涵。不過現在潮汕話的優勢，直逼上饒客話，饒平地區受閩南潮汕話的影響，由南部地區逐漸雙語，範圍逐漸擴大。丘逢甲詩中表現的是當時人們說的語言是「半客音」。所謂「半客音」，應是除了潮汕話外，饒平客話的語言含有大量古越語，是客話中保存較多南方古漢語的一支，與今梅縣客家區比較，一般梅縣客家人都聽不懂。顯示一百多年前，饒平縣城三饒鎮當時語言還是說客話的，現在已經完全說潮汕話了。

　　饒平土樓多，早期是否和畬族生活有關？值得繼續調查研究。

年門人鄒魯復取前刊本手加釐定，又附入先前未選集中的零篇若干，即逢甲之弟瑞甲所輯的「選外集」，仍名爲《嶺雲海日樓詩鈔》印行，共收作品千餘首，自清光線乙未年（1895）內渡起至清宣統辛亥年（1911）南京臨時政府成立止，以年爲序，計分十三卷。《嶺雲海日樓詩鈔》，（簡體字版），上海古籍出版社1982年版。《嶺雲海日樓詩鈔》（正體字版），臺灣省文獻會1994年出版，本詩在頁113。本資料來源：半山客網站。

變遷中的方言研究—
以臺灣饒平客家話為
觀察對象[1]

1　本文為「2011年族群、歷史與文化亞洲聯合論壇：當
　　代客家之全球發展學術研討會」論文，中央大學客家
　　學院主辦，2011年10月發表，會後論文收錄於《新生
　　學報》第十一期（桃園：新生醫護管理專科學校出
　　版，2013）頁15～36。

摘　要

　　臺灣饒平客話來自清初廣東省饒平縣元歌都移民所說之語言，元歌都亦即今日廣東省饒平縣上饒地區。饒平客家人來臺已歷近三百年歷史，但因散落各地，沒有形成一個較大的鄉鎮聚落，經過族群接觸及互動之後，成了變動中的方言。據文獻資料及筆者調查，在變動中，語言接觸的結果，至今還能「語言維持」者，只存桃、竹、苗等縣市的客家庄中及臺中東勢地區還有老一輩能說饒平客家話，在語言維持者當中大都能「雙語或多語」現象，更有大部分的人已「語言轉移」，在桃園、苗栗地區成了「四縣客」，在新竹地區成了「海陸客」，在臺北、臺中，及中部平原的饒平客家人早已成為「福佬客」。如今從還能說饒平客家話者看來，各地腔調差異甚大，以筆者研究所得，除了原鄉即有差異外，來臺後隨著周圍方言接觸，發生語言影響的變化甚多。本文從共時的語音分ABC三組來觀察，夾上一些詞彙佐證，採用對比的方式，提出「類原型」、「類詔安型」、「類四縣型」、「類海陸型」、「類大埔型」等四種類型，恰好是地理方言的型態。由此，可看出表現出饒平客家話的多元型態，影響語言變動的因素及變動的方向。另從多元類型的反思，提出臺灣饒平客話的多元型態，是臺灣饒平客話的源頭。
關鍵詞：臺灣饒平客話　語言接觸　類型　方向　多元

一、前言

　　目前在臺灣的客話大致可分四縣、海陸、饒平、大埔、詔安、永定等次方言腔調，其中以四縣話和海陸話為骨幹，饒平則散布在各地，沒有形成一個鄉鎮的聚落。如果說客話在臺灣是「隱形話」，那饒平客話是客話中的「隱形話」，因為在一般客家聚落中，不易聽到饒平客話，到底有多少人使用饒平客話，也無所知悉（徐貴榮 2005：4）。

　　臺灣饒平客話，為來自清初廣東省饒平縣元歌都移民所說之語言，元歌都亦即今日廣東省饒平縣上饒地區，至今該地仍說著饒平客話。饒平客家人來臺已歷近三百年歷史，但因散落各地，沒有形成一個較大的鄉鎮聚落，經過族群接觸及互動之後，成了變動中的方言。據文獻資料及筆者的田野調查，在變動中，語言接觸的結果，至今還能「語言維持」者，只存桃、竹、苗等縣市的客家庄中及臺中東勢地區還有老一輩能說饒平客家話，在語言維持者當中大都能「雙語或多語」現象，更有大部分的人已「語言轉移」，在桃園、苗栗地區成了「四縣客」，在新竹地區成了「海陸客」，在臺北、臺中，及中部平原的饒平客家人早已成為「福佬客」。

　　筆者為饒平客話之研究者，近年為研究方言之變遷，即選定臺灣客話中甚為弱勢、分散之方言——饒平客話為研究對象，採用田野調查、語音比較之方法，對其語音為範圍，除深入臺灣十個饒平聚落，分別找六十歲以上耆老，記錄其語音、詞彙，並依據其族譜記載來臺原鄉，分兩年期間，赴大陸饒平縣上饒六個地區，採錄語音、詞彙，藉以研究臺灣各地、臺灣與原鄉其間之差異，期能找出變遷之因素、結果，研究出其類型，並推測其未來之走向。

(一) 源流

　　臺灣饒平客話來自清初廣東省饒平縣客家移民所說之語言。根據饒平客家族群之族譜所載，都來自當時的饒平縣元歌都，元歌都亦即今日廣東省饒平縣上饒地區。

　　根據《饒平縣志》[2]（1994：1004）的記載：

> 「廣東饒平縣只有北部靠近大埔縣（純客家話地區）、福建平和縣（閩方言、客家方言兼有地區）的上善、上饒、饒洋、九村、建饒等鎮及新豐鎮的大部分鄉村、韓江林場食飯溪村、漁村等地都說客家方言系統的客家話，使用人口十七萬多，約占全縣人口的19%。其他中部、南部約有80%都說閩南系統的潮汕話。」

　　此上善、上饒、饒洋、九村、建饒等鎮及新豐鎮的大部分鄉村、韓江林場食飯溪村、漁村等地都屬今日的上饒地區，大都屬清代的元歌都[3]範圍（附圖一）。

(二) 臺灣饒平客家分布

1. 福佬客

　　根據吳中杰（1999）的碩士論文資料，饒平福佬客分布相當廣闊，臺灣除東部及南部外，幾乎包含了臺灣北、中、彰、雲、嘉等縣市。

(1) 臺北地區

　　清代時期移民臺灣的饒平客裔有以下記載：臺北市內湖的饒平陳姓乃

2　《饒平縣志》1993年5月初稿，1994年5月修正稿，1994年12月由廣東人民出版社出版。

3　原稱「弦歌都」，清朝因避康熙帝「玄燁」之諱而改名元歌都，所以臺灣饒平移民族譜所記載的為「元歌都」

最早進入該區的漢人，建立頂陳、下陳二聚落；中崙一帶，也有饒平劉姓入墾。臺北縣北部潮州府有饒平許姓，後來多數遷往中壢過嶺。西部有饒平劉姓的「劉和林」與永定胡姓的「胡林隆」合組二大墾號開墾五股觀音山腳水泉豐沛的地帶；也有饒平劉姓在八里上岸，三代以後才遷往中壢芝芭里（筆者按：先遷往龜山，再遷關西，後遷芝芭里）；泰山鄉十四個世居個世居大家族中，饒平林姓是其中之一；三峽隆埔里也有劉姓入墾，留有「劉厝埔」（應是劉屋埔）地名，原為饒平劉姓所居；新莊三山國王廟的主任管理原連勝時（1998年六十三歲）說連姓等祭祀國王的家族也屬饒平客裔，目前已沒有人會說客語，但祭祀時仍請桃竹苗八音團演奏。

(2) 中部地區

臺中縣豐原市有饒平林、劉、詹姓，后里鄉有詹姓，潭子鄉有林、劉、詹姓，東勢也有林、劉、詹姓，石岡鄉黃、林、劉、詹姓入墾，但都未標明村落或地點，只有東勢石角地區仍有少數能說饒平話者。

彰化市內有饒平賴、沈，北門口饒平賴氏家族，日據時代出現了一位名作家賴和，他在1979年詩作中寫道：

「我本客屬人，鄉音竟自忘；悽然傷懷抱，數典愧祖宗。」

可見日據時期的彰化市區客屬已不會客語了，到目前也多半否認自己是客籍身分。員林鎮有張（最大）、黃、盧、朱、劉入墾，鎮內有「大饒」（大埔、饒平二縣合稱）等祖籍地名，溪湖鎮有巫、施，田中有黃、劉姓入墾田中央，大村鄉有饒平吳，永靖鄉有饒平陳（最大）邱、吳、巫、朱、涂、胡、詹等姓入墾，本鄉世居大家族共計十九個，祖籍饒平客家者十個。謝英從（1991）的調查，指出：「彰化永靖鄉的聚落發展過程，自墾拓迄今的家族幾乎都來自廣東饒平。」二水鄉、北斗鎮有黃姓入墾；二林鎮留有「大饒庄」等祖籍地名；田尾鄉有張、詹、邱、嚴姓，該鄉有「饒平厝」等祖籍地名；竹塘鄉第一大姓為饒平詹姓，部分直接來自饒平，部分來自苗栗卓蘭，客籍詹姓遍布全鄉，唯各聚落內皆未超過半數，其中以溪墘村最多，占47%。

臺中縣客家移民跟彰化縣有密切關係，如石岡鄉饒平劉、黃姓是從彰化員林入墾的，而新社鄉饒平劉姓來自彰化永靖，東勢鎮饒平劉姓來自彰化社頭。東勢鎮三山國王廟分香自員林及溪湖，而東勢地區許多人每年回員林掃墓[4]，東勢地區居民仍說潮州腔客語，因此可確證彰化潮州府移民絕大多數

4　《臺灣福佬客分布及其語言研究》頁33引自曾慶國（1993）《彰化縣三山國王廟》，1998年5月再版。

屬於客籍，而非福佬人。

(3)雲嘉地區

雲林元長鄉新吉村至今仍以饒平邱姓為主，棘桐鄉有「饒平厝」；「新街五十三庄」聯庄以大埤鄉新街三山國王廟為中心，幾為客家聚落，也有劉、邱、林入墾；「前粵籍九庄」以饒平劉（最大）、賴、詹、黃姓為多。

嘉義縣大林鎮北部、溪口鄉東半部、民雄鄉寮頂村、梅山鄉圳北村、屬於「新街五十三庄」聯庄的範圍，以饒平張、劉、郭、曾、邱、林姓為主；新港鄉北側有曾、郭姓入墾，民雄鄉饒平更多，街上有周、許、徐、劉等姓，市北有周姓，東南有賴姓，南側有劉、賴、張、熊姓，西南側有張、賴、許、郭、劉等姓；太保市有詹、張姓。現在這些饒平客家後裔，多已成福佬客，只存一些信仰、稱呼，如「龍神」、「伯公」，如「阿婆」、「孺人」、「舅姆或親屬、數字、打招呼、禁忌語」等。

2.目前仍能說饒平客話的地區

根據筆者調查平鎮《三槐堂王姓族譜》[5]記載：

> 十三世王克師，於雍正三年（1725），偕宗姪王仕福由淡水上陸，初至新莊。雍正六年（1728），入墾南崁，三子仕甲遷安平鎮南勢庄（今平鎮市南勢、金星等里）並建宗祠名為「植槐堂」。

另有同宗王廷仁[6]更早於康熙五十五年（1716）自饒平到鹿港上陸，墾殖彰化，其後裔分傳至中壢、平鎮，為北勢王景賢來臺祖。

綜觀饒平各姓族譜記載及發音人的口述，桃竹苗饒平客家分布與墾殖，多非初墾。大都在臺北八里、新莊先住過一段時間，再遷新竹，又遷桃園縣。或臺北遷北桃園南崁、龜山，由北而南再遷南桃園。或在臺灣中、南部幫傭或開墾，由南而北，再移居卓蘭、新竹、桃園等地區開墾。

目前仍能說饒平客話者，只存桃園、新竹、苗栗及臺中縣東勢地區，桃園縣有劉、詹、許、陳、黃、羅、袁、王、邱、張等姓。新竹縣也有許、陳、鄧、周、林、劉、鄭等姓，苗栗縣有劉、詹、黃等姓，臺中東勢有劉姓。

---

[5]　平鎮南勢三槐堂，王克師派下族譜，王年六先生提供。克師生於康熙四十三年（1704），卒於乾隆三十二年（1767），享年六十四歲，生三子，長仕洋，次仕種，三仕甲。

[6]　王廷仁來臺事蹟，同事王興隆老師提供族譜，為其之來臺祖，王克師之同宗叔父，家族世居中壢下三座屋，家族今說四縣客語。

　　目前所了解，臺灣的饒平客家話大都以「姓氏」爲「聚落點」的呈現，沒有形成「面」的分布，較大的聚落爲竹北市六家地區的林姓，卓蘭鎮老庄的詹姓。目前還會說饒平客話者雖不少，不過流失嚴重，只在家族及家庭之間的長者使用，二十歲以下仍能說饒平客話者，大概只有在新竹、卓蘭老庄可以找到些許。故目前所知還在使用饒平客家話的方言點，大致如下，其他姓氏的饒平後裔都不會說饒平客家話了！

1. 桃園縣：有中壢市芝芭里劉屋、興南庄詹屋、過嶺許屋、三座屋張姓，新屋鄉犁頭洲陳屋，平鎮市王屋，觀音鄉新坡許屋，八德官路缺袁屋等七個姓氏聚落。
2. 新竹縣：有竹北六家林屋，芎林上山村林屋，芎林紙寮窩劉屋，關西鎮鄭屋、鄧屋、許屋、陳屋，六福村陳屋，新埔鎮周屋、林屋，湖口鎮周屋等九個姓氏。
3. 苗栗縣：有卓蘭鎮詹屋，西湖鄉二湖的劉姓。
4. 東勢鎮：石角劉屋。

㈢ 研究參考之文獻

　　或許因爲人口占全縣比例太少，過去沒有引起語言學者的注意，以致沒有較多的文獻資料得以查詢。不過近十年來，臺灣方面，由於客家委員會於2001年6月成立之後，於2005年開始舉辦客語認證以後，「四海大平安」等五腔並列，新竹教育大學臺語所、中央大學客語所研究客語畢業者增多，饒平客語之能見度擴增，海峽兩岸總計可參考的文獻，大陸有：詹伯慧〈饒平上饒客家話語言特點說略〉（1992）、《饒平縣志》〈第三十一篇·方言·第二章〉（1994）等兩篇。臺灣則如雨後春筍，研究成果相繼問世。早期的楊國鑫（1993）、涂春景（1998）、吳忠杰（1999）等相關文獻外，以饒平客話爲主題的研究，還有呂嵩雁（1993）、林伯殷（2005）、羅月鳳（2005）、朱心怡（2007）、林賢峰（2007）、劉泳鴛（2008）、張美娟（2010）、張夢涵（2010）、楊昱光（2011），其餘筆者（2002a、200b、2002c、2003a、2003b、2004、2005a、2005b、2006a、2006b、2007a、2007b、2007c、2008a、2008b、2010、2011）連續發表，其中包括碩士論文《桃園饒平客話研究》2002a、博士論文《臺灣饒平客話音韻的源與變》（2007）、專書《臺灣饒平客話》（2005b）。

二、語言特色

　　饒平客家是有別於四縣、海陸系統的客家話，因與福建省詔安縣、廣東省大埔縣相鄰，反與這兩縣有一些共同的音韻特徵，又因近潮汕話，又受潮

汕話的滲透。臺灣饒平客家話歷時的發展，和其他客語的發展有其內部的一致性，若與中古音韻《廣韻》對應，可發現以下主要特色，和梅縣及惠州系統的客家話有顯著的不同。

(一) **聲母**

1. 章組少數字讀[f]，如：唇fin^5、水fi^2、稅fe^2、睡fe^7。
2. 見組溪母今讀[k]，如：褲k^hu^2、窟k^hut^4、去k^hiu^2、起k^hi^2、殼k^hok^4。
3. 影組云母今讀[v]，如：雨vu^2、圓$vien^5$、園$vien^5$、遠$vien^2$、縣$vien^7$。

(二) **韻母**

1. 止攝開口三等「鼻」字，在中壢市芝芭、興南和卓蘭等地讀鼻化韻$p^h\tilde{i}^7$。
2. 山攝合口一等桓韻曉、影組、三等仙韻章組少部分字讀an，不讀on。
   如：

歡fan^1	碗van^2	腕van^2	磚$tsan^1$

3. 山攝合口一等桓韻見組讀uan，不讀on，如：

罐$kuan^2$	觀$kuan^1$	館$kuan^2$

4. 山攝合口三等知章日組讀en。

傳$tʃ^hen^2$	船$ʃien^5$	軟$ŋien^1$

5. 蟹攝二等皆佳二韻「並匣影」母字讀e，如：

排p^he^5	牌p^he^5	稗p^he^7	鞋he^5	蟹he^2	矮e^2

6. 明母和蟹攝四等讀i，如：

埋mi^5	買mi^1	賣mi^7	泥ni^5

7. 蟹、梗二攝四等端組部分字及梗攝二等「冷」字，其主要元音為e，不讀ai、aŋ。

低te^1	底te^2	啼t^he^5	弟t^he^1	犁le^5
聽t^hen^1	廳t^hen^1	頂ten^2	冷len^1	

(三) 聲調

　　饒平聲調歷時的發展，和其他客語聲母的發展，內部有部分一致性，如古次濁上部分今讀陰平，古全濁上部分今讀陰平。但古清上、去二聲合併成陰上聲，古濁上和濁去合併爲今讀陽去聲。

苦k^hu^2＝褲k^hu^2　　　把pa^2＝霸pa^2　　　董$tuŋ^2$＝棟$tuŋ^2$

杜t^hu^7＝度t^hu^7　　　市si^7＝侍si^7　　　道t^ho^7＝盜t^ho^7

三、臺灣饒平客話的分組研究

　　廣東饒平客話雖然南北及東西部有局部語音差異，但總體而言，呈現一致的局面，臺灣饒平客話則呈現多元面貌，筆者（2008：18-19）延續（2002）的研究方式，先依聲調，次依聲母，末依韻母，將之分成ABC三組研究。

(一) 依聲調

　　芝芭、興南、平鎮、新屋、八德、卓蘭等六個方言點調值相同，但新屋、八德比其他四個方言點多出一個「超陰入」，有七個聲調；過嶺、新坡、芎林、竹北六家[7]、湖口、關西等方言點相同，故宜分三組，爲分組之主要依據。

調名		陰平	陰上	陰去	陰入	陽平	陽去	陽入	超陰入
調號		1	2		4	5	7	8	9
調值	A	11	31		$\underline{21}$	53	55	$\underline{5}$	
	B	11	31		$\underline{21}$	53	55	$\underline{5}$	24
	C	11	53		$\underline{21}$	55	24	$\underline{5}$	
例字		圈	犬	勸	缺	權	健	杰	屋
調號標法		k^hien^1	k^hien^2		k^hiet^4	k^hien^5	k^hien^7	k^hiet^8	vu^9

7　竹北六家「陽去」調值和「陽平」相同，只在連讀產生變調才出現「陽去」調，因此本調只有五個調類。

(二) 次依聲母

芝芭、興南、平鎮、八德、卓蘭等五個方言點沒有舌葉音。新屋、過嶺、新坡、竹北六家、苎林、湖口、關西等五個方言點有舌葉音，可分為兩組。

(三) 末依韻母

古止、深、臻、曾開口三等知、章系韻母，芝芭、興南、平鎮等三個方言點相同，過嶺、新坡、竹北、苎林、湖口、關西卓蘭等五個方言點相同。但古宕、江、通等攝陰入聲，新屋、八德兩點沒有收-k尾的韻母，聲調變成「超陰入」現象則一致，故也可分三組。

(四) 依據上列三項聲、韻、調的不同和特性，本文將方言點分為三組

A組：中壢市芝芭里劉屋（以下稱「芝芭」）、中壢市興南詹屋（以下稱「興南」）、平鎮市南勢王屋（以下稱「平鎮」）、卓蘭鎮老庄詹屋（以下稱「卓蘭」）等四個方言點。

B組：新屋鄉犁頭州（今稱頭州）陳屋（以下稱「新屋」）、八德市霄裡官路缺袁屋（以下稱「八德」）等兩個方言點。

C組：中壢市過嶺許屋（以下稱「過嶺」）、觀音鄉新坡許屋（以下稱「觀音」）、竹北市鹿場里六家林屋（以下稱「六家」）、苎林鄉上山村林屋、紙寮窩劉屋（以下稱「苎林」）[8]、關西許、鄭、鄧姓（以下稱「關西」）、湖口長岡嶺周屋（以下稱「湖口」）等九個方言點。

四、變遷中的臺灣饒平客話類型

(一) 變遷中的語言接觸

1. 語言變化

語言是一個不變動的結構，語言的結構改變，一般多在兩種情況下進行。一種是語言內部的分化，另一種是外部的、語言間或方言間的接觸。語

---

[8] 苎林說饒平客話的有「上山村」及「紙寮窩」兩個方言點，兩者相距二公里，上山村主要為林姓，紙寮窩為劉姓，建有祠堂。另中壢市有三個方言點，各有不同的方言特色，故以「里名」稱之。竹北林姓饒平語音，分散一里以上，來源也有不同，其內部有歧異，六家在歷史上具有特色，故本文以「六家」稱之，其他各點都以「鄉鎮名」稱之。

言內部分化的原因很多，包括了因人口的移動所造成的地理上的隔離，或是社會的分化，如不同的階層、年齡群、兩性差異、婚姻關係等，所帶來的同一語言社群之內語言上的變異。語言或方言的差異愈大，接觸的時間愈久，所造成的結構變化愈發顯著。因此要研究語言的結構變化，我們必須對內部的分話語外部接觸二者，同時進行考察（何大安 2004：4）。

語言的變化由兩種截然不同的因素引起，其一是由語言自身內部規律的作用而引起的演變；其二是由外部接觸而產生的變化而引起的演變。自身演變的是語言內部結構的變化，速度慢，它的變化主要反映在語言結構上，包括語音、語法、詞彙，這種變化可稱為自然的變化，又稱常規變化（normal change）。由語言接觸引起的變化，一般而言比前者來得快，來得猛，其變化不僅在語言本身上，還體現在使用功能上，這類變化可稱接觸變化，又稱非常規變化（non-normal change）（袁焱 2001：1）。

接觸，是使語言發生結構變遷的一個重要因素（何大安 2004：77）。今天的漢語方言，無論是哪一支或哪一個方言，都不敢說是孤立地從它的母語直接分化下來的。在漢語的發展過程中，分化與接觸是交互進行的（何大安 2004：95）。在民族的交往中，語言接觸首先涉及的總是詞彙系統，詞語的借詞是最初步的基本反映（袁焱 2001：37-38）。但詞彙要靠語音來體現，所以也可以從語音的角度來觀察語言影響的先後（袁焱 2001：37-38）。

2. 語言遷就

臺灣饒平客話居地分散，而且以宗族群聚方式散落於其他方言之間。於是在多語的社會環境下，在語言接觸中，人們可能會在某些場所、對某種人或某種話題時，選擇共同語言；反之，在不同族群的互動中，可能會選擇特定的語言來面對不同的人，也會學習強勢語言以面對周圍使用強勢語言者，形成語言遷就，一方面向對方的語言產生聚合，促進彼此溝通；一方面又想維持本身的認同感，背離對方的語言。

3. 語言接觸與遷就的影響

任何兩個語言A、B相互接觸之後，可能產生三種變化：一是雙方同時保留下來，形成所謂的「雙言」現象，二是A最後取代B，三是B最後取代A（黃宣範 2004：257）。二和三顯示的是AB兩種語言當中，有一種形成語言死亡。

語言的衰退從語言社會學的角度觀之：第一，它大量地引進外語的詞彙，反映語言的殖民化；第二，語言的死亡，常常退縮到只用於某一種情境，如家庭[9]。因此，語言接觸與遷就後造成的影響，可產生三種變化：

---

[9]　本段文字錄自黃宣範《語言、社會與族群意識》頁261之重點節錄。

1.語言影響，雖可語言維持，但造成語言結構的變化。

2.語言兼用，形成雙語現象。

3.語言轉用，造成語言死亡，而有不同的面貌。

　　因此，在筆者的調查比較得到，現今廣東饒平縣上饒客話三百年來也在逐漸變遷之中，但速度緩慢，臺灣饒平客話則較快速。臺灣饒平客家人在社會交往的環境中會說各種社會語，成為雙語或多語者；但昔時較為注重語言傳承者，家中長老或家長會告誡新媳婦：「入門三日要學會饒平話。」但一方面，又有放任者，即隨著新媳婦而語言轉換，語言即逐漸死亡。

㈡ 語言維持及其語例

1.語音

　　將兩岸饒平客話對比之後，主要表現在聲調上，臺灣ABC組聲調雖不同，但聲韻都能完整地語言維持及保留語言特點如下。

⑴章組少數字讀f，如：水fi^2、稅fe^2、睡fe^7、唇fin^5。

⑵蟹開二「皆佳」二韻部分字讀e，如：牌p^{h}e^5、鞋he^8、蟹he^4、排pe^5。

⑶蟹開四端精見組多數字讀e。如：低te^1、弟t^{h}e^1、犁le^5。

⑷山合口一等桓韻曉、影組、三等仙韻章組少部分字讀an，如：歡fan^1、碗van^2。

⑸蟹攝二等明母和蟹攝四等泥母少數字今讀讀i，如：買mi^1、賣mi^7、泥ni^5。

⑹山攝合口一等桓韻見組讀uan，不讀on，如：罐kuan^2 觀kuan^1 館kuan^2。

2.詞彙

⑴眽：看 ŋaŋ^2

⑵疾：痛ts^{h}it^8

⑶阿嬤：祖母a^{11}ma^{24}

⑷阿嬸：叔母a^{11}zim^{55}/ a^{11}sim^{55}

⑸心婦：媳婦sim^{1}p^{h}e^1

⑹薰：菸fun^1

⑺唉：哭vo^2

⑻心色：趣味sim^{1}set^4

⑼跍起：起床t^{h}ai^{5}k^{h}i^2

⑽遞：提、拿t^{h}e^7

㊂ 少量變遷，大部分方言點尙能語言維持及其語例

　　經兩岸饒平客話對比之後，臺灣ABC組只有部分完整的語言維持及保留語言特點，但部分點已語言轉移，只保留聲調，形成共同的變遷。

1. B組新屋、C組：「精莊知章」分「精莊」、「知章」兩組聲母。但A組、B組八德「精莊知章」都合成一套，說成「精莊」。

2. A組卓蘭、B組、C組：唇齒古曉匣合口字讀f、v，如：血曉fiet^4、縣匣vien^7，A組其他點分讀hiet^4、ien^7。

3. A組卓蘭、芝芭、B組、C組：云母讀v，如：遠vien^2。C組過嶺讀ʒien^2，A組平鎭、興南讀無聲母ien^2。

4. A組卓蘭、B組、C組：溪母字讀送氣k^h。A組芝芭、平鎭、興南部分字讀h，部分字仍讀k^h，「褲、窟」等少數字讀k^h。其他A組平鎭、C組竹北、芎林除了「去」讀hiu^2。

5. A、B組：古四等元音完全保留讀ɛ，如：天t^{h}ɛn^1，其他組都有i介音，天t^{h}ien^1。

6. A組卓蘭、B組：古山攝三、四等無i介音，如：袁ven5、面men^2、錢ts^{h}en^5，卓蘭甚至比上饒地區保存得更多，C組說：袁vien5、面mien^2、錢ts^{h}ien^5，C組過嶺、新坡說：袁ʒien5、面mien^2、錢ts^{h}ien^5，A組芝芭、平鎭說：袁ien5、面mien^2、錢ts^{h}ien^5。

7. A組卓蘭、B組新屋：山合三知章組元音讀e，最爲完整。C組六家、芎林除了「磚」讀tʃan^{11}、「轉」讀tʃan^{53}以外，其他如：穿tʃ^{h}en^{11}、船ʃen^{55}、說ʃet^{2}完整保留。

8. B組：「宕、江、梗、通」四攝淸聲母或部分次濁聲母入聲，沒有-k韻尾，今讀存在一個「超陰入」（徐貴榮2002），調值是中升24的舒聲韻，同於詔安。「宕、江、梗、通」四攝淸聲母或部分次濁聲母入聲，沒有-k韻尾，今讀存在一個「超陰入[10]」，調值是中升24的舒聲韻。如：宕攝「腳」kio^{24}，江攝「桌」tso^{24}、梗攝「惜」sia24、通攝「屋」vu^{24}。

㊃ 大量變遷，只有少部分方言點能語言維持及其語例

1. A組卓蘭、B組新屋：心、邪、從、崇母讀塞擦音，如：碎心ts^{h}ui^2、醒心ts^{h}iaŋ^2、象邪ts^{h}ioŋ^7、字從ts^{h}i^{7}仍讀塞擦音，其他方言點都改讀擦音，與周

---

[10]　「超陰入」一詞首見筆者（2002）碩士論文《臺灣桃園饒平客話研究》頁47、126、188。另見筆者（2005）《臺灣饒平客話》頁70、279。中華民國聲韻學會於國立高雄師範大學主辦之第八屆國際暨第二十一屆全國聲韻學學術研討會，該研討會中，張屏生之論文（2003：381）亦曾提出「超陰入」之名稱。

圍客語無異。

2. B組：古效山咸三攝四等韻讀ε元音，如：跳tʰɛu²、點tɛm²、天tʰɛn¹，其他點效、咸攝全改讀讀ia，跳tʰiau²、點tʰien²，山攝改讀ie，天tʰien¹，和周圍客語相同。

3. B組新屋：咸開二匣母部分讀e元音，如：咸ham⁵。其他方言點元音全改讀a，讀成ham⁵。

4. C組六家、芎林紙寮窩，A組平鎮、興南：遇攝三等見影精組大部分極少數泥來母今讀iu，只剩除極少數點的極少字。如：C組六家、A組平鎮、興南「去」讀hiu²、C組芎林紙寮窩「去鬚」兩字讀kʰiu²、siu¹外，全部改讀i。如：A組卓蘭，「去」讀kʰi2，其他點都讀成hi²，而「鬚」讀成si¹，與四縣、海陸無異。

5. B組：山開二見及幫影組部分讀e元音，如：閒hen⁵、慢men⁷、八pet²。其他組改讀a元音成為閒han⁵、慢man⁷、八pat²。

6. C組關西湖肚（楊昱光 2011：66）：許姓su²，其他點，包括關西旱坑、過嶺之許姓，都改說hi²，只剩在祭祀祖先時才聽得到su²的發音[11]。

㈤ 臺灣饒平客話的個別類型

　　臺灣饒平客話在語言接觸與遷就後造成的影響，產生了語言的變化，除了語言已經轉換者外，至今尚能說饒平客話包括雙語、多語者，經過上列變遷結果之綜合，約有下列四類型。

1. 類原型（與上饒音韻相同）

　　此類型存於A組卓蘭、B組，並非完全沒有變遷，只是比較之後，較能與現在上饒客話相對應。

　　⑴古四等元音完全保留讀ε，如：天tʰɛn¹。

　　⑵唇齒古曉匣合口字讀f、v，如：血曉fiet⁴、縣匣vien⁷。

　　⑶古山攝三、四等無i介音，如：袁ven5、面men²。

　　⑷心、邪、從、崇母讀塞擦音，如：碎心tsʰui²、醒心tsʰiaŋ²、象邪tsʰioŋ⁷、字從tsʰi⁷仍讀塞擦音。

　　⑸山合三知章組元音讀e，如：穿tʃʰen¹、船ʃen⁵、說ʃet⁴。

　　⑹古效山咸三攝四等韻讀ε元音，如：跳tʰɛu²、天tʰɛn¹、點tɛm²。

2. 類詔安型

　　⑴此類型存於B組，雖然八德的「精莊知章」聲母已合為一套「精」組，

11　根據許姓大族譜編者許時烺先生所提供的錄音。

但主要特徵仍然存在：

①「宕、江、梗、通」四攝清聲母或部分次濁聲母入聲，沒有-k韻尾，今讀存在一個「超陰入」，調值是中升24的舒聲韻。如：通攝「屋」讀爲vu²⁴，而不讀vuk²¹或vuk²⁴；宕攝「索」（繩子）讀爲so²⁴，同於詔安。

②和詔安話客家話最明顯的不同，在於入聲調值的不同，除了「超陰入」之外，陰入韻尾收-p、-t和所有陽入韻尾收-p、-t、-k的調值，都和一般饒平客家話相同，也沒有詔安話的「超陽入」。與饒平客家話的陰入今讀低短調，如：鐵tiet²¹；陽入讀高短調，如：合hap⁵。濁聲母及部分次濁聲母今讀陽入聲仍有-k尾，仍讀陽入調，如：鑊vok⁵、綠liuk⁵；也和詔安沒有-k尾，如：鑊vo⁵⁵，變成高平調有所不同。

(2)此類型存於A組之「聲調」，陰平、上聲、去聲、陽平四個聲調相同。

3. 類四縣型

此類型存於A組芝芭、興南、平鎮，皆在桃園南區四縣腔客語區內，主要的特徵在於：「精莊知章」聲母合併成一套讀精組ts-，及其所配合的深、臻、曾、梗（白讀）等四攝韻母。

(1)「精莊知章」聲母合併成一套讀精組ts-。

借tsia2	粗tsʰu1	罪tsʰui7	酸son1	卒tsut4	（精）
註tsu2	轉tson2	池tsʰï5	陣tshïn7	摘tsak4	（知）
莊tsoŋ1	楚tsʰu2	爭tsaŋ1	曬sai2	直tsʰït8	（莊）
遮tsa1	暑tsʰu2	屎sï2	磚tsan1	祝tsuk4	（章）

(2)開口止攝三等精知莊章組，深、臻、曾、梗（白讀）等四攝主要元音讀舌尖元音 ï。

紫tsï²	智tsï²	痔tsʰï7	紙tsï²	視sï⁷	（止）
蟄tsʰït⁸	針tsïm¹	深tsïm¹	執tsïp⁴	十sïp⁸	（深）
珍tsïn¹	陳tsʰïn⁵	真tsïn¹	實sït⁸	臣sïn⁵	（臻）
徵tsïn¹	職tsït⁴	蒸tsïn¹	升sïn¹	式sït⁴	（曾）
貞tsïn¹	逞tsʰïn²	整tsïn²	適sït⁴	誠sïn⁵	（梗）

(3)原v聲母大部分字讀成無聲母，如：縣ien7、運iun7、羊ioŋ5。

⑷「仔尾詞」的讀音為e^{31}，與四縣相同。

4.類海陸型

此類型存於C組，大致都在新竹地區，朱心怡（2007）提出新竹饒平與海陸客話的比較。筆者以為因新竹地區以說海陸腔客語居多，饒平聲母「精莊知章」分「精莊」、「知章」兩組聲母ts-、tʃ與海陸相同；韻母效攝三等及四等，幫精見曉影組讀iau，知莊章組讀au，如：笑siau^2、朝tsau^1；合口一等蟹攝灰韻幫組部分字、三等非、曉、影組；止攝影組讀ui。如：杯pui^1、位vui^7、都「海陸」同韻，也因此有人以為饒平極像海陸，所以在新竹海陸客語區饒平話音韻也保留較完整，有些不知不覺被海陸同化而不自知。此類型最明顯的表現在連讀變調上及「仔尾詞」的讀音上。

⑴**連讀變調的規則陽平要變調的卻不變調**

C組陽平調值與海陸相同為高平55，連讀變調的規則，後接陰類調時前字變成高降53，如：頭家tʰeu$^{55/53}$ ka^{11}、頭擺 tʰeu$^{55/53}$ pai^{53}、圓桌 vien$^{55/53}$ tsok^2；後接陽類調則變成中平調33，如：頭前tʰeu$^{55/33}$ tsʰien^{55}、零件 len$^{55/33}$ kʰien^{24}、銅鑊tʰuŋ$^{55/33}$ vok^{5}銅鑊。本組過嶺、新坡、芎林、關西等地陽平後接任何調都不變調，讀如海陸的高平調55，加上饒平客話的某些音韻類似海陸，詞彙又受海陸影響，所以使人聽起來像海陸。

⑵**陰入應變為陽入，有些有變，有些不變**

陰入連讀變調應變為陽入、竹北逢陽聲類前不變調，同於海陸的變調；而陽入應不變調的，卻逢陽聲類前變調2，讀如海陸。芎林只差在陽入接「上聲」與竹北相反外，其他類型與竹北相同，此乃在廣大海陸區域，連帶影響到連讀變調。

⑶「仔尾詞」的讀音ə^{53}，類似海陸的ə^{55}，應是受到海陸的影響，因為上饒地區的「仔尾詞」讀音為tsii^{53}（子）。

5.類大埔型

此類型只發生在A組卓蘭，因其位在東勢鄰鎮，居民往來密切，語音受其影響，尤其在詞彙借入更多及其自有的詞彙。大要於下：

⑴「精莊知章」合成一套聲母，形同四縣腔客語，但「精莊」聲母逢細音i不顎化，「知章」聲母逢細音卻接近顎化，和東勢大埔話語音的走向極為相同。如：智tɕi^{31}深tɕʰim^{11}式ɕit^2（徐貴榮 2006b、2005b：270）。

⑵止攝開口三等精莊知章組，深、臻、曾、梗（白讀）等四攝，主要元音讀舌尖元音i，如：紫tsii^{31}蟄tsʰit^{5}珍tsin^{11}徵tsin^{11}貞tsin^{11}。

⑶具有東勢大埔詞彙：仰唇（怎樣）、勞瀝（謝謝），較少的「仔尾詞」。

(4)自有詞彙：□kun⁵⁵（遠指、那），如：□位、□儕。雞囝（中雞）kie11giã53。

扣除上述三項，卓蘭饒平音韻特點其實比B組更具類原型，「倈子、妹子」更保留了原「仔尾詞」的讀音，四等山攝沒有i介音也比上饒客話多。

五、大陸上饒地區客話的變遷

㈠大陸上饒地區客話的變遷

上饒客話兩三百年來，也逐漸受他語的影響滲透，尤其是南方的潮汕話；其次是普通話，主要在詞彙方面。

1. 受潮汕話的滲透

潮汕話的優勢，數百年來，陸續滲透上饒客語，饒平地區受閩南潮汕話的影響，由南部地區逐漸雙語，範圍逐漸擴大。丘逢甲在臺灣失陷後，清光緒二十五年（1899）到內地周遊，曾到饒平當時的省城三饒鎮遊覽，作了〈抵饒平作（二首）〉，收錄在《嶺雲海日樓詩鈔》卷六（己亥稿下）內，詩中透露今語言已完全「福佬」潮汕語的三饒，當時語言是客家話，其中一首云：

> 鼓角聲何處？殘碑不可尋。田功迫秋急，山氣入城深。
> 舊俗仍高髻，遺民半客音。驅車來訪古，空作繡衣吟。

顯示一百多年前，饒平縣城三饒鎮還是說客家話的，現在已經完全說潮汕話了。

(1)知組字今讀端組字：摘tiak⁵、珍tin¹¹、診tin⁵³、鎮tin⁵³、召tiau²⁴、兆tiau²⁴。

(2)通攝明母少數字元音為o：蒙moŋ⁵⁵、夢moŋ²⁴，上饒受潮汕話的影響。

(3)次濁上聲讀陰平的字例減少很多。

(4)詞彙：親屬稱謂詞，「阿嬤、阿嬸，月娘、合（連接詞，和）」等，新豐的王姓稱自己姓hen⁵⁵，都是潮汕用語。

2. 受普通話的影響

(1)蟹攝二等，如：排pʰai⁵⁵、住tʃu²⁴。

(2)效攝一等部分字讀au，不讀o：毛mau¹¹、島tau⁵³、導tau²⁴、稻tau²⁴、腦nau⁵³、逃tʰau⁵⁵、靠kʰau⁵³。

(3)詞彙：謝謝cia²⁴cia²⁴。

3.臺灣多元腔調保留語言原貌

　　臺灣客語呈現多元樣貌，可分三組，主要在聲調的差異。很多人以為是饒平客話到臺灣因散落各地才分裂成今日多元樣貌，其實以筆者之研究，恰與之相反：臺灣饒平客話雖受周圍語言影響，但上饒客話也日漸變化，受他語的滲透。

　　若從多元的聲調談起，劉俐李（2004）認為：

> 「單字調指音節單唸時的調值，是研究聲調系統的基礎，歸納特定音系的聲調系統往往以單字調為據。連讀變調是音節組合時各單字調的型態和組合模式，是單字調的動態。」
>
> 「造成單字調和連讀變調差異的因素，和調類分化合併的步伐不同致異有關。單字調在靜態層，連讀變調在動態層；單字調是讀現調，連讀變調是組合調，二者既有聯繫又相對獨立。單字調變化快而連讀變調變化慢，或者單字調變化慢而連讀變調變化快（通常是前者）。於是單字調呈現的是變化後的模樣，而連讀變調呈現的是變化前的模樣。」
>
> 「王士元也認為：『連讀變調常常比較保守，因為其中保存了在單字調中已失去的差異。』」[12]

　　上饒客家話是臺灣饒平客家的祖地，經過了一一比對（徐貴榮2008），很清楚地了解到，以饒洋為中心的上饒各地客家話單字調，到目前為止，與臺灣C組一致。可見，清朝之初，在整個上饒地區，就有這一股優勢腔調。經過兩百多年的擴展、同化，周圍不同聲調逐漸與之合併同化，弱勢的向強勢的靠攏，少數的向多數靠攏，於是單字調變化快，形成今天一統的局面。但是，連讀變調變化慢，保留未變之時的型態，呈現出聲調的底層。也就是說：在清朝初年，饒平人移居臺灣之時，這股優勢腔已存在，移居到今新竹地區、過嶺，成為C組。上饒東北端的嶺腳方言點聲調，是為B組，南端新豐鎮西邊的墩上、新葵與處在東南山區的建饒鎮，絕不是今日的樣貌。至少反映移居臺灣之時，不是今天模樣，上饒的北部陰入原型應是24調，而從新豐鎮變調沒有陰入後字變調的情形來看，新豐鎮的陰入原始即是2，同於優勢腔。經過兩三百年來，周圍逐漸向優勢腔靠攏，入聲24變成2，陽平53變成55，去聲55變成24，上聲31變成53，形成今日大一統的

---

[12] 以上三段文字，各出自劉俐李《漢語聲調論》頁120、242、95。

局面。這些地區的人，都移居到桃園、卓蘭。嶺腳陳姓百九公之後在新屋，袁姓在八德，保留單字調至今，成為AB組。

　　不然以B組而言，都來自嶺腳的陳姓、袁姓，分居新屋與八德兩地，至今語音相同，而原鄉嶺腳村本調已和臺灣不同，只有在連讀變調出現後字變調和B組相同的聲調；嶺腳村近日也喪失了「超陰入調」，只有在連讀變調時後字變調呈現中升的「陰入」調。

　　另外，A組芝芭、興南，C組關西街路等，將古四等讀成洪音a的音韻，如：尿nau^7、料lau^7、寮lau^7、點tam^2（張夢涵 2010：85），筆者以為是畬族的語音特徵（徐貴榮 2010）。丘逢甲到山城的三饒（舊饒平縣治），看到婦女頭髮是梳著高高的「鳳凰髻」，人們說的語言是「半客音」。所謂「半客音」即饒平客話，語言含有大量古越語，是客家話中保存較多南方古漢語的一支，與今梅縣客家區相對漢化客語比較，一般梅縣客家人都聽不懂。所謂「舊俗仍高髻」指的是畬族婦女的「鳳凰髻」，丘逢甲當時看到三饒人這個打扮，直覺就認為三饒人是今畬族「遺民」[13]。而今饒平話說「女」為ŋiu^2，「女兒」稱為「ŋiu^2」為鳳坪畬話的說法（吳中杰 2004：97），即是畬語留下的一個證據。況且今日饒洋鎮還有一個畬族自治村，還有四個畬族地名叫「崳」，但今日這些畬族底層語音全然已消失，臺灣饒平客話仍然保留。

　　如此，語言真相呼之已出，A組和新豐、建饒、上饒凹下相似型態，B組和上饒的北端嶺腳型態相同，C組和上饒一致。所以，現存的臺灣三組是饒平客家話原貌。到臺灣之後，所有饒平人都受到臺灣周圍環境的影響，在新竹者受到海陸腔的影響，在中壢、平鎮者受到四縣話的影響，在卓蘭受到四縣、大埔話的影響，逐漸和原鄉日益走遠，形成今日紛雜的面貌。

1. 古上饒地區從新豐到上善這條峽谷，必有一股像現在這樣的優勢腔，這種優勢腔逐漸同化周遭新豐、嶺腳等少數腔調者。這種當時優勢腔調移居臺灣C組新竹、中壢過嶺、觀音新坡地區，和上饒共同保留。
2. 今日上饒：單字調逐漸向優勢腔靠攏，原貌保留在連讀變調中。
3. 臺灣三組：保留古饒平客語聲調原貌，嶺腳腔移居臺灣，保留在臺灣B組新屋、八德中。新豐、上饒等地保留在臺灣A組中。

---

[13]　《嶺雲海日樓詩鈔》丘逢甲所撰，其弟瑞甲、兆甲編輯，初印於1913年，1919年重版一次；1936年門人鄒魯復取前刊本手加釐定，又附入先前未選集中的零篇若干，即逢甲之弟瑞甲所輯的「選外集」，仍名為《嶺雲海日樓詩鈔》印行，共收作品千餘首，自清光緒乙未年（1895）內渡起至清宣統辛亥年（1911）南京臨時政府成立止，以年為序，計分十三卷。《嶺雲海日樓詩鈔》，（簡體字版），上海古籍出版社1982年版。《嶺雲海日樓詩鈔》（繁體字版），臺灣省文獻會1994年出版，本詩在頁113。另本本資料來源見：半山客網站。

4.連讀變調在臺灣反而少數受周圍方言四縣或海陸話影響，是後來的新型態。（徐貴榮 2008a：206）

六、結語

　　客家話之中的饒平話，因為離海最近，較早來臺發展，卻分散於泉州、漳州的閩人區，以及後來的嘉應州、惠州的客家之中，於是饒平客家人的據地，漸漸被漳州人、泉州人、嘉應州四縣人、惠州海陸人所取代，語言也逐漸被轉換、同化，如臺北、臺中、彰化地區原說饒平客話的變成說閩南話，新竹地區說饒平客話的變成說海陸話，桃園、苗栗地區說饒平客話的變成說四縣話。

　　在此種狀況下，兩三百年來，臺灣饒平客話受他種語言的影響，除了「福佬客」之中尚有極少留存饒平客話底層語音或詞彙（陳嬿庄2003）外，目前尚能說饒平客話者，大都受他種方言之影響，形成了各種類型，例如「類四縣型」，其周邊即是說四縣話的族群，分布在中壢周圍；「類海陸型」即是周邊說海陸話者，分布在新竹地區；「類大埔型」，即與東勢說大埔話相鄰的苗栗縣卓蘭地區；而饒平與詔安兩縣相鄰，許多語音相同，「類詔安型」，在原鄉應已是原貌，不然，同屬A組的桃園、卓蘭，相隔百餘公里，至今聲調怎會相同？「類原型」則找到極多的饒平客話原貌。

　　至於今日大陸饒平客話，三百餘年來則受潮汕話不斷地滲透，再加上北方官話的逐漸影響，也產生「值」的改變、「量」的減少。臺灣饒平客話多元類型的表現，雖是語言接觸，造成變遷的結果，但聲調的多元，應是百年前饒平客話的原貌。

　　大陸原鄉饒平客話因居民聚居集中，且目前仍為當地之社會語言，使用活絡，近期尚未瀕臨危急。而臺灣饒平客話因為居地分散，所以擋不住他種方言的洶洶來襲，陸續被個個擊破而變遷失落。目前在廣大的饒平移民後裔中，除了苗栗縣卓蘭老庄聚落較聚集外，原來六家也是非常聚集的聚落，但近年高鐵通車，周圍站區重劃，高樓林立，原有聚落已迅速崩落，其他地區也面臨如此狀況。

　　語言消失本來是自然的生態，饒平客話的變遷，正在快速進行之中。行政院客家委員會每年舉辦的客語認證自2005年開辦以來，不論初級或中高級考試，每次報名人數都不足一百人，不加搶救已將來不及。饒平客話傳承了閩西客話的源頭，保留了許多古音與特色，因此可說是一顆語言的活化石。據筆者訪查所知，目前二十歲以下會說饒平客話者，新竹只剩橫山劉姓兩人，卓蘭詹姓約有十人。未來走向，將加速靠向周邊語言，或改說國語，如何使饒平人積極搶救自己的語言文化，是重要課題，若任其快速消失，將非常可惜。

附圖一　饒平縣圖及臺灣饒平客家原鄉位置（採自　2004年饒平客家文化研習營研習手冊p74）

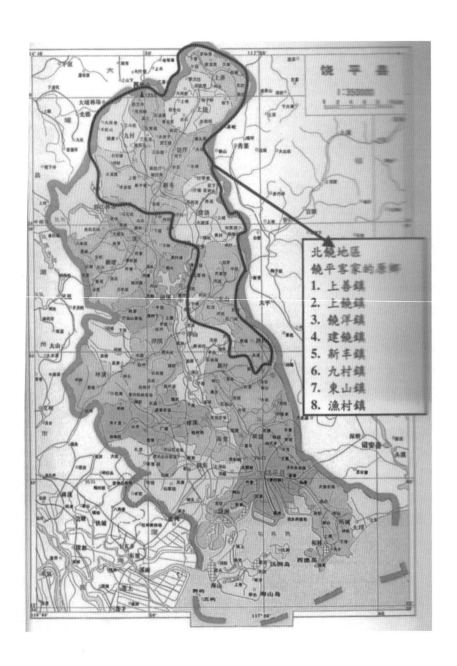

附圖二　臺灣目前仍能說饒平客家話的分布點（採自哈客網路學院）

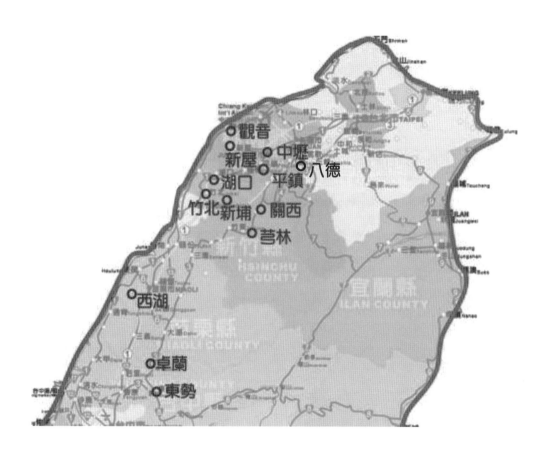

參考文獻

1. Jerry Norman著、張惠英譯（1995），《漢語概說》，北京：語文出版社。
2. 丁邦新（1980），《臺灣語言源流》，臺北：學生書局。
3. 《三槐堂王氏族譜》，王克師派下編輯委員會主編（1993），王克師派下祭祀公業發行，發行者：祭祀公業，發行人：王興申（王年六提供）。
4. 三槐堂王氏族譜王克師派下編輯委員會主編，1993，《三槐王氏族譜王克師派下族譜》，王克師派下祭祀公業發行，發行者：祭祀公業，發行人：王興申（王年六先生提供）。
5. 毛宗武、蒙朝吉（1986），《畲語簡志》，北京：民族出版社。
6. 王世輔（1979），〈廣西龍勝伶話記略〉，《方言》二至三期，北京。
7. 王福堂（1999），《漢語方言語音的演變和層次》，北京：語文出版社。
8. 丘逢甲（1994），《嶺雲海日樓詩鈔》（繁體字版），南投：臺灣省文獻會。
9. 北京大學中國語言文學系編（2005），《漢語方言詞彙》，北京：語文出版社。
10. 古國順、何石松、劉醇鑫（2002），《客語發音學》，臺北：五南出版社。
11. 平山久雄（1998），〈從聲調調值演變史的觀點論山東方言的的輕聲前變調〉，《方言》1998第一期，北京：《方言》出版。
12. 平和縣志編委會（1994），《平和縣志》，北京：群眾出版社。
13. 吉川雅之（1998），〈大埔縣客家話語音特點〉，《客家方言研究》（第二屆客方言研討會論文集）。
14. 朱心怡（2007），《新竹「饒平」與「海陸」客話音韻比較研究》，桃園：中央大學客家語文研究所碩士論文。
15. 江俊龍（1996），《臺中東勢客家方言研究》，國立中正大學中國文學研究所碩士論文。
16. 江俊龍（1996），《臺中東勢客家方言研究》，嘉義：國立中正大學中國文學研究所碩士論文。
17. 江俊龍（2003），《兩岸大埔客家話比較研究》，嘉義：國立中正大學中國文學研究所博士論文。
15. 江俊龍（2003），《兩岸大埔客家話研究》，臺北：國立中正大學中國文學研究所博士論文。
16. 江俊龍（2006），〈饒平客語調查與比較〉，第七屆客家方言國際學術研討會發表論文，香港：中文大學主辦。
17. 何大安（1998），《聲韻學中觀念和方法》，臺北：大安出版社，二版四刷。

18. 何大安（2004），《規律與方向：變遷中的音韻結構》，北京大學出版社。

19. 吳中杰（1999），《臺灣福佬客分布及其語言研究》，臺北：國立師範大學華語文教學研究所碩士論文。

20. 吳中杰（2004），《畬族語言研究》，新竹：國立清華大學語言研究所博士論文。

21. 吳金夫（1999），《潮客文化探索》，汕頭：天馬圖書公司。

22. 呂嵩雁（1993），《臺灣饒平方言》，臺北：私立東吳大學中國文學研究所碩士論文。

23. 呂嵩雁（1999），《閩西客語研究》，臺北：國立臺灣師範大學國文研究所博士論文。

24. 呂嵩雁（1999），《閩西客語音韻研究》，臺北：國立臺灣師範大學國文研究所博士論文。

25. 李如龍（1999），《粵西客家方言調查報告》，廣州：暨南大學出版社。

26. 李如龍（2000），《福建方言》，福州：福建人民出版社。

27. 李如龍（2001），《漢語方言的比較研究》，北京：商務出版社。

28. 李如龍（2001），《漢語方言學》，北京：高等教育出版社。

29. 李如龍、周日漸主編（1998），《客家方言研究》（第二屆客方言研討會論文集），廣州：暨南大學出版社。

30. 李如龍、張雙慶主編（1992），《客贛方言調查報告》，福建：廈門大學出版。

31. 李逢蕊主編（1994），《客家縱橫・首屆客家方言學術討論會專集》，福建龍岩：閩西客家學研究會。

32. 李榮（1989），〈漢語方言的分區〉，《方言》1989年第四期，241-259頁，北京。

33. 辛世彪（2004），《東南方言聲調比較研究》，上海：上海教育出版社。

34. 來臺祖從源公支派下裔孫編輯委員會編印（1999），《河間堂詹氏族譜》（詹雨渠先生提供）。

35. 周長楫、林寶卿（1994），〈平和縣九峰客話初探〉，《客家縱橫・首屆客家方言學術研討會專集》，頁92-96，福建龍岩：閩西客家學研究會。

36. 周長楫、林寶卿（1994），〈平和縣九峰客話初探〉，《客家縱橫・首屆客家方言學術研討會專集》，福建龍岩：閩西客家學研究會。

37. 《始祖百九公陳氏族譜》手抄本，新屋犁頭洲（陳永海先生提供）。

38. 林立芳編（2000），《第三屆客家方言研討會論文集》，廣東韶關：韶關大學編輯部。

39. 林伯殷（2005），〈芎林腔饒平客語〉，《新竹文獻》二十三期，頁67-78，竹北：新竹縣文化局出版。

40. 林倫倫、陳小楓（1996），《廣東閩方言語音研究》，汕頭大學出版。

41. 林慶勳（2002），《臺灣閩南語概論》，臺北：心理出版社。
42. 林賢峰（2007），〈饒平客語變調對韻律形成及句法結構、語意表述的意義──以臺灣新竹六家林屋為例〉，第七屆客方言國際學術研討會論文，香港：中文大學主辦。
43. 邱垂平編撰，《邱姓大族譜》，自印（邱垂坤先生提供）。
44. 侯精一（1999），《現代漢語的研究》，北京：商務印書館。
45. 施聯朱（1987），《畬族研究論文集》，北京：民族出版社。
46. 洪惟仁（1992），《臺灣方言之旅》，臺北：前衛出版社。
47. 洪敏麟（1999），《臺灣舊地名之沿革》第一冊，南投：臺灣省文獻委員會，第四版。
48. 范文芳（1996），〈竹東腔海陸客語的語音現象〉，《新竹師院語文學報》第三期，新竹：新竹師範學院。
49. 徐光榮（1997），《臺灣客家話義詞比較研究》，輔仁大學中文研究所碩士論文。
50. 徐通鏘（1997），《語言論──語義型語言的結構原理和研究方法》，吉林長春：東北師範大學。
51. 徐通鏘（2004），《漢語研究方法論初探》，北京：商務印書館。
52. 徐登志、張瑞玲編（1999），《大埔音·東勢客》，臺中縣東勢國小出版。
53. 徐貴榮（2002），〈桃園中壢、平鎮、八德地區的饒平客家話語言特點〉，《臺灣語言與研究期刊》第四期，新竹師院臺語言與語文教育研究所編印。
54. 徐貴榮（2002a），〈漳潮片的客語分區芻議──從臺灣饒平客話音韻談起〉，發表於第五屆客方言與首屆贛方言研討會論文，江西南昌大學主辦。會後收錄於《客贛方言研究》頁14-26，香港：靄明出版社，2003。
55. 徐貴榮（2002a），《臺灣桃園饒平客話研究》，新竹師院臺灣語言與語文教育研究所碩士論文。
56. 徐貴榮（2002b），〈客語「漳潮片」的分片芻議──從臺灣饒平客家話音韻談起〉，發表於第五屆客方言與首屆贛方言研討會論文，江西南昌大學主辦。會後收錄於《客贛方言研究》頁14-26，香港：靄明出版社（2003）。
57. 徐貴榮（2002c），〈桃園中壢、平鎮、八德地區的饒平客家話語言特點〉，《臺灣語言與研究期刊》第四期，頁103-116，新竹師院臺語言與語文教育研究所編印（2002）。
58. 徐貴榮（2003），〈客語「漳潮片」的分片芻議──由臺灣饒平客家話語言特點談起〉，2002年7月第五屆客方言暨首屆贛方言研討會論文，刊載於《客贛方言研究》，頁14-26，香港：靄明出版社。
59. 徐貴榮（2003），〈桃園新屋陳姓客家話的「超陰入」〉，第八屆國際暨第二十一屆全國聲韻學學術研討會論文集，頁183-195，高雄師範大學，收入於《聲韻論叢》第十四輯，頁163-186，臺北：學生書局，

2006。

60. 徐貴榮（2003），〈桃園饒平客家的來源與分布調查〉，《客家文化研究通訊》第五期，桃園中壢：國立中央大學，客家研究中心編印。

61. 徐貴榮（2003a），〈桃園饒平客家的來源與分布調查〉，《客家文化研究通訊》第五期，頁114-130，桃園中壢：國立中央大學客家研究中心編印。

62. 徐貴榮（2003b），〈桃園新屋陳姓饒平客家話的「超陰入」〉，第八屆國際暨全國第二十一屆聲韻學研討會論文，高雄師範大學。收錄於《聲韻論叢》第十四輯，頁163-185，臺北：中華民國聲韻學會出版（2006）出版。

63. 徐貴榮（2004），〈桃園觀音崙坪客家話的語言歸屬（饒平、詔安、平和的語音分辨）〉，第二十二屆全國聲韻學學術研討會論文，臺北市立師範學院主辦。

64. 徐貴榮（2004），〈桃園觀音崙坪客家話的語言歸屬〉，全國第二十二屆聲韻學研討會論文，臺北市立師範學院主辦。收錄於《聲韻論叢》第十五輯，頁219-246，臺北：中華民國聲韻學會出版，2007.12出版。

65. 徐貴榮（2004），《臺灣饒平客話》，臺北：五南圖書公司。

66. 徐貴榮（2005），〈臺灣饒平客家話的調查及其語言接觸現象〉，《臺灣語言與研究期刊》第六期，新竹師院臺語言語語文教育研究所編印。

67. 徐貴榮（2005），《臺灣饒平客話》，臺北：五南圖書公司出版。

68. 徐貴榮（2005a），〈臺灣饒平客家話的調查及其語言接觸現象〉，《臺灣語言與研究期刊》第六期，頁64-80，新竹師院臺語言與語文教育研究所編印。

69. 徐貴榮（2005b），《臺灣饒平客話》，臺北：五南圖書公司。

70. 徐貴榮（2006），〈卓蘭饒平客家話語音特徵〉，第二十四屆聲韻學學術研討會論文，高雄：中山大學主辦。

71. 徐貴榮（2006），〈桃園新屋陳姓饒平客家話的「超陰入」〉，《聲韻論叢》第十四輯，頁163-187，臺北：中華民國聲韻學會出版。

72. 徐貴榮（2006），《臺灣饒平客話》，臺北：五南圖書公司出版。

73. 徐貴榮（2006a），〈桃園平鎮客家話及其語言接觸〉，關懷平鎮、立足桃園學術研討會論文臺北商業技術學院主辦，收錄於《桃園平鎮地區文學與文化學術研討會論文集》，臺北：亞旅股分公司出版（2007）。

74. 徐貴榮（2006b），〈卓蘭饒平客家話特點——兼談客話ian和ien韻的標音爭議〉，2006年全國聲韻學教學研討會暨工作坊（第二十四屆全國聲韻學研討會）論文，高雄：中山大學主辦。

75. 徐貴榮（2007），〈以饒洋為中心的上饒客家話音韻特點〉，第七屆客方言研討會論文，香港：中文大學主辦。

76. 徐貴榮（2007），《臺灣饒平客話音韻的源與變》，新竹教育大學臺灣語言與語文教育研究所博士論文。

77. 徐貴榮（2007a），〈以饒洋鎮為中心的饒平客家話語音特點〉，第七屆客家方言國際學術研討會發表論文，香港中文大學主辦。

78. 徐貴榮（2007b），〈從兩岸饒平客語連讀變調比較，以探究其聲調原貌〉，2007年饒平客家語言與文化研討會論文，新竹饒平客家文化學會主辦，新竹文化局。

79. 徐貴榮（2008），〈由閩客方言及畬語論證古漢語四等為洪音a的擬測〉，第二十六屆全國聲韻學學術研討會論文，彰化師範大學國文系主辦。

80. 徐貴榮（2008），《臺灣饒平客話音韻的源與變》，新竹教育大學臺灣語言與語文教育研究所博士論文。

81. 徐貴榮（2008a），《臺灣饒平客話音韻的源與變》，新竹教育大學臺灣語言與語文教育研究所博士論文。

82. 徐貴榮（2008b），〈由閩客方言及畬語論證古漢語四等為洪音a的擬測〉，第二十六屆全國聲韻學學術研討會論文，彰化師範大學國文系主辦。

83. 徐貴榮（2010），〈饒平客話的畬話成分〉，第九屆客家方言國際學術研討會發表論文。北京：中國社會科學院主辦，2010年10月21日發表。

84. 徐貴榮（2012），〈客語古章組聲母擦音讀唇齒擦音f的現象探討〉，第十屆「客家方言」學術研討會論文，四川成都資訊工程學院文化藝術學院（龍泉校區）主辦，2012年9月19日。

85. 徐瑞珠（2005），《苗栗卓蘭客家話研究》，高雄師範大學臺灣語言及教學研究所碩士論文。

86. 桃園八德市官路缺《袁氏宗祠重修志》，袁芳湧先生提供。

87. 桃園新屋犁頭洲，《始祖百九公陳氏族譜手抄本》，陳永海先生（已逝）提供。

88. 桃園縣文獻委員會編（1964），桃園：《桃園縣志·卷二人民志·第二篇語言》。

89. 涂春景（1998），《苗栗卓蘭客家方言詞彙對照》，臺北：國家文化藝術基金會贊助發行。

90. 涂春景（1998），《臺灣中部地區客家方言詞彙對照》，臺北：國家文化藝術基金會贊助發行。

91. 袁芳煌輯（1986），《袁氏宗祠汝南德慶堂重建錄》（八德袁氏家祠德慶堂袁芳勇提供）。

92. 袁家驊（2001），《漢語方言概要》，北京：語文出版社。

93. 袁焱（2001），《語言接觸與語言演變》，北京：民族出版社。

94. 高然（1998），〈廣東豐順客方言的分布及其音韻特徵〉，《客家方言研究》（第二屆客方言研討會論文集），廣州：暨南大學出版社。

95. 高然（1999），《語言與方言論稿》，廣州：暨南大學出版。

96. 張光宇（1996），《閩客方言史稿》，臺北：南天書局，

97. 張屏生（1998），〈東勢客家話的超陰平聲調變化〉，第七屆國際暨十六全國聲韻學學術研討會論文，彰化師範大學。

98. 張屏生（2003），〈臺灣客家話部分次方言的語音差異〉，《第八屆國際暨第二十一屆全國聲韻學學術研討會論文集》，頁381，高雄師範大

學。

99. 張屏生，〈東勢客家話的超陰平聲調變化〉，《聲韻論叢》第八輯，臺北：中華民國聲韻學會編輯。

100. 張美娟（2010），《新竹饒平客語詞彙研究》，中央大學客家語文研究所碩士論文。

101. 張夢涵（2010），《關西饒平客家話調查研究 —— 以鄭屋、許屋為例》，中央大學客家語文研究所碩士論文。

102. 莊初升、嚴修鴻（1994），〈閩南四縣客家話的語音特點〉，《客家縱橫‧首屆客家方言學術討論會專集》，頁86-91，福建龍岩：閩西客家學研究會。

103. 許氏裔孫編輯委員會編印（1994），《過嶺高陽堂許氏大族譜》，編撰人：許時烺。

104. 許余龍（2002），《對比語言學》，上海外語出版社。

105. 許時烺編撰（1994），《過嶺高陽堂許氏大族譜》，許氏裔孫編輯委員會編印（許學繁提供）。

106. 陳秀琪（2002），《漳州客話研究—以詔安為代表》，國立新竹師範學院臺灣語言與語文教育研究所碩士論文。

107. 陳秀琪（2006），《閩南客家話音韻研究》，國立彰化師範大學中國語文博士論文。

108. 陳其光（1998），《語言調查》，北京：中央民族大學出版。

109. 陳松岑（1999），《語言變異研究》，廣州：廣東教育出版社。

110. 陳淑娟（2002），《桃園大牛欄閩客接觸之語音變化與語言轉移》，臺灣大學中國文學研究所博士論文。

111. 陳慧劍（1993），《入聲字箋論》，臺北：東大圖書公司。

112. 陳嬿庄（2003），《臺灣永靖腔的調查與研究》，國立新竹師範學院臺灣語言與語文教育研究所碩士論文。

113. 游文良（2002），《畬族語言，福州》：福建人民出版社。

114. 游汝杰（2000），《漢語方言學導論》，上海：上海教育出版社。

115. 項夢冰（1997），《連城客家話語法研究》，北京：語文出版社。

116. 黃金文（2001），《方言接觸與閩北方言的演變》，臺北：臺灣大學出版委員會。

117. 黃厚源（1994），《我家鄉桃園縣》，桃園縣政府發行，桃園。

118. 黃宣範（2004），《語言、社會與族群意識》，臺北：文鶴出版有限公司。

119. 黃雪貞（1987），〈客家的分布與內部異同〉，《方言》1987年第二期。

120. 黃雪貞（1988），〈客家方言聲調的特點〉，《方言》1988年第四期。

121. 黃雪貞（1989），〈客家方言聲調的特點續論〉，《方言》1989年第二期。

122. 黃雪貞（1992），〈梅縣客家話的語音特點〉，《方言》1992年第四期，北京。

123. 黃雪貞，（1988），〈客家方言聲調的特點〉，《方言》1988年第四期。

124. 黃雪貞著（1992），〈梅縣客家話的語音特點〉，《方言》1992年第四期。

125. 新竹縣饒平客家文化協會（2007），新竹：新竹縣饒平客家文化協會四週年紀念專刊。

126. 新屋犁頭洲，《始祖百九公陳氏族譜》手抄本，陳永海提供。

127. 楊昱光（2011），《關西湖肚饒平客語研究》，中央大學客家語文研究所碩士論文。

128. 楊時逢（1957），1992年12月影印一版，《臺灣桃園客家方言》，臺北：中央研究院歷史語言研究所發行。

129. 楊時逢（1992）影印一版，《臺灣桃園客家方言》，臺北：中央研究院歷史語言研究所發行。

130. 楊國鑫（1993），《臺灣客家》，臺北：唐山出版社。

131. 楊國鑫（1995），〈客家話在臺灣‧客家話的腔調〉，收錄在臺灣客家公共事務協會主編《新介客家人》，頁178，臺北：臺原出版。

132. 楊國鑫著（1993），《臺灣客家》，臺北：唐山出版社。

133. 董同龢（1987），《漢語音韻學》，臺北：文史哲出版社。

134. 董忠司（1995），〈東勢客家話音系略述及其音標方案〉，《臺灣客家語論文集》，頁113-126。

135. 詹氏族譜編輯委員會（1972），《苗栗縣卓蘭鎮詹氏族譜》（詹智源提供）。

136. 詹伯慧（1992），〈饒平上饒客家話語言特點說略〉，《中國語文研究》第十期，香港。

137. 詹伯慧（1999），《方言及方言調查》，廣州：暨南大學。

138. 詹伯慧（2003），《饒平客家話》，廣州：廣東饒平客屬海外聯誼會出版。

139. 臺灣客家公共事務協會主編，《新介客家人》，臺原出版（1995年1月，二刷）。

140. 劉氏大族譜編輯委員會（1988），《彭城堂劉氏大宗譜》（劉興川提供）。

141. 劉泳駕（2008），《饒平客家說唱音樂之研究》，新竹教育大學音樂教育研究所碩士論文。

142. 劉俐李（2004），《漢語聲調論》，南京：南京師範大學出版。

143. 劉鎮發（1998），〈客家人的分布與客語的分類〉，《客家方言研究》（第二屆客方言研討會論文集），廣州：暨南大學出版社。

144. 廣東饒平客屬聯誼會編（2003），《饒平客家話》，廣州：廣東饒平客屬聯誼會。

145. 潘悟云（2000），《漢語歷史音韻學》，上海：上海教育出版社。

146. 鄧盛有（2000），《臺灣四海話的研究》，國立新竹師範學院臺灣語言與語文教育研究所碩士論文。

147. 鄧勝有（2000），《臺灣四海話研究》，新竹師院臺灣語言與語文教育研究所碩士論文。
148. 鄧開頌（1994），《客家人在饒平》，廣州：廣東饒平客屬海外聯誼會出版。
149. 鄭國勝主編（1998），《饒平鄉民移居臺灣記略》，香港文化傳播事務所。
150. 盧彥杰（1999），《新竹海陸客家話詞彙研究》，新竹師院臺灣語言與語文研究所碩士論文。
151. 《豫章堂羅氏族譜》手抄本，觀音崙坪（羅添財提供）。
152. 《豫章堂羅氏族譜》手抄本，觀音崙坪（羅清強先生提供）。
153. 龍潭三坑，《河南堂邱姓族譜》（邱垂坤先生提供）。
154. 謝永昌（1994），《梅縣客家方言志》，廣州：暨南大學出版社。
155. 謝國平（1998），《語言學概論》，臺北：三民書局出版。
156. 鍾榮富（2004），《臺灣客家語音導論》，臺北：五南出版社。
157. 鍾榮富、張屏生合編，《客家方言調查手冊》，國科會NSC 86-2411-H-017-001贊助。
158. 藍小玲（1999），《閩西客家方言》，廈門：廈門大學出版社。
159. 羅月鳳（2005），〈臺灣臺中縣東勢鎮福隆里「饒平語」再探〉，第三十八屆國際漢藏語學術研討會論文，福建廈門大學主辦。
160. 羅美珍、鄧曉華（1995），《客家方言》，福建教育出版社，福州。
161. 羅美珍、鄧曉華（1997），《客家方言》，福州：福建教育出版社。
162. 羅肇錦（1990），《臺灣的客家話》，臺北：臺原出版社。
163. 羅肇錦（1998），〈漳汀客家調查記〉，《客家研究文化通訊》創刊號，中壢：國立中央大學客家研究中心出版。
164. 羅肇錦（1999），〈從臺灣語言聲調現象論漢語聲調演變的幾個規律〉，臺灣語言發展學術研討會論文，臺北。
165. 羅肇錦（2000），〈梅縣話是粵化客語的說略〉，第四屆客家方言研討會論文，廣東梅州，刊載於《客家方言研究》2002年7月，廣州：暨南大學出版。
166. 羅肇錦（2000），《臺灣客家族群史——語言篇》，南投：臺灣省文獻委員會。
167. 羅肇錦（2001），〈試析福建廣東客家話的源與變〉，第七屆國際暨第十九屆全國聲韻學學術討論會，《聲韻學研究之蛻變與傳承》論文集，臺北。
168. 羅肇錦（2002），〈客語祖源的另類思考〉，《客家文化學術研討會論文集》，臺北：行政院客家委員會出版。
169. 羅肇錦（2002），〈梅縣話是粵化客語的說略〉，第四屆客方言研討會論文，收錄於謝棟元主編《客家方言研究》，頁34-50，暨南大學出版社。
170. 饒平縣地方志編纂委員會編（1994），《饒平縣志》，廣州：廣東人民出版社，韶關排版。
171. 觀音崙坪，《豫章堂羅氏族譜手抄本》，羅添財提供。

Note

國家圖書館出版品預行編目資料

饒平客家調查與語言論輯／徐貴榮著. 一 初
版. 一 臺北市：五南, 2018.05
　　　面；　公分.
ISBN 978-957-11-9705-0（平裝）

1.客語 2.文集 3.桃園市

802.523807　　　　　　　　1070006465

4X08　　學術專著

饒平客家調查與語言論輯

作　　者 ― 徐貴榮

發 行 人 ― 楊榮川

總 經 理 ― 楊士清

副總編輯 ― 黃惠娟

責任編輯 ― 蔡佳伶

校對編輯 ― 李鳳珠

出 版 者 ― 五南圖書出版股份有限公司

地　　址：106台北市大安區和平東路二段339號4樓

電　　話：(02)2705-5066　傳　真：(02)2706-6100

網　　址：http://www.wunan.com.tw

電子郵件：wunan@wunan.com.tw

劃撥帳號：01068953

戶　　名：五南圖書出版股份有限公司

法律顧問　林勝安律師事務所　林勝安律師

出版日期　2018年5月初版一刷

定　　價　新臺幣360元

贊助單位：客家委員會